跟着名家读经典

中国现当代散文戏剧名作欣赏

余光中 等著

北京大学出版社
PEKING UNIVERSITY PRESS

图书在版编目(CIP)数据

中国现当代散文戏剧名作欣赏/余光中等著. —北京：北京大学出版社，2017.9

（跟着名家读经典）

ISBN 978-7-301-28467-4

Ⅰ.①中… Ⅱ.①余… Ⅲ.①散文—文学欣赏—中国—现代 ②散文—文学欣赏—中国—当代 ③戏剧文学—文学欣赏—中国—现代 ④戏剧文学—文学欣赏—中国—当代 Ⅳ.①I207.6 ②I207.3

中国版本图书馆CIP数据核字(2017)第131845号

书　　　名	中国现当代散文戏剧名作欣赏 ZHONGGUO XIAN-DANG DAI SANWEN XIJU MINGZUO XINSHANG
著作责任者	余光中　等著
丛书策划	王林冲　周雁翎
丛书主持	邹艳霞
责任编辑	唐知涵
标准书号	ISBN 978-7-301-28467-4
出版发行	北京大学出版社
地　　　址	北京市海淀区成府路205号　100871
网　　　址	http://www.pup.cn　　新浪微博：@北京大学出版社
微信公众号	科学与艺术之声（微信号：sartspku）
电子信箱	zyl@pup.pku.edu.cn
电　　　话	邮购部62752015　发行部62750672　编辑部62753056
印　刷　者	北京中科印刷有限公司
经　销　者	新华书店
	787毫米×1092毫米　32开本　13.5印张　220千字 2017年9月第1版　2017年9月第1次印刷
定　　　价	48.00元

未经许可，不得以任何方式复制或抄袭本书之部分或全部内容。

版权所有，侵权必究

举报电话：010-62752024　电子信箱：fd@pup.pku.edu.cn

图书如有印装质量问题，请与出版部联系，电话：010-62756370

序

中华民族历来重视阅读经典。从春秋时期孔子增删"六经",到秦吕不韦组织编纂《吕氏春秋》,从南梁萧统组织编选《昭明文选》到清人吴楚材、吴调侯编选《古文观止》……这些经得住时间考验的伟大作品,大浪淘沙,洗尽铅华,传承着中华民族最弥足珍贵的思想感情,被一代代人记诵。这些作品刻在了我们民族的"心版"上,丰富和滋养了我们的民族精神。

意大利知名作家卡尔维诺说:"经典是那些你经常听人家说'我正在重读',而不是'我正在读'的书。"经典之所以成为经典,必是以其经得住咀嚼的内涵,有益于读者的。著名美学家朱光潜先生谈到读书时，说："读书并不在多，最重要的是选得精，读得彻底。与其读十部无关轻重的书，不如用读十部书的精力去读一部真正值得读的书；与其十部书都只能泛览一遍，不如取一部书读十遍。"中外两位先哲谈到的都是经典的精读，谈的都是如何让阅读"心版"上的印痕更深。

而经典的精读实在不是一件容易的事。经典也意味着过往，过往就与正在读书之人有时空之隔膜。

那么，什么样的方法能让我们更容易、更有效地阅读经典？从黛玉教香菱作诗的故事中，我们可以体会出，跟着名家读经典、读名作可谓是一条读书捷径。

名家是大读书人，他们的阅读体验值得借鉴。在浩如烟海的书籍中踽踽独行，摸索读书之路，难免进入狭窄的胡同，名家的读书导引就是我们不见面的名师的教诲。阅读经典时遇到的许多难点，也许就是阻碍读书人的一层窗户纸，一经名家点破，便会有豁然开朗之感。

20世纪80年代，大型文学鉴赏杂志《名作欣赏》的创刊，正是暗合了当时人们澎湃的阅读经典的热情。一批闻名遐迩的名作家、名学者、名艺术家们推荐名作、赏析名作，古今中外的名作经典，经萧军、施蛰存、李健吾、程千帆、王瑶等名家的点化，高格调的名作和高质量的析文相得益彰、水乳交融，极大地浇灌了如饥似渴的刚刚走出文化禁锢的读书人的心田。《名作欣赏》也由此成为中国名刊。几十年来，我们一直坚持这一办刊传统，力邀全国名家，精析经典名作，为中国人的文学阅读尽了一份力，发了一份热。

《名作欣赏》创刊三十周年庆典大会上，新老办刊人和新老读者都觉得将《名作欣赏》三十余年的文章精编出版，是一件有益于读者的大事。编选工作十分浩繁，我们也知难而上，未敢懈怠。经取精提纯、镕裁加工、分类结集、有序合成，2012年"《名作欣赏》精华读本"丛书由北京大学出版社出版。出版五年来，重印数次，为读者所珍爱，这是我们喜出望外的。细细想来，也正是经典的魅力、名作的魅力。

民族的自信源自文化的自信，时下，中央电视台的两档节目《中国诗词大会》《朗读者》出人意料地受到人们的欢迎。这实际是民族文化自觉和经典的浴火重生，也是中华民族经典的光辉照映。沐浴着天时、地利、人和的春风，北京大学出版社对"《名作欣赏》精华读本"进行修订改版，并增加了插图，丛书名改为"跟着名家读经典"，更好地契合了这套书的本意,更具有文化品位。这既是对国家阅读战略的呼应,也是对亿万读者阅读经典的有效补充,必然会被更多的读书人发现和珍视。

让我们一起来加入"全民阅读"的阵营,拥抱文化复兴的春天。

赵学文
《名作欣赏》杂志社总编辑

目录

袁良骏	鲁迅和瞿秋白 从《鲁迅杂感选集》及其《序言》说开去	1
萧　军	尽在不言中 鲁迅先生书简注释及其他	17
李国涛	半生辛苦 万种情怀 读《〈呐喊〉自序》	25
吴甸起	生动传神 蕴藉含蓄 《香市》赏析	33
林友光	"春光似海 盛世如花" 读李广田散文《花潮》	47
刘锡庆	满腔郁怒写真情 读《五月卅一日急雨中》	55

李关元	中国现代散文发轫期的力作 读冰心的《笑》	67
谢 冕	病中椅枕看病的女孩子 冰心《往事·二》赏析	79
陈学超	伟大抗日民族战争的侧影 读周立波的《娘子关前》	85
李旦初	爱的颂歌 美的旋律 读沈从文《月下小景》札记	93
江锡铨	人生如树 读丰子恺的散文《梧桐树》	103
孙华幸	母爱，生命的乐章 解读老舍《我的母亲》	115
[美]西奥多尔·赫特斯 张 晨等译 "巴洛克风格"的最佳体现 钱钟书的随笔《谈交友》		125
田建民	幽默观的形象化表述 钱钟书散文《说笑》赏析	137
唐 韧	一喻两柄或多边 读《管锥编》札记两篇	155
罗维扬	纯净精致的美文 杨绛早期散文四篇赏析	169

张仁健	明心见性　但凭写手 庄因散文《母亲的手》写作特色	179
陈思和	甘作后生梯 读《劫后文存——贾植芳序跋集》	189
谢维强	自由主义精神的深沉辩护 胡适散文《追悼志摩》赏析……	195
余光中	白话美文的模范 读朱自清的散文	207
孙绍振	省略比强调更重要 以《背影》为例谈方法问题	239
张志忠	中国当代文学的历史记忆 以《王蒙自传》为例	255
严家炎	试说"中国的奥勃洛莫夫" 从《王蒙自传》谈到倪吾诚形象的典型意义	269
张　恒	敢问谜在何方？ 梁衡散文《觅渡，觅渡，渡何处？》简析	285
钱　虹	仓颉的灵感不灭，美丽的中文不老 读余光中《听听那冷雨》兼谈其散文的诗性表述	297
古远清	有情有韵　动人心目 余光中幽默散文《催魂铃》赏析	313

吴周文	天下最怕伤害的是孩子 赵翼如散文《单身母亲手记》赏析	325
陈　协	以天地自然之心体察万物 刘亮程散文《狗这一辈子》赏析	335
李生滨	语言的艺术写意和绘画 贾平凹散文《邻院的少妇》赏析	347
何希凡	用生命诠释美与自由 读高尔泰散文《敦煌四题》	359
万秀凤	对知识分子独立价值缺失的反思 读王小波的散文《花剌子模信使问题》	379
许丙泉	理性的光芒与快乐 读《王小波散文三篇》	389
李书磊	一部特殊的史书 读曹聚仁《我与我的世界》	401
曾一果	故乡：作为一种"现代神话" 关于中国现代文学作品中的"故乡"	407

鲁迅和瞿秋白

从《鲁迅杂感选集》及其《序言》说开去

袁良骏

作者介绍

袁良骏,笔名袁万里、胡陵生。山东鱼台人。1961年毕业于北京大学中文系。毕业后留校任教,1983年后历任中国社会科学院文学研究所鲁迅研究室主任,中国鲁迅研究会副会长、秘书长,《鲁迅研究》杂志副主编,中国社会科学院文学研究所研究员、研究生院教授、博士生导师。有著作《鲁迅研究史》《丁玲研究五十年》《现代散文劲旅——鲁迅杂文研究》《白先勇论》《白先勇小说艺术论》《香港小说史》等出版。

推荐词

一提起这两个光辉的名字,人们立刻会想起鲁迅写给瞿秋白的那副对联:"人生得一知己足矣,斯世当以同怀视之。"

鲁迅和瞿秋白的战斗友谊是中国现代文学史和中国现代革命史上的佳话之一。一提起这两个光辉的名字，人们立刻会想起鲁迅写给瞿秋白的那副对联："人生得一知己足矣，斯世当以同怀视之。"也立刻会想起瞿秋白在艰难条件下、在白色恐怖中带病编选的《鲁迅杂感选集》以及那篇高度评价了鲁迅杂文、正确分析了鲁迅思想发展的《序言》。鲁迅和瞿秋白结识、交往的时间并不长，从1932年春末夏初他们第一次见面[①]到1934年元月份瞿秋白离开上海去中央苏区，他们直接的往来至多不过两年。算上结识前和分别后的通信联系，总共也不过三年多的时间。[②]然而，战斗的岁月和共同的理想却凝成了这两个共产主义战士的牢不可破的深厚情谊。瞿秋白在写给鲁迅的第一封信上有这样

---

① 据许广平《鲁迅回忆录》第118页。
② 通信联系开始于1931年下半年。

的话："我们是这样亲密的人，没有见面的时候就这样亲密的人。"这句话很可以作为他们的深厚情谊的写照。1935年6月18日瞿秋白同志不幸遇难后，鲁迅在万分悲愤之中，抱病为亡友、为先烈编集遗文，一部《海上述林》从编辑、排校到分送好友，成了鲁迅在世最后一年中的一件大事，直到他病逝前几天，还在为这件无法放下的工作辛勤劳瘁。鲁迅说过："纸墨更寿于金石。"他正是抱着这样的心情来悼念亡友、传播遗文的。

关于鲁迅和瞿秋白的战斗情谊，新中国成立以来，杨之华同志在《忆秋白》（《红旗飘飘》第八辑）、许广平同志在《鲁迅回忆录》、冯雪峰同志在《回忆鲁迅》中都曾专章忆述过。另外一些与鲁迅、瞿秋白有过交往的革命前辈以及现代文学研究工作者、中共党史研究工作者也都发表过不少著述和文章。"文化大革命"前，人们从不怀疑鲁迅和瞿秋白战斗友谊的真实性，人们只是在崇仰与怀念的意义上谈起这段往事。但是，"文化大革命"中，瞿秋白同志一夜之间便由烈士变成了"叛徒"，瞿秋白与鲁迅的战斗友谊也顷刻变成了禁忌和污点。在一片鞭尸掘墓、鬼哭狼嚎的"讨瞿"声中，所谓《鲁迅批判瞿秋白》的材料也被某些人费尽心机、无中生有地制造出来了。这种对历史的公然歪曲、篡改和嘲弄让人愤怒和寒心！为此，在1978年10月于黄山召开的鲁迅研究会议上，我曾对这种历史的颠倒进行过"弹劾"。随后，在《鲁迅研究中值得注意的几个问题》（《文艺报》1978年第5期）一文中，我再次强调了鲁迅和瞿秋白的战斗友谊。但是，由于篇幅所限，文章未能引述更多的材料和展开充分的论证。不料想个别同志竟仍对明摆的历史事实妄生疑窦，说什么瞿秋白同志的《鲁迅杂感选集·序言》未必正确，鲁迅对此文也未曾"首肯"，言下之意似乎鲁迅与瞿秋白的友谊被人为地夸大了。当然，作为一个客观存在，瞿秋白编选的《鲁迅杂感选集》和他写的《序言》都要进一步接受历史的检验。这个选本和这篇序言的科学评价都不是不可以讨论的。但是，历史事实也是不容许歪曲的。为此，重述一些本来人所共知的情况似乎也成了必要。

鲁迅如何看待《鲁迅杂感选集·序言》？这首先要看这篇《序言》是怎样写成的。不妨先看看杨之华同志的回忆：

> 秋白同志写《鲁迅杂感选集·序言》是在一九三三年四月初，地点是在上海北四川路底日照里十二号的亭

子间里。

这个小小的亭子间是鲁迅先生亲身替我们租来的。……

鲁迅几乎每天到日照里来看我们,和秋白谈论政治、时事、文艺各方面的事情,乐而忘返。……

秋白认为有必要为鲁迅辨明是非,给鲁迅一个正确的评价。……有责任号召大家向鲁迅学习。……(《〈鲁迅杂感选集·序言〉是怎样产生的》,《语文学习》1958年第1期)

这便是瞿秋白同志写作《序言》的背景和动机。至于具体的写作情况以及鲁迅先生对文章的反映,杨之华同志也作了生动的忆述:

秋白着手这项编选工作的时候,为了避开敌人的追逐和邻居的怀疑,白天就装病,躺在床上仔细地阅读鲁迅的作品,到夜深人静,才起来伏在一张小方桌上一口气地赶着写。他一连写了几个晚上。鲁迅有一次来我们家看到这篇序言,非常高兴,带着感激的心情对秋白说:"你写作的环境比我坏得多。"(同上)

在《忆秋白》一文中，也有着与此基本相同但却更为细致的描述：

> 他一连三天，白天装生病，在床上看完鲁迅杂感，第四天晚上开始执笔写，一连几个晚上写成了。鲁迅看了很满意，从他沉默的眼光和轻松的微笑里，露出了他在检讨自己思想发展的过程，诚意接受秋白对他的批评和鼓励，忘记了香烟头烧着了他的手指。

关于上述情况，许广平同志和冯雪峰同志也都有类似的忆述。许广平同志说：

> 在动笔之前，秋白同志曾不断向鲁迅探讨研究，分析鲁迅的代表时代的前后变化，广泛披览他的作品，当面询问经过。秋白同志是怎样严肃地对待这个论断！写出之后，鲁迅读了，心折不已。"只是说得太好了，应该坏的地方也多提起些。"（《秋白同志和鲁迅相处的日子》，《语文学习》1959年第六期。）

冯雪峰同志也说：

对于《鲁迅杂感选集·序言》这篇论文，鲁迅先生是尤其看重的，而且在他心里也确实发生了对战友的非常深刻的感激，因为秋白同志对于杂文给以正确的看法，对鲁迅先生的杂文的战斗作用和社会价值给以应有的历史性的估计，这样的看法和评价在中国那时还是第一次……

又说：

鲁迅先生对秋白同志写的《鲁迅杂感选集·序言》这篇文章，最有所感受的，据我理解，还是批评和分析到他前期思想上的缺点的地方。……他说："分析的是对的，以前就没有人这样批评过。"他说话时候的态度是愉快而严肃的，而且我觉得还流露着深刻的感激的情意。（《回忆鲁迅·关于他和瞿秋白同志的友谊》）

"文化大革命"前，即使在冯雪峰同志被错划为右派分子之后，大家并未对包括冯雪峰同志在内的上述回忆发生过任何怀疑。因为问题很清楚：所有这些回忆是那样的逼真和吻合，而这些同志和鲁迅、瞿秋白的关系又是那样的亲密！上述回忆告诉我们：对于瞿秋白同志的《鲁迅杂感选集·序言》，鲁迅先生不仅是"首肯"的，而且充满着战友的感激！

但是，有人却对这些忆述置若罔闻。他们说："鲁迅对瞿秋白的《鲁迅杂感选集》及其《序言》的看法，是有鲁迅自己的文字留存的，见鲁迅1933年3月20日、4月5日、4月13日、4月20日、4月26日致李小峰信以及1936年5月15日致曹靖华信。在鲁迅亲自写下的文字中，我们看到许多对瞿秋白肯定和怀念的记载，却查不到对瞿秋白那个论点加以'首肯'的任何表示。"（《文艺报》，1979年第4期第44页）

读了这段文字颇让人大惑不解。我们不妨向这位从"鲁迅亲自写下的文字中，……看到许多对瞿秋白肯定和怀念的记载"的同志请教一声：这些"肯定和怀念"当中包括不包括瞿秋白的《鲁迅杂感选集·序言》在内？如果不包括，那么，反对这篇《序言》的"表示"又在何处？如果包括，那么，又怎能排除《序言》关于鲁迅思想发展的那个基本论点——"从进化论跃进到阶级论"呢？一边说"看到许多对瞿秋白肯定和怀念的记载"，一边又说"查不到对瞿秋白那个论点加以'首肯'的任何表示",莫非鲁迅是在否定瞿秋白那篇《序言》的基本论点的同时写下了他对瞿秋白的"许多"的"肯定和怀念"吗?实际上,对中国现代文学史稍有常识的人都知道:鲁迅对瞿秋白的"肯定和怀念"不仅包括《序言》(当然也包括它的那个基本论断)在内,而且《序言》(以及它的那个基本论断)还是十分突出的组成部分。人们只要去细细一读那些"留存"下来的"鲁迅自己的文字",问题就会看得十分明显。就说鲁迅写给李小峰的那几封信吧。个别同志虽似持之有据地点出了这几封信,可这几封信凡是涉及瞿、鲁关系之处,无一例外的都是专谈《序言》的。李小峰是北新书局的老板。而北新书局又几乎操有鲁迅著作出版的专利权。鲁迅先生为了使瞿秋白同志编选的《鲁迅杂感选集》(包括那篇《序言》)得以及时出版,而又不致影响北新书局的出版业务,特地先期与李小峰联系,提出了让北新出版这个《选集》的建议。鲁迅说:

> 有一本书我倒希望北新印,就是:我们有几个人在选我的随笔,从《坟》起到《二心》止,有长序,字数

还不一定。因为此书如由别的书店出版,倒是于北新有碍的。(1933年3月20日致李小峰信,《鲁迅书信集》第362页)

这里的"有一本书",就是瞿秋白同志正在编选的《鲁迅杂感选集》。但是,由于瞿秋白同志的身份无法公开,而且还要严防泄露编选者的秘密,鲁迅故意把编选者说成为"我们有几个人"。我们知道,李小峰虽然是鲁迅很熟的朋友,但他只是一个出版商。他虽然热心出版事业,但他并未与共产党人有任何联系。即使他满心赞助共产党人的活动与事业,出于安全考虑,鲁迅也没有必要把瞿秋白编选的底儿交给他。既然鲁迅把编选者说成"我们有几个人",暗示全系自己人,那么,很自然,他也就完全不必要对这个选本及其序言发表什么"首肯"或反对的意见了。如果说,这封看似平常的信中饱含着对瞿秋白的"肯定和怀念",那么,这个"肯定和怀念"不恰恰是通过对瞿秋白同志编选工作及其"长序"的关切、支持和肯定表现出来的吗?!如果抽去了对这个编选工作及"长序"的关切、支持和肯定,那么:对瞿秋白的"肯定和怀念"还到哪里去寻找?

鲁迅对瞿秋白同志《鲁迅杂感选集》及其《序言》的关切、支持和肯定还无一例外地充分表现在写给李小峰的另外几封信中。在同年4月5日的信中,鲁迅说自己想先送编者"一注钱",由自己"将来此书之版税中扣除",4月13日的信中,鲁迅说"编者似颇用心",而且"此书一出",他的那些杂文的"单行本必当受若干影响";4月20日的信中,鲁迅建议将"十七万余字(连序一万五千在内)"的《杂感选集》改为横行排印,以节省篇幅,"便于翻阅";4月26日的信中,鲁迅更是正面肯定了《序文》:"序文……内中有稍激烈处,但当无妨于出版"。在此信中,鲁迅为了消除李小峰可能产生的顾虑,以保证《选集》和《序言》的尽快出版,有意点名"有颇激烈处"但又打了保票:"当无妨于出版"凡此种种,都在表现鲁迅为了《选集》的出版所做的周密的考虑以及呕心沥血的努力。

其实,鲁迅对《鲁迅杂感选集》及其《序言》的关切、支持和肯定不只表现在书信中,在《鲁迅日记》中也有虽属简约但却同样重要的记载:

"下午得小峰信并本月版税泉(即钱——袁按)二百。

付何凝（即瞿秋白）《杂感集》编辑费百。"（1933年4月21日）

"校《杂感选集》起手。"（1933年5月7日）

"夜校《杂感选集》讫。"（1933年6月16日）

"以《选集》编辑费二百付疑冰（即秋白）。"（1933年7月10日）

鲁迅不仅对《鲁迅杂感选集》及其《序言》的出版十分关心，而且亲自校对，完全像对待自己的其他著述一样。

如果看看鲁迅对自己思想发展道路的认识和分析，更可以发现和瞿秋白的《鲁迅杂感选集·序言》有惊人的相似之处。在先于《序言》一年的《三闲集·序言》中，鲁迅这样写道：

> 我一向是相信进化论的，总以为将来必胜于过去，青年必胜于老人……然而后来我明白我倒是错了。……我在广东，就目睹了同是青年，而分成两大阵营，或则投书告密，或则助官捕人的事实！我的思路因此轰毁……一言以蔽之，不就是："从进化论跃进到阶级论"吗？

在晚于瞿秋白同志的《序言》一年的《答国际文学社问》一文中，鲁迅又这样写道：

> 先前，旧社会的腐败，我是觉到了的，我希望着新的社会的起来，但不知道这"新的"该是什么，而且也不知道"新的"起来以后，是否一定就好。待到十月革命后，我才知道这"新的"社会的创造者是无产阶级，但因为资本主义各国的反宣传，对于十月革命还有些冷淡，并且怀疑。现在苏联的存在和成功，使我确切的相信无阶级社会一定要出现，不但完全扫除了怀疑，而且增加许多勇气了。（《且介亭杂文》）

一言以蔽之，不同样是"从进化论跃进到阶级论"，而且坚信共产主义社会一定要实现吗？总之，鲁迅的这些论述和瞿秋白《序言》的那个基本论点都是一致的。既然如此，难道不可以说鲁迅对瞿秋白《序言》的基本论点表示"首肯"吗？

总之，有案可稽的大量事实表明：鲁迅先生对于瞿秋白同志在《鲁迅杂感集》《序言》中所提出的那个著名论断是

"首肯"的。"首肯"的原因,是这个论断符合鲁迅的思想发展的实际。正因为如此,鲁迅才把瞿秋白视为人生难得的知己,也正因为如此,鲁迅与瞿秋白的战斗友谊才成为中国现代文学史和现代革命史上的一段千古流芳的佳话。

尽在不言中

鲁迅先生书简注释及其他

萧 军

作者介绍

萧军（1907—1988），原名刘鸿霖，1907年生，辽宁省义县沈家台镇下碾盘沟村人，笔名有三郎、田军、萧军等。1934年10月创作了著名的《八月的乡村》。他与萧红是"东北作家群"的著名代表。抗战爆发后去延安参加抗日，50年代到北京，专门从事写作，1957年被错划为右派，"文化大革命"期间长期遭到关押，1979年平反后重返文坛。

推荐词

这篇短文以书信和注释的方法，记录了作者与鲁迅先生的一段交往——作者夫妻买早点，发现包油条的纸竟然是鲁迅先生的手稿，于是索要回来，并寄给鲁迅先生。没料到鲁迅先生却说："我的原稿境遇，'许'知道了似乎有点悲哀；我是满足的，居然还可以包油条，可见还有一些用处。我自己是在擦桌子的，因为我用的是中国纸，比洋纸能吸水。"据许广平先生说，鲁迅先生似乎不愿意存些什么"手迹"之类给人们。这是和一些到处"题字"企图不朽的"大人""先生"们有所不同。作者从这样微小的事情中反映出鲁迅先生的高尚人品，真是"尽在不言中"。

第二十六信——1935年4月13日——上海发鲁迅书信

原文：

刘军兄：

七日信早到，我们常想来看你们，孩子的脚也好了，但结果总是我打发了许多琐事之后，就没有力气，一天一天的拖，到后来，又不过是写信。

《二心集》中的那一篇，是针对那时的弊病而发的，但这些老病，现在并没有好，而且我有时还觉得加重了。现在是连说这些话的意思，我也没有了，真是倒退得可以。

我的原稿的境遇，许知道了似乎有点悲哀，我是满足的，居然还可以包油条，可见还有一些用处。我自己是在擦桌子的，因为我用的是中国纸，比洋纸能吸水。

金人译的左士陈阔的小短篇,打听了几处,似乎不大欢迎,那么,我前一信说的可以出一本书,怕是不成的了。望通知他。这回我想把那一篇Novikov priboi的短篇寄到《译文》去。

《搭客》及《樱花》上,都有署名的。《裕客》不知如何,《樱花》已送检查,且经通过,不便改了,以后的投稿再用新名罢。听说《樱花》后面,也许附几句对于李的答复。

一个作者,"自卑"固然不好,"自负"也不好的,易停滞。我想,顶好是不要自馁,总是干;但也不可自满。仍旧总是用功。要不然,输出多而输入少,后来要空虚的。《八月》上我主张删去的,是说明而非描写的地方,作者的说明,以少为是,尤其是狗的心思之类。怎么能知道呢。

前信说张君要和您谈谈,我想是很好的,他是研究文学批评的人,我和他很熟识。

此复,即请

俪安

豫上四月十二夜

鲁迅《日记》载：一九三五年四月十三日"上午复萧军信"。

注释：

在鲁迅先生杂文集中，我是更喜爱《二心集》中的一些文字。这里所指的"那一篇"，我记得是《对于左翼作家联盟意见》。这文章对于我们当前文艺运动中的文艺工作者，有些地方我以为也还是有用处。我把这篇文章附刊在后面。

"原稿"的问题，是我们初住在拉都路北段（在对过马路不远的地方就是"敦和里""文学社"和"译文社"当时所在的地方）时期，所见到的这样一件事：

有一天，我们在敦和里大门口北侧一处卖油条的小铺子买油条吃。拿回家来而竟发觉那包油条的纸竟是鲁迅先生所译"班台莱夫"童话《表》的手书原稿纸二页，这使我和萧红全大吃一惊。接着我马上又到卖油条铺子去问是否还有这类包装纸，他们回答说"没有了"，这使我们当时很懊丧，也很悲伤！我们把这油条包纸马上给鲁迅先生寄去，并写信请他把这《表》的原稿催讨回来……我们在信中表示得很"愤懑"，就是说像中国这样一个国家以至"文学界"，他们对于一位像鲁迅先生这样"独一无二"的作家"手迹"，居然让它去包油条，应该是一种多么可悲的现象！凡属不懂得尊敬自己国家于人民有好处的杰出人物，以至于他们的事业、劳绩……的国民，这国家也将是可悲的！

虽然在鲁迅先生自己似乎一种自嘲地说：

"我的原稿境遇，'许'知道了似乎有点悲哀；我是满足的，居然还可以包油条，可见还有一些用处。我自己是在擦桌子的，因为我用的是中国纸，比洋纸能吸水。"

后来我到他家里去，确是看到过这"擦桌子"的现象。不独如此，我到厕所中，居然也发现了他把自己写过字的原稿纸裁成了方块块，而预备做别种用途。……据许广平先生说，除非她急忙保存起来，一眼不到，他就是如此做的。他似乎不愿意存些什么"手迹"之类给人们，这是和一些到处"题字"企图不朽的"大人""先生"们有所不同。

不"自卑"、不"自负"、不"自满"、不"自馁"……"总是干""总是用功"……这就是他给我们——至少是我自己——的教训，我将终生遵循它们它们……

我记得在《八月的乡村》中我曾有一个地方，——孙家兄弟离家时——竟兴致勃勃地把"狗的心理"也描写了一番，于是鲁迅先生在原稿上"眉批"着："狗的心理你怎么会知道?"于是我羞惭地把它们抹去了。他在小说中主张多"描写",少"说明"以至不主张讲些半通不通的"道理"。

"张君"是"胡风",那时我们还没见过面。

1984年7月30日

其他:

前面所提的《二心集》中那篇文章,在《文化报》上转载过了。

1980年3月20日——海北楼

半生辛苦 万种情怀

读《〈呐喊〉自序》

李国涛

作者介绍

李国涛,江苏徐州人。1948年毕业于徐州中学。1950年参加工作,历任中学教师、山西省哲学社会科学研究所《学术通讯》编辑、《汾水》编辑部副主任、《山西文学》杂志主编、山西省作家协会副主席、研究员。著有长篇小说《世界正年轻》《依旧多情》,评论集《〈野草〉艺术谈》《STYLIST——鲁迅研究的新课题》《文坛边鼓集》,论文《且说山药蛋派》《小说文体的自觉》等。

推荐词

《呐喊》出版时,鲁迅还没有散文创作,他的散文文体中的那种凝重、深沉、长河百转、苍峰千仞的气象还没有显示出来,《〈呐喊〉自序》是具备了这种特色的,它直抒作者个人感情的那种非凡的力量,是此前的作品中所没有的。在这个《自序》里,鲁迅的半生辛苦、万种情怀,均集于文中。因此我们不妨说,《〈呐喊〉自序》是鲁迅叙事抒情散文的开端。

《呐喊》是鲁迅的第一个小说集，也是他在创作方面的第一个集子。《呐喊》出版于1923年，《自序》写于1922年底。在1922年底，《坟》里的白话文才写了两篇，即《我之节烈观》和《我们现在怎样做父亲》；《热风》基本上已写完。鲁迅的这些长论短评，以它们的深刻尖锐为"五四"时期的文化革命、文学革命作出不朽的贡献，也奠定了鲁迅杂文的文体格调。但是，鲁迅还没有开始他的抒情性、叙事性的散文写作，这类散文文体中的那种凝重、深沉、长河百转、苍峰千仞的气象还没有显示出来，《〈呐喊〉自序》是具备了这种特色的，它直抒作者个人感情的那种非凡的力量，是此前的作品中所没有的。鲁迅的半生辛苦、万种情怀，均集于《自序》中。因此我们不妨说，《〈呐喊〉自序》是鲁迅叙事抒情散文的开端，它在文体上也是这类散文的代表和典范。后来的研究者只注意这篇自序里所提供的资料性内容，而忽略了它在鲁迅散文风格发展上的意义及它本身的美学价值，这是很可惜的。

我读这篇文章时，有如下几点感受。

一、这是鲁迅作为一位作家，自己写自己。因此，"人到中年"以后所积聚的感情以极其浓缩的形式出现，在冷峻的笔锋下藏着无比的热情。文中叙及半生的经历，辛酸、梦想、狂热、冷静，突现在读者眼前。半生的经历很多，感情上的变化也大，不但大，而且难言，又不愿直言。这种文章可是难做。这篇文章既是一个小说集的序，当然不能离开小说集里的作品；于是，按"序"的惯例，由集里的小说说起。由《呐喊》的"来由"，说到生活的经历，这就是序文的前段。按我们现在的术语说，这是"生活基础"。后段写的是"创作动机"，也即为什么写成"呐喊文学"的原因。最后，结到《呐喊》出版时的心情。

如果按当前的术语，列出"生活基础"和"写作动机"来写，那恐怕只有资料价值了。但这是出自大手笔的文学作品，是序文，是诗。它用诗一样的节奏和语言，用小说一样的典型细节，用鲁迅杂文惯有的尖锐洒脱，跳跃地、时而象征时而写实地，叙述三十多年的经历；穷困的童年、苦斗的青年、寂寞的中年和奋起的当前。请想一下出入于"一样高的柜台"和"一倍高的柜台"之间，这不就写尽了童年的生活吗？鲁迅当时十五岁左右。"年纪可是忘却了"，实际上不是忘却，是把"机会"留给那两种柜台。"走异路"和慈母的眼泪，电影上的"示众"镜头，《新生》的命运，然后，大毒蛇一样的"寂寞"，反复几次地描绘这种"寂寞"；这些内容都使读者永难忘怀。"钞古碑"，是"寂寞"的延续和形象化，夏夜院中，槐蚕"每每冰冷的落在头颈上"，加深了"寂寞"之感。"寂寞"成为一种有实感的事物出现在序文里了。然后，是人们都熟悉的那场同"金心异"的谈话。最后，是"呐喊"，是《呐喊》。

诗一样的叙事结合诗一样的抒情，由鲁迅自己勾出一个鲁迅的形象，这是第一次，也是最完整的一次。

二、微妙的感情剖析和精辟的世事论断。

《〈呐喊〉自序》往往从生活经历上升到哲理的思考和艺术的象征，所以文章不长而韵味长、含蕴多，所以留给后来者的也绵远，迄无尽期。

序文一开始讲到的"寂寞"，在后面又多次提起。"我于是以我所感到者为寂寞"；"寂寞"，"如大毒蛇，缠住了我的灵魂了";"寂寞"要以麻醉来"驱除";然而至今尚不能"忘怀";于是同情《新青年》编者的"寂寞",决定以自己的呐喊来破除他们的"寂寞",并且不想再将自己的"寂寞"之感传染给当时的青年。请读一读,这里对这种感情的描写可谓入微。现在的研究者已经注意于鲁迅的"寂寞感"并且发挥下去,写成引人重视的论文。这"寂寞"之感,首先就是在这个自序里提出的,它已经成为诗意的哲理的象征。此外,柜台前的屈辱、母亲的眼泪、异国游子的悲愤、中年战士的苍凉心境,都刻画得好极了。

"有谁从小康人家而坠入困顿的么,我以为在这途路中,大概可以看见世人的真面目",这个论断由丰富的生活经历概括出来,表现出哲人的睿智。而革命者的喊声,引不起任何回应,连反对者都没有,这又是非亲身经历者不能明白的苦痛境遇。另外,叫醒"铁屋子"里的沉睡者,是应该的呢,还是不应该的,这也是中国"五四"时期革命知识分子所考虑过的问题。在这篇序文里有许多这样的问题、这样的论断,这都使这篇文章超越一般的叙事和抒情,而达到哲理的高度,成为诗与哲理的结合。

三、独特的文体风格。

在这篇序文里，鲁迅把一种历史的感觉和他个人的感情、心理变化，用一种极为深沉的调子表现出来。文句大都很长，在一种曲折的、难于倾诉的回转中表达出来。这些文句是那么雄厚有力，使你不便用"流畅"一类的词语去形容，去规范。这是只有鲁迅才有的风格，像吃水很深的船，一面快速地向前驶去，一面又给你稳定、庄严的感觉。在这里没有讽刺、幽默，也没有笑；是巨大的历史回声，从海的深处升起。

我不能不引出几句来说一说。请先读文章开头的一段，那第二句便是很长的句子。这是入题之笔，是牵动全文的。请看，"所谓回忆者，虽说……有时也不免……而我偏苦于……到现在便成了……"这里的转折、限定的词很多，不是为了求得表达的准确，而是为了找到感情所需要的调子。以下的文章都是以这种调子写的，它曲折，它婉转，它丰满，它苍凉。如果说古语里称赞好文章有所谓"无不达之意"，那么这种调子，这种风格，同全文的内容是如此谐和，不但无不达之意，也就无不传之情了。作为一个更鲜明的文句，我想举出文章的结尾部分：

> 这样说来，我的小说和艺术的距离之远，也就可想而知了，然而到今日还能蒙着小说的名，甚而至于且有成集的机会，无论如何总不能不说是一件微幸的事，但微幸虽使我不安于心，而悬揣人间暂时也还有谈者，则究竟也仍然是高兴的。

这里表达的是一种喜悦之情，当然也有不满，这不满也非虚语，在后来的《故事新编·序言》和《中国新文学大系·小说二集序言》中曾有进一步说明。但整个说来是高兴的，但这高兴又不只是一点高兴，是包含着许多复杂感情甚至"苦味"的高兴。文中用了这么多虚词，似乎都把文句弄得有点"模糊"了。是的，如果说"模糊"，这里的模糊构成了艺术上的丰满和深远；你要"明确"吗？请试着改写一下，只怕"明确"反造成了干瘪。艺术，确有它难以捉摸的地方，只有多读几遍，才能得其三昧。

生动传神　蕴藉含蓄

《香市》赏析

吴甸起

作者介绍

吴甸起,1965年毕业于吉林大学中文系。有理论专著《文学魅力的寻觅》《读赏论评》《新思维与新实践》《文学审美欣赏方法指要》出版。

推荐词

香市"像一扇赫然敞开的窗子,人们可以从这里看到广阔而久远的农村社会生活的全貌。作者从早年亲切的生活回忆和对农村现实的细致观察出发,紧紧把握住窥一斑而见全豹的艺术表现角度,生动传神而又蕴藉含蓄地描写了"香市"今昔的历史变异。

《香市》是茅盾写的一篇独具江浙农村生活气息的"乡土文学"。

全篇通过"我"真切的见闻感受，描写了别有异趣的家乡"香市"。关于"香市"，作者在《陌生人》一文中说："镇上有一座土地庙。如果父老的传说可信，则'该'庙的'大老爷'原是明末清初的一位忠臣，三四百年来，享受此方人民的香火……乡下人迷信这位土地老爷特别关心蚕桑，所以每年清明节后'嬉春祈蚕'的所谓'香市'一定举行在这土地庙。"作者在《故乡杂记》中又云："'香市'就是阴历三月初一起，十五日止的土地庙的'庙会'式的临时市场。乡下人都来烧香，祈神赐福，——蚕好，趁便逛一下。"从这些详尽而生动的说明中不难看出，"香市"是带有封建宗教色彩和地方风情的古老乡村习俗，是反映农村自给自足自然经济和农民质朴单纯精神生活的"乡场"活动。

"香市"像一扇赫然敞开的窗子,人们可以从这里看到广阔而久远的农村社会生活的全貌。作者从早年亲切的生活回忆和对农村现实的细致观察出发,紧紧把握住窥一斑而见全豹的艺术表现角度,生动传神而又蕴藉含蓄地描写了"香市"今昔的历史变异。

开篇处,作者在风暖日丽、春和景明的诗情画意的氛围中,以浓墨重彩、繁弦密管烘染描摹了"幼时所见"的"香市"景象。只见社庙前"临时茶棚,戏法场,弄缸弄,走绳索,三上吊的武技班,老虎,矮子,提线戏,髦儿戏,西洋镜",诸种杂艺,各占一方,相互竞技,会集成阵,"将社庙前五六十亩地的大广场挤得满满的"。可见戏之多,人之众,势之盛。作者对诸家杂艺并没有精雕细琢,只是采取并列法将其一一点出,但却像走马灯一样把诸般艺技倏忽间尽呈于人们眼前,不经意中抖开一幅喧腾热闹的"香市百艺"图,给人以方位感、格局感和立体感。接着,作者艺术描写的镜头,由外景转为内景,庙里所见是色彩斑斓的糖果花纸,"各式各样"玩具,"泥的纸的金属的",应有尽有,而其"烛山""灿如繁星",檀香烟"熏得眼睛流泪","木拜垫上"则是"成排的磕头者"。笔笔皆是传神的白描，既反映了庙会的景物特点，又写出了儿童独具的心理感受，并由纸、糖、烛、烟及拜佛者和谐有机地濡染了"香市"神秘热烈的气氛，使读者仿佛看到农民"祈神赐福"的虔诚和孩子们"借佛游春"的欢乐。作者由外而内、由物而人，有步骤、有层次、有色彩地描绘了在"香市"的"所见"；"所见"是循着游赏者足迹的推移，采取分述法表现的。在详尽生动地铺排了"香市"盛况的"所见"文字后，作品又峰回路转、水到渠成地采取综述法，写下了一段虽则简省但却十分精彩的"香市所闻"："庙里庙外，人声和锣鼓声，还有孩子们手里的小喇叭、哨子的声音，混合成一片骚音，三里路外也听得见。"古人云"蛙鸣十里"，那不过是诗句的艺术夸张，而此处的三里路外也听得见"香市"的喧闹之声，却是极为真切的实情。而选取"所闻"之声以总括"香市"庙堂内外的热烈繁闹的场景，其构思运墨确实是精妙的。

　　作者绘声绘色地描写了童年记忆中的"香市"之后，笔锋陡然一转，又记叙了"革命"以后所见到的"香市"："庙前的乌龙潭一泓清水依然如昔，可是潭后那座戏台却坍塌了，屋椽子像瘦人的肋骨似的暴露在'光风化日'之下。"昔日喧腾的场景消失了,神奇的色彩暗淡了,美妙的骚音沉寂了,"往常'香市'的主角——农民,今天差不多看不见"了。"香市"今之凄清与昔之热烈构成了强烈鲜明的艺术对比,深刻而凄婉地表现了"香市"——古老风习发生的急剧的历史变异。如果说关于童年时"香市"的动人描述,虽则也映照出了小生产者封建余教的意识,但更多地还是熔铸了纯朴农民"父与子"两代人对美好生活的追求憧憬;那么,以反差性的对比和沉郁的笔墨所勾画的今日"香市"寂寞情景,则是通过"庙会"这个窗口展示了农村经济破落凋敝的现实趋势,暗示了在农民中发生的悲剧性遭遇。值得称道的是,作者深谙艺术描写的辩证法,于通篇"今不如昔"的整体对比结构中,又巧妙地变演出"今胜于昔"的局部艺术对比:在"我"期冀"重温儿时的旧梦"而深感"山河犹在,世情皆非"之时,竟"出乎意料"地看到了技艺超绝的"现代马戏"。作品在此处一改前文的并列法、排比法的粗放点染,细腻而详尽地专写"马戏"一技。诸如武术班的名声、主角、节目,甚至戏团演员的神态语言,都一一写到了。这有着在"上海良友画报六十二期揭载的'卧钉床'的大力士"名角的武术班,确非"从前'香市'里的打拳头卖膏药的玩意"可比，而且他们表演的又何等认真、卖力，"把式不敢马虎"，然而，这反映现代文明技艺水平的表演，也只"售票价十六枚铜元""第一天也只得二百来看客""要是放在十多年前，怕不是挤得满场没个空隙儿么？"技艺高了，看客反倒少了，"今胜于昔"的"南洋武术班"遭际的冷场悲剧，就更加有力地衬托和深化了农民物质精神生活"今不如昔"的悲剧。

本文不足一千二百字。开篇便点题，旋即简洁明晰地交代了"香市"的地点、时间、人物、内容，接着便以对照性的二部结构，生动有情地记叙了"香市"的今昔变化，篇终又点题与开篇遥相呼应，全文结构语言给人一种单纯明净的美感。但单纯明净并不意味浅白直露，恰恰相反，它与含蓄蕴藉取得了辩证的统一。确切些说，文章对"香市"景物风习的描写是单纯明净的，而对景物风习变异所包孕的社会意义的揭示是含蓄蕴藉的。"我"的三位堂妹子为何"出世以来没有见过像样的热闹的香市"？先前那些在"木拜垫上"成排的祈神赐福的农民为什么不见踪影了？作品对造成"香市"悲剧性历史变异的原因，没有做正面的、直接的、翔实的交代，只是在勾勒今日"香市"面貌时，作为景物描写的构成部分，采用深有寓意的象征手法，叙说了"'革命'以后""社庙的左屋被'公安分局'借去做了衙门""社庙的左偏殿上又有什么'蚕种改良所'的招牌"。此处用字虽少，但却语涉政治："公安分局"者象征着反动的军阀势力，"蚕种改良所"者象征着帝国主义的经济侵略。小小的一座封建宗法式的庙宇，被涂上了一层强权化、殖民化的斑驳怪异的色彩，象征着、预示着素有"桃源"之称的江南"蚕丝之乡"必然走向衰败贫困的社会命运。我觉得，孤立地阅读"香市"一篇，因为它微言大义，尽在景物风习描写之中，对其创作宗旨是很难有更加深切感受的。茅盾在本世纪30年代初期写了一批反映中国农村生活的短篇小说和散文，这些作品情节人物尽管有所不同，但所选取的生活素材和表现角度都是农村经济的破产。因此，这些作品在时代因素和思想内容上存在着某种一致性、联系性、互补性。比如，短篇名作《春蚕》，从某种意义上说，就可以看做《香市》景物风俗描写所蕴含的思想社会意义的一个绝妙的"详注"。《春蚕》写于1932年，《香市》发表于1933年。《春蚕》中有关于茧子"洋种"与"土种"之争，《香市》中有"蚕种改良所"云云，两篇的社会背景基本相同，而故事又都是发生在浙江农村的"清明过后"。倘把两篇作品作为"互文"来读,就不难理解在今日"香市"庙会上,为什么看不见农民的真正社会原因。像老通宝一家那样忍饥挨饿,东借西赊,拼死拼活,获得了蚕花丰收却遭致了破产欠债的悲惨结局。他们日日夜夜挣扎在死亡线上,哪里还有闲情逸致来"借佛游春"?即使"祈神赐福"滚得"蚕花二十四分",岂不酿成更大的悲剧?因此,先看看《春蚕》中关于老通宝一家及"二三十人家的小村落",为"收蚕"所经历的"大紧张,大决心,大奋斗"和大破产,然后再看《香市》,就可以更加具体、更加明晰、更加深刻地理解"香市"发生的历史变异及深邃的寓意。

此篇当属写景类散文。独具特点的民俗风习,构成了景物描写的地方色调。作者信笔写去,娓娓而述,不加雕饰。无论庙宇、烛山、香烟、杂技,乃至百草梨膏糖的小食及木拜垫上的磕头者,都给人以风物独异的新鲜感受。而笔笔景语又尽是情语,或喜或忧尽在图画之中。此篇文字固然有为村俗乡习——"香市"做记的美意,但作者更深远的旨趣乃在于表现"香市"的今昔剧变,用以勾画农村衰败贫困的趋向。所以,前半部的胜景喜情的描写虽有佳妙之处,而后半部的凄境忧意的记叙则尤为发人深思。"弦弦掩抑声声思",这是白居易《琵琶行》中的一句诗,把它拿来可以概括《香市》后半部艺术描写的特点。关于今日《香市》氛围场景的笔笔描述,无不深含着凄恻之情,尤以结尾处"往常'香市'的主角——农民,今天差不多看不见"一句最为沉痛哀切,在这看似寻常平直的话语背后隐藏着农民多少辛酸和不幸?并且溶进了作者对农民命运多少深厚的关注和同情啊!没有直接的抒情,没有生发的议论,全篇集中笔墨描写景物风俗,并且紧紧扣在"香市""这一个"的历史变异上,而其意、其情、其境在"香市"历史变异的图景中尽出矣!这与那种即景生情或者情景交融的散文相比,岂不是自成一体,别具一格?

"清明"过后,我们镇上照例有所谓"香市",首尾大约半个月。

赶"香市"的群众,主要是农民。"香市"的地点,在社庙。从前农村还是"桃源"的时候,这"香市"就是农村的"狂欢节"。因为从"清明"到"谷雨"这二十天内,风暖日丽,正是"行乐"的时令,并且又是"蚕忙"的前夜,所以到"香市"来的农民一半是祈神赐福(蚕花二十四分),一半也是预酬蚕节的辛苦劳作。所谓"借佛游春"是也。

于是"香市"中主要的节目无非是"吃"和"玩"。临时的茶棚,戏法场,弄缸弄甏,走绳索,三上吊的武技班,老虎,矮子,提线戏,髦儿戏,西洋镜,——将社庙前五六十亩地的大广场挤得满满的。庙里的主人公是百草梨膏糖,花纸,各式各样泥的纸的金属的玩具,灿如繁星的"烛山",熏得眼睛流泪的檀香烟,木拜垫上成排的磕头者。庙里庙外,人声和锣鼓声,还有孩子们手里的小喇叭,哨子的声音,混合成一片骚音,三里路外也听得见。

我幼时所见的"香市",就是这样热闹的。在这"香市"中,我不但赏鉴了所谓"国技",我还认识了老虎,豹,猴子,穿山甲。所以"香市"也是儿童们的狂欢节。

"革命"以后,据说为的要"破除迷信",接连有两年不准举行"香市"。社庙的左屋被"公安分局"借去做了衙门,而庙前广场的一角也筑了篱笆。据说将造公园。

社庙的左偏殿上又有什么"蚕种改良所"的招牌。

然而从去年起,这"迷信"的香市忽又准许举行了。于是我又得机会重温儿时的旧梦,我很高兴地同三位堂妹子(她们运气不好,出世以来没有见过像样的热闹的香市)赶那香市去。

天气虽然很好,"市面"却很不好。社庙前虽然比平日多了许多人,但那空气似乎很阴惨。居然有锣鼓的声音。可是那声音单调。庙前的乌龙潭一泓清水依然如昔,可是潭后那座戏台却坍塌了,屋椽子像瘦人的肋骨似的暴露在"光风化日"之下。一切都不像我儿时所见的香市了!

那么姑且到唯一的锣鼓响的地方去看一看罢。我以为这锣鼓响的是什么变把戏的,一定也是瘪三式的玩意了。然而出乎意料,这是"南洋武术班",上海的《良友画报》六十二期揭载的"卧钉床"的大力士就是其中的一员。那不是无名的"江湖班"。然而他们只售票价十六枚铜元。

看客却也很少,不满二百(我进去的时候,大概只有五六十)。武术班的人们好像有点失望,但仍认真地表演了预告中的五六套：马戏，穿剑门，穿火们，走铅丝，大力士……他们说："今天第一回，人少，可是把式不敢马虎，——"他们三条船上男女老小总共有到三十个！

在我看来，这所谓南洋武术班的几套把式比起从前"香市"里的打拳头卖膏药的玩意来，委实是好看得多了。要是放在十多年前，怕不是挤得满场没个空隙儿么？但是今天第一天也只得二百来看客。往常"香市"的主角——农民，今天差不多看不见。

后来我知道，镇上的小商人是重兴这"香市"的主动者；他们想借此吸引游客"振兴"市面，可是他们也失望了！

"春光似海 盛世如花"

读李广田散文《花潮》

林友光

作者介绍

林友光,1933年生,广东潮州人,毕业于南开大学中文系。退休前为北岳文艺出版社总编辑、编审。

推荐词

"大家之作,其言情也必沁人心脾,其写景也必豁人耳目。其辞脱口而出,无矫揉妆束之态。以其所见者真,所知者深也。"

古往今来，在文学的园圃里，吟咏花事的优秀散文不甚多。宋人周敦颐的《爱莲说》，今人秦牧的《花城》、杨朔的《茶花赋》，都是被广为传颂的名篇。著名现代散文家、诗人李广田的《花潮》，也属大家手笔。全文不到三千字，有色，有景，有声，有情，不愧是当代散文中的佳作。

《花潮》是一篇抒情散文，描写了昆明圆通山圆通公园海棠花花会的盛况；构思精巧，文笔清丽，感情真挚，意境深远。开卷读之，如入千悠百态的风景画廊，美不胜收。

文章一开头，便先声夺人，渲染了一种"紫陌红尘拂面来，无人不道看花回"的气氛，造成了一种浓浓的赏花的空气。这种"未成曲调先有情"的艺术魅力，诱惑着读者也要畅游圆通山。接着，作者泼墨展纸，由远而近，由淡而浓，由静而动，绘声绘色地展现了一幅花会的盛景。你看，游人刚走近公园门口,遥望山头,"只见一片红云",层层绿荫。这是从远处写海棠花,落笔虽淡而色彩却浓。一俟游人一口气攀上圆通山,便"淹没在海棠花的红海里"。这是从近处写海棠花,寥寥数字,却很传神。从"红云"变幻为"红海",如电影镜头,在瞬间可就换了情态,准确地捕捉住人们由远望而近看时视觉上的微妙变化,使人大有亲历其境之感。这里,诗人首先着意点染海棠的"色"。他像是个手笔高超的画家,把朱笔往画幅上轻轻一点,看来似不经意,却把海棠花热烈的色彩突现在读者面前。尔后,文章如流水行云,以极经济的文字写花的盛景,是"一条花巷,一条花街,上天下地都是花,可谓花天花地"。这春意盎然的海棠花开放得简直叫人酿醉。然而,这花虽然浓烈,沁人心脾,但这只是从静态中写它的色和景,还是没有生命的,不足以表现海棠的神韵。于是,诗人以富有音响的语言,刻意写了花的动态——花潮:

> 你不要乱跑,静下来,你看那一望无际的花,"如钱塘潮夜澎湃",有风,花在动,无风,花也潮水一般地动,在阳光照射下,每一个花瓣都有它自己的阴影,

就仿佛多少波浪在大海上翻腾,……而且,你可以听到潮水的声音,谁知道呢,也许是花下的人语声,也许是花丛中蜜蜂嗡嗡声,也许什么地方有黄莺的歌声,还有什么地方送来看花人的琴声,歌声,笑声……这一切交织在一起,再加上风声,天籁人籁,就如同海上午夜的潮声……

经这一番不落俗套的铺陈,海棠花立时有了声音的色彩,在本是恬静的千朵万朵花丛中,唱起了春之歌,回响起海的涛声,把一般赏花人视为静止的花赋予跃动的生命力。这里,诗人没有写花的形状和香味,但读者仿佛和千万赏花者一同在花潮中荡漾,看到繁花似锦,闻到花海腾香。这种化平凡为神奇的艺术功力,令人击节赞赏。文章从开头写到这里,区区六百字,写了花的色彩、花的景致、花的潮声,由色入景,由景入声,丝丝相连。可以说,如此描绘海棠花可谓达到了穷形尽态的境地。读来一气呵成,又从容舒展。这俨然是一帧艳丽、婀娜的海棠花会图。

但是,文章如果有景而无情,或景浓而情寡,那就索然无味了。刘勰在《文心雕龙》的"情采"篇中说:"情者文之经","为情而造文"。写真景,抒真情,创造一种贮满诗情的艺术境界，才能把读者引入佳境，牵动读者的情思。《花潮》在写花咏物时，虽也曾倾注了诗情，但作者笔端凝聚的浓郁的感情，主要还是倾注在写赏花人上面。他用一半多的篇幅写人们如何在树下花间看花，"这棵树下看看，好，那棵树下看看，也好，伫立在另一棵树下仔细端详一番，更好，看看，想想，再看看，再想想"。人们在花下"一步千徘徊"，不忍离去。男女老少，徜徉在花海中，如痴如醉：扶着拐杖的老妈妈，竟情不自禁地折下一朵插在鬓发；穿红着绿、点胭脂、抹口红的姑娘少妇，欲与花争妍，"显得很突出"，那些带弹弓来射鸟的孩子们也被花"惊呆了"；画家和摄影的人们，更是目不暇接，不知要画花，还是要照人；连娇艳的茶花，俏丽的梅花，妖娆的桃花，旖旎的滇池，丰腴的平林和原野，在海棠花事面前，都黯然失色，无人问津。这样一写，不仅进一步烘托了"花潮"，而且写了人潮，潮潮相激，在读者心里涌起层层心潮。这因写花而写人，写人对于大自然的质朴的感情，表现了李广田散文一贯的风格，但却有鲜明的时代印记。李广田早年的散文，如《山之子》等，有一种对大自然和故乡的朴实的感情，但有时不免带着淡淡的忧郁情调。而《花潮》却感情浓烈，色彩斑斓，反映了新中国成立后人民已成了生活的主人，大自然的主人，他们不再为生计忧虑、奔波，劳作之余，尽情游乐。作者为这海棠花会的盛况所撩拨，情思邈远，见景生情，因此，他写花——描出花团锦簇的良辰美景，写人——写出万众欢愉的赏心乐事，写花之可爱，写人更可爱。写花，写人，写新生活，浑然一体，洋溢着一股浓浓的诗意。

《花潮》的谋篇布局十分精巧，常常是"柳暗花明又一村"，出读者意料之外。如文章的最后一段，就有"曲巷通幽径"的妙趣。作者连续排列了十六个人谈诗论花的对话，揭示了海棠花内在美的品格；抒发了人们对工作、对生活的热爱，引导人们追求美好的明天。在作者的笔下，人们不喜欢冯延巳"泪眼问花花不语，乱红飞过秋千去"的悲恻愁怀，而玩赏诗圣杜甫充满生机的诗句："繁枝容易纷纷落，嫩蕊商量细细开。"吟诵龚自珍《己亥杂诗》的名句："落红不是无情物，化作春泥更护花"，则表现了花的、也是人的高尚情操。"不怕花落去，明年花更好"，这是赏花人们的共同心情。这里，或谈诗，或咏花，或借物寄情，或托诗言志，虽然一气写了十六个人的对答，但无重复、累赘之嫌。相反，在这些话语里，蕴蓄着诗般的激情，闪耀着哲理的光辉。最后，以"春光似海，盛世如花"的诗句收束全篇，点明主题，诉说着诗人热爱生活、热爱社会主义祖国，对未来满怀希望的真情。这不能不说是大家手笔，正如清人王国维在《人间词话》中说的："大家之作，其言情也必沁人心脾，其写景也必豁人耳目。其辞脱头而出，无矫揉妆束之态。以其所见者真，所知者深也。"没有真知灼见，写不出这样具有时代精神的散文，没有真情实感，写不出这样动人的文字。更为难能可贵的是，《花潮》写于1962年，那时，我国的困难岁月还未过去，而且，作者被错打成"右倾机会主义分子"，经过周折才刚甄别平反。但作者对祖国前途毫不悲观，对生活充满信心，对个人的遭际也不怨恨，而把他对生活的爱、对光明的追求，熔铸到文章中，使这篇《花潮》真正达到了"所见者真，所知者深"的境界，而产生感人至深的艺术魅力。

满腔郁怒写真情

读《五月卅一日急雨中》

刘锡庆

作者介绍

刘锡庆，1938年生，河南滑县人。北京师范大学中文系教授。著名文学评论家、理论家。中国作家协会会员，北京作家协会第四届理事。有著作《基础写作学》《写作丛谈》等，主编《中国写作理论史》《中国写作理论辑评》（古代、近代、现代、当代及外国等5个分册）《写作学辞典》、《写作技法辞典》《作文辞海》等出版。

推荐词

无情未必真丈夫，有情才能动人心。感情炽热，这可以说是《五月卅一日急雨中》这篇散文最突出的一个艺术特色。这篇散文在写法上也是很有独到之处的。它自始至终，都宛若作者的"自白"。

《五月卅一日急雨中》这篇散文，是著名作家、教育家、语文工作者叶圣陶先生五十多年前所写的一篇名著。它写在"五卅"惨案的当时，发表于6月28日的《文学周报》第179期上。

1925年5月15日，上海的日本纱厂老板勾结反动军警开枪射击要求发放工资的工人，杀害了工人领袖、共产党员顾正红。5月28日，在青岛又发生了日本帝国主义勾结北洋军阀镇压罢工工人的流血事件。这些暴行，激起了中国人民的愤怒。5月30日，上海学生两千余人在租界内宣传声援工人，号召收回租界，被英帝巡督无理拘捕一二百人；随后，万余愤怒的群众举行了浩大的示威游行，并聚集在公共租界南京路巡捕房门首，要求释放被捕学生，高呼"打倒帝国主义"等口号，英巡捕竟悍然开枪屠戮，当场打死群众十余人，伤无数，酿成了震惊中外的"五卅"惨案。

惨案翌日，作者即怀着"满腔的愤怒"，冒着"恶魔的乱箭"似的急雨，赶往肇事地"老闸捕房"，并在那里巡行、"参拜"，以历史见证人的身份记写下了自己的所闻所见、所思所感，集中而强烈地抒发了其爱国主义的情怀，为"五卅"这一中国现代革命史上具有重大意义的事件速写了一幅逼真而明晰的"侧影"。这篇散文具有很高的思想、艺术及史实的价值，是我国早期的最优秀散文篇章之一。

恩格斯曾经指出："愤怒出诗人。"其实，文学作为"人学"，作为人的心灵的探索、感情的表露，没有流荡在作者胸际的内在的"憎"或"爱"的激情，是断然不能动人的。"愤怒"，正是这种激情的一端，是"憎"的感情的极致（它的反面即是"爱"）。大凡文学史上杰出的、不朽的篇章，总是植根于这种强烈的"憎"与"爱"的。《五月卅一日急雨中》这篇文章，再次印证了这个至理。作者面对这场惨绝人寰的大血案，有的只是心灵的震惊，感情的郁怒，精神的奋起！请看吧：他跨下车子，全然不顾狂雨的乱淋；他奋疾地行走，任凭泥水溅污自己的项颈、衣衫；他蔑视手枪的颠头、狞笑的开口；他诅咒"微笑""漂亮""惶恐"的种种"魔影"，愿他们灭绝、销亡！总之，他"把看见的、听见的"一切暴行、劣迹,都一齐化作了仇恨一齐咽下去——哪怕"如同咽一块糙石,一块热铁"!恨之愈深,爱之愈笃,对邪恶的痛恶必化为对正义的挚爱。他想参拜伙伴们的血迹,用舌头把所有的鲜血欲尽;他全神地注视着这曾经淌过血的土地。希望"血的花开在这里,血的果结在这里";他以热烈、高亢的笔调,称颂了站在斗争前列的、"在露天出卖劳动力"的"露胸的朋友"的伟大;他以惊异、感奋的心情,赞美了"穿着青布大褂"的青年学生的英勇和一般市民("店伙")的觉醒……他将胸中的丘壑化作笔底的风雷。诵读这篇文章,我们可以清楚地感到:作者是非清楚,褒贬分明,爱得热烈,恨得刻骨,跳荡、弥布在字里行间像红线一样贯穿全文的正是他那熊熊燃烧的不可遏制的爱国主义激情!这等文字,不是无病呻吟,不是吟风弄月,更没有丝毫做作藻饰。它是激愤的呐喊,怒火的喷吐,心灵的撞击,真情的坦露。他无心"作"文,而只是听任真情倾泻,"把整个儿躯体"都"融化"在事件的"里头"。正因为如此,他这篇"情动于中"的豪放之作才这样有力地拨响了读者的心弦,点燃了读者感情的烈焰,具有撼人心魄的艺术感召力。

无情未必真丈夫,有情才能动人心。感情炽热,这可以说是《五月卅一日急雨中》这篇散文最突出的一个艺术特色。

这篇散文在写法上也是很有独到之处的。它自始至终,都宛若作者的"自白"。

请看开头的一段,它是这样起笔的:

> 从车上跨下,急雨如恶魔的乱箭,立刻湿了我的长衫。满腔的愤怒,头颅似乎戴着紧紧的铁箍。我走,我奋疾地走。路人少极了,店铺里仿佛也很少见人影。那里去了!那里去了!怕听昨天那样的排枪声,怕吃昨天那样的急射弹,所以,如小鼠如蜗牛般,蜷伏在家里,抹藏在柜台底下么?这有什么用?你蜷伏,你躲藏,枪声会来找你的耳朵,子弹会来找你的肉体,你看有什么用?

前面几句,固然有"记叙"的作用,但实际上是作者带着浓重主观色彩的"自白";从"那里去了"之后,就全然是心理活动的自由抒写了。这种自言自语、自问自答、自述自叹的叙写方式,极便于揭示作者内心的底蕴。这是一种很巧妙、很直接的写法，它赋客观叙述以主观"自白"色彩，化精辟议论为心理活动，使文章做到了内外交融、物我合一。这样，随着作者思想感情、内心活动的不间断地发展变化，文章自然而然地写下去，它不仅使读者循着作者的踪迹，恍如置身于风狂雨骤的南京路上，见作者之所见，而且更深一层，使读者和着作者情绪的起伏，感作者之所感，照见了他的心迹。这很有点像电影表现手法上的"蒙太奇"，一个个镜头，一幅幅画面，切入、跳跃，转接得很巧妙；画面上有人有物，有声有色，再加上作者的"画外音"，这样，这段文章就极富于立体感了。

同时，比喻、象征、描摹等艺术手法的运用，也大大加强了作品的形象性和感染力。如：

> 我回身走才来的路，路上有人了。三四个，六七个，显然可见是青布大褂的队伍，虽然中间也有穿洋服的，也有穿各色衫子的断发的女子。他们有的张着伞，大部分却直任狂雨乱淋。
>
> 我开始惊异于他们的脸。从来没有见过，这么严肃的脸，有如昆仑的耸峙，这么郁怒的脸，有如雷电之将作；青年的柔秀的颜色退隐了，换上了壮士的北地人的

苍劲。他们的眼睛冒得出焚烧掉一切的火，闭紧的嘴唇里藏着咬得死生物的牙齿，鼻头不怕闻血腥与死人的尸臭，耳朵不怕听大炮与猛兽的咆哮，而皮肤简直是百炼的铁甲。

佩弦的诗道："笑将不复在我们唇上！"用以歌咏这许多的脸，正是适合。他们不复笑，永远不复笑里他们有的是严肃与郁怒，永远是严肃与郁怒！

这是全篇最为精彩的一段文字。它犹如电影摄像一般，把镜头对准了"才来的路"和路上的行人：从"三四个"到"六七个"，到"青布大褂的队伍"再具体落到"穿洋服的""穿各色衫子的断发的女子""张着伞的"以及"任狂雨乱淋"的画面，镜头由远而近，由散而聚，直到推出"脸"的特写。作者对于"脸"的描摹是十分着力的，但用的并不是传统的写实手法，而是采用了浪漫主义的、夸张的表现手法：状"严肃"，说是"如昆仑的耸峙"，绘"郁怒"，比作"雷电之将作"，传神情，则以"壮士的北地人的苍劲"。尔后，更以夸张的奇想，分别对眼、嘴、鼻、耳、皮肤进行了形象的描绘。这段文字，没有一处描写是坐实的,但又没有一处描写是抽象的。它是非常浪漫的,又是极其现实的。读者借助于自己的想象,可以深刻体味到作者当时的强烈的感受,从而和作者心灵相通。其他,像对"露胸的朋友"的描绘,对各种"魔影"的描绘,也都是采用这样抓着最主要特征的"印象式"的粗笔勾勒,寥寥数笔,却能勾"神"摄"魄",达到了不以"形肖"而求"神似"的更高的目标,像不是用笔而是用刀镌刻一样,在读者心里留下了很深的印象。特别是作者写景,多用"注情于景","以景见情"的手法。如在作者眼中,急雨像是"恶魔的乱箭";驰过的汽车,"猛兽似的张着巨眼"。这使得景为情用,情景交融,透露着浓厚的"主观感受"的色彩,很好地加强了作品的抒情气息。

叶圣陶在写作散文时,是十分讲求表现自己的艺术个性的。他曾在《读者的话》这篇文章中从"读者"的角度对散文作者提出过这样的要求:"我要求你们的工作完全表现你们自己,不仅是一种主张,一个意思要是你们自己的,便是细到像游丝的一缕情怀,低到像落叶的一声叹息,也要让我认得出是你们的,而不是旁人的。"鲜明地表露个性,这是现代散文的一个最重要的特征。我们从《五月卅一日急雨中》也可以看出：这篇散文,观察是他"自己"的,情怀是他"自己"的,特别是描绘抒发、造语出言的写法也是他"自己"的!

《五月卅一日急雨中》这篇散文,和作者其他散文创作相比较,我们可以明显地感到它们的不同。这篇文章,就他的全部散文创作来说,是一个新的开拓,大的突破。他的一般散文篇什,无论是早期的《剑鞘》集、《脚步集》里的文章,还是后来的《未厌居习作》《西川集》里的文字,都很讲求隽永闲适的意境,追求淡泊雅致的情韵,呈现出一种纯朴流畅、细腻严谨的风格。但这篇文章不同了,如鲁迅先生所说:它描写的是"新的山崩地塌般的大波"(鲁迅语,见《华盖集续编·马上日记之二》),呈现的是高亢、率直的艺术风格。它文势雄放,正气浩然,如骤雨急风,像金钲羯鼓鼓,其语言也是铿锵、壮美的。大量排比句式的运用,使文章染上了浓烈的"诗"的色调;"我满腔的愤怒"这一句的反复出现,犹如一阕乐曲的"主旋律"一般,大大强化了文章表情达意的"力度";节拍是急促的,句式是简短的,这很合于文章内容所要求的氛围;一些浓缩了的词语的遣用,如"奋疾""腐心""温润""虔敬"等,以及大胆摘引的友人"佩弦"(即朱自清先生,时年仅27岁)的诗句,都使人耳目一新，反映了当时挣脱羁绊、活泼奔放的时代的风尚。特别是作者遣词造句，一贯讲究声调、节奏，具有声音之美，不仅可供阅读，而且能适于朗诵，他在致王力的信中说"此非细事""声入心通，操觚者必须讲求"。诵议此文，可知他对此是身体力行的。

当然，今天我们来读这篇文章，感到也有不足之处。由于作者当时正处在事件的过程之中，感情十分激愤、郁怒，因此，对事件中所反映出的一些消极现象，就不能给以很冷静、很科学、很有分寸的分析与评价。如对一些暂时尚不觉悟、尚未奋起、胆小害怕的人，作者就视为"惶恐"的"魔影"而予以"灭绝""销亡"的诅咒。这很难说是正确的态度、明智的判断。再如，对街上行人的稀少所表现出的那种鄙夷、愤怒、冷嘲热讽的感情，也是不无偏颇之处的。其实，对这些人，甚至包括"漂亮""微笑"的人中的一部分，只要他们不是死心塌地的卖国、反革命，也都是应予团结、争取、教育的。这种较为偏颇的认识也反映了那时进步的、革命的知识分子的一般通病。从更大一点的范围来说，当时我们党也正处在"幼年"阶段，政策和策略也都是不够成熟的。所以，我们很难苛求于作者。"五卅"运动，标志了中国革命第一高潮的兴起。尽管作者在一些枝节、局部的认识上存有这样那样的偏颇和不足,但他毕竟是敏感的——他惊异地发现了那"露胸的朋友"的眼睛里所放射出的"英雄"的光,并发自内心地赞颂了工人们的"伟大"和"刚强";他欣喜地发现了烈士的鲜血并没有白流,它灌溉、温润着祖国的大地,行将"开花""结果",中国是"有救的"!这正是作者的思想深刻之处!

鲁迅先生在《革命时代的文学》一文中曾这样精辟地指出:"至于富有反抗性,蕴有力量的民族,因为叫苦没有用,他便觉悟起来,由哀音而变为怒吼。怒吼的文学一出现,反抗就快到了;他们已经很愤怒,所以与革命爆发时代接近的文学每每带有愤怒之音;他要反抗,他要复仇。"(见《鲁迅全集·而已集》)《五月卅一日急雨中》就是这样的一篇"怒吼文学",它生动地表现了"富有反抗性、蕴有力量"的伟大的中华民族在帝国主义压迫、反动势力统治下的伟大觉醒,吼出了中国人民"要反抗""要复仇"的"愤怒之音",预示了"反抗"与"革命爆发时代"的就要到来——正是这样的原因,才使得这篇散文获得了历久不衰的生命力!

中国现代散文发轫期的力作

读冰心的《笑》

李关元

作者介绍

李关元,扬州大学文学院教授。

推荐词

这篇小品文在现代文学史上便具有开创性的意义,它破除了封建卫道者们认定的白话不能作"美文"的谬论。在冰心个人创作的道路上,这篇《笑》也具有特殊意义,它导致了以《往事》《寄小读者》为总题的两大组散文的创作,突出地表现了冰心散文创作的艺术才华,从此,现代文学史上便有"冰心体"散文这一名词。

在我国现代文学史上,最初对封建主义进行敏锐闪击的散文创作是《新青年》发表的《随感录》,这是时代的需要,并非新文学运动先驱者不能创作抒情小品。1921年革新后的《小说月报》(第十二卷第一号),在"创作"一栏里,第一篇跃入读者眼帘的便是冰心的这篇《笑》。正如阿英同志在《现代十六家小品·序记》里所说,这篇"漂亮、缜密、紧凑的文章""虽说被放在'创作'内,实际上是一篇小品文,就是后来一般作家所认为的正统小品"。因此这篇小品文在现代文学史上便具有开创性的意义,它破除了封建卫道者们认定的白话不能作"美文"的谬论。在冰心个人创作的道路上,这篇《笑》也具有特殊意义,它导致了以《往事》《寄小读者》为总题的两大组散文的创作,突出地表现了冰心散文创作的艺术才华,从此,现代文学史上便有"冰心体"散文这一名词,其影响之深远是今天的青年读者无法想象的，阿英同志曾公正地说："青年的读者，有不受鲁迅影响的，可是，不受冰心文字影响的，那是很少，虽然从创作的伟大性及其成功方面看，鲁迅还超过冰心。"

冰心在"五四"时期的创作的主旋律是歌颂"爱的哲学"，但她的笔触很少涉及两性间的爱，她把她的情怀都奉献给了父母、弟兄、小朋友、异国的弱小儿女以及大自然。《笑》便是把这种"爱的哲学"诗化的结晶。全篇着重写了三个画面：第一幅画面是写作者在雨后月夜屋里朦胧所见的墙上画中的安琪儿，"这白衣的安琪，抱着花儿，扬着翅儿，向我微微的笑"。第二幅画面是写'我'回忆五年前在古道旁所见的孩子，"他抱着花儿，赤着脚儿，向着我微微的笑"。第三幅画面是写"我"十年前在茅舍里所见的老妇人，"她倚着门儿，抱着花儿向我微微的笑"。三幅画面写了三个不同的形象。安琪儿是神圣的爱的天使，小孩子是纯洁的童贞的化身，老妇人是慈爱的母亲的象征。他们都是作者心目中热情讴歌的对象。我们知道冰心在当时十分崇敬泰戈尔，并信奉泰戈尔的爱的哲学。她曾满怀深情写道："你（按：指泰戈尔）的极端信仰——你的'宇宙和个人的灵中间有一大调和'的信仰:你的存蓄'天然的美感',发挥'天然的美感'的诗词——都渗入我的脑海中,和我原来的'不能言语'的思想,一缕缕的合成琴弦,奏出缥缈神奇无调无声的音乐。"这里所谓的信仰便是泰戈尔所说的"万全之爱",这种"超卓的哲理"慰藉了当时冰心由于时代的苦闷而产生的"心灵的寂寞"。(见《遥寄印度哲人泰戈尔》)我们在这里无需指出这种"爱的哲学"的乌托邦性质以及冰心后来的转变与自我批评。但在军阀混战、充满仇恨以及尔虞我诈的黑暗社会里,这种信仰还有其反封建的进步性一面。"爱"与"美"的理想以及反对人与人之间的隔膜状态是当时文学研究会作家们共同追求的理想,王统照也写过一篇名叫"微笑"的短篇小说,内容是写一个盗窃犯因为见到一个女犯的微笑而产生的心灵上的感动。盗窃犯从此忏悔、觉悟而转变为一个勤奋向上的工人。一个女犯的微笑能否有这样的力量我们可不予细究,但爱的力量可以抚慰人们心灵上的创伤,当时作家们是深信不疑的。这类作品发表后的客观效果又是怎样呢?当时有一位读者指出:"冰心女士是一位伟大的讴歌'爱'的作家,她的本身好像一只蜘蛛,她的哲理是她吐的丝,以'自然'之爱为经,母亲和婴孩之爱为纬，织成一个团团的光网，将她自己的生命悬在中间，这是她一切作品的基础——描写'爱'的文字，再没有比她写得再圣洁而圆满了！"（《读冰心女士作品底感想》，见《小说月报》第13卷第11号）另一位读者联系冰心的小说《超人》，认为《笑》和《超人》表现的是"同样的理想：——在爱底微笑中，人与全人类与神底一体的结合"。（《评冰心女士底兰篇小说》，见《小说月报》第13卷第8号）他们从冰心的作品中汲取的精神营养无疑是有益的。1941年巴金在《冰心著作集·后记》里说："过去我们都是孤寂的孩子，从她的作品那里，我们得到了不少的温暖和安慰。我们知道了爱星、爱海，而且我们从那些亲切而美丽的语句里重温了我们永久失去了的母爱。"可见冰心的信仰和柔情也哺育了巴金这样的大作家。

中国的古代散文源远流长，具有悠久的优良的传统。朱自清指出："中国文学向来大抵以散文学为正宗；散文的发达正是顺势。"（见《〈背影〉序》）但我们读《笑》跟读古代散文有明显不同的艺术感受。其原因便是《笑》是现代散文的开拓性作品，它植根于中国散文丰厚的土壤，又吸收异域的影响，是东西文化撞击出来的最早的硕果。那么，什么是现代散文的特征呢?按郁达夫的观点,首先是表现个性。冰心也同样认为:"'能表现自己'的文学,是创造的,个性的,自然的,是未经人道的,是充满了特别的感情和趣味的,是心灵里的笑语和泪珠。……'真'的文学,是心里有什么,笔下写什么,此时此地只有'我'……只听凭着此时此地的思潮,自由奔放,从脑中流到指上,从指上落到笔头。微笑也好,深愁也好。洒洒落落自自然然的画在纸上。"(《文艺丛谈》见《小说月报》第12卷第4号)我们读《笑》,首先给我们的艺术感受便是冰心的个性率真自然地流露。这里有冰心的灵魂的颤动、冰心的微笑和冰心的忧郁。在结构上运用了意识流小说家自由联想的新颖手法。它使我们想起英国作家沃尔夫的《墙上的斑点》。这篇作品写的是一个妇女从墙上的一个斑点引起的打破时空的自由联想,她想到了人类生活的偶然性,想到了莎士比亚,想到了伦敦的生活习惯,想到了法律诉讼程序,最后又回到那斑点本身,揭开谜底,那个斑点不过是爬在墙上的蜗牛。作品大部是描写所谓下意识,表现的是人生无常的思想。《笑》也是写从墙上挂着画儿引起的打破时空的联想,但却以三个笑容为线索,表现了冰心对"爱的哲学"的明确的信仰。这又是现实主义作家与现代派的小说家的不同之处。

郁达夫认为现代散文的第二个特征是"范围的扩大"。古代散文的作者由于深受"非礼弗听、非礼弗视、非礼弗……"的封建礼教的影响，因此写作题材受了很大的限制。郁达夫甚至认为林语堂后来主张的"宇宙之大，苍蝇之微，无不可说"本身并没有错，这自然有偏颇之处。十分有趣的是，周作人和冰心被人誉为小品散文两位先驱者，恰恰是周作人后来写了《苍蝇》，遭到了舆论界的批评。而冰心则把她的目光始终注视着宇宙人生，孜孜探索着生活的真谛，尽管当时冰心信仰的"爱的哲学"并不是人生的真理，但她的追求是认真的、严肃的，并在当时是起了一定的作用的。

郁达夫认为现代散文的第三个特征是人性、社会性、与大自然的调和。他精辟地论到人性、社会性与大自然这三者间的关系："从前的散文，写自然就专写自然，写个人便专写个人，一议论到天下国家，就只说古今治乱，国计民生，散文里很少人性，及社会性与自然融合在一处的，最多也不过加上一句痛哭流涕长太息，以示作者的感愤而已；现代的散文就不同了，作者处处不忘自我，也处处不忘自然与社会。就是最纯粹的诗人的抒情散文里，写到了风花雪月，也总要点出人与人的关系，或人与社会的关系来，以抒怀抱；一粒沙里见世界，半瓣花上说人情，就是现代的散文的特征之一。"

《笑》的大部分篇幅是写大自然的美景。作者好似一个高明的画家，充分运用了透视感和空间感，为我们描绘了一幅幅美丽的图画。起笔就不凡："雨声渐渐的住了，窗帘后隐隐的透进清光来。"从听觉写到视觉，月光本就具有神秘美，但透过窗帘发出的"清光"更带有迷人的魅力。"我"不禁推窗望月。雨后的月光映着树叶上的残滴好似千点萤光在闪烁，这贴切的比喻使整个画面呈现出波动感、流动感，产生类似印象派画家追求的光与影的艺术效果。这"清美的图画"一下子扫除了由于"苦雨孤灯"引起的惆怅，心情变得愉悦起来。当作者的视线由室外转入室内时，由于心情起了微妙的变化，室内的景物也都溶在"一片幽辉"的美景里，墙上的安琪儿正在向着"我""微微的笑"，融情入景，整个画面显出一种朦胧的诗意美。

由安琪儿的笑容，引起了作者思绪的流动，随着心幕的拉开，涌现出五年前与十年前的两幅画面，这两幅画面与第一幅画面的共同点是都写雨后的夜景，因此仍紧扣着雨水的流动状态和月夜的朦胧状态来描写。五年前的画面：月挂树梢，夜色迷濛，景物都在若隐若现之中，悠长的"古道"、"滑滑的"泥土、"潺潺的"流水、缓缓而行的驴儿，像一幅中国的水墨画。绿树笼在"湿烟"里。著一"湿"字形容烟雾更是传神之笔：这"烟"究竟是农舍袅袅而升的炊烟，还是林中的暮霭呢？再次写出了雨水的动态。寥寥数笔勾勒了雨后的全景。道旁的小孩子抱着"一堆灿白的东西"，虽然是特写，但最初"我"也没有看清是什么，只是无意中回眸才看清是"花儿"。十年前的画面：雨正下得紧，雨水从屋檐"一滴一滴"地落下来，地上的"水泡儿""泛来泛去地乱转"，麦垄和葡萄架子经过雨水的清洗都被灌得"新黄嫩绿"鲜丽异常。写出雨水流动活泼的生命力和宇宙万物的蓬勃的生机。雨过天晴，月儿冉冉从海面升起。正当"我"被雨后的美景吸引而向大海奔去时，"猛然"想起了"有件东西"比大自然的景色更美丽，更不能忘怀，这便是抱着花儿的老妇人的笑容。三幅不同时间不同地点的雨后月夜美景被笑容"缩"在一起，使"我"产生了顿悟：宇宙万物都融在"爱的调和"里。这便是"我"所追求的处处有鲜花、人人有笑容的理想的和谐的境界。这种把自我、社会与自然"调和"的写法,正是郁达夫所指出的现代散文的第三个特征。

《笑》是我国现代抒情小品初创时期的作品。它产生于"五四"惊雷之后,西风正在东渐,而冰心作为一个闺秀派作家,她又深受中国文化的熏陶,于是《笑》这篇作品便具有"立体交叉桥"似的特色,它是冰心个人与时代的纵坐标和东西文化交融的横坐标交织而产生的硕果,因此它虽是寥寥六百余字,却是一个不同凡响的中国现代散文的开端。

病中倚枕看病的女孩子

冰心《往事·二》赏析

谢 冕

作者介绍

谢冕,1932年生,福建省福州人,1955年考入北京大学中国语言文学系,1960年毕业留校任教。北京大学教授、博士研究生导师。著名文艺评论家、诗人、作家。中国作家协会全国委员会名誉委员,北京文艺评论家协会主席。

推荐词

文章的结句:"万能的上帝,我诚何福?我又何辜?"这很像是一句祈祷词,却又余音缭绕。因为有一种心灵的感悟,因此是幸运;因为有一种新的承担,因此是负载。

我们看过无数的山,峰峦叠嶂的巍峨的山,螺髻临水的娟丽的山。我们也有过花朝月夕的种种观山的经历,或朋辈啸傲于林间,或女友倚肩于水湄,我们目有所染,心有所感,想传神地写出那一切的微妙与真切,却往往把笔踌躇,常恨言语难尽人意。

冰心这篇《往事》,写的是月下的青山,一开始便有奇文字。她先说今夜月下的青山"无可比拟"。但若真的不可比拟,那这篇记载月下山间情景的"往事",我们今天也就读不到了。冰心的文章就是从这几乎是不可比拟的"万中之一"的险仄中,展开她当年病中居留青山的那一段情感经历。这不可比中的比,这欲进故退而成就的一篇美文,体现青年冰心的婉转聪慧。

她在似乎无可言说之时,传神地写出此时此刻月下山中的感受:"只能说是似娟娟的静女,虽是照人的明艳,却不飞扬妖冶；是低眉垂袖，璎珞矜严。"一旦有了这种月下静女的美发现，以后的文章就有了无限展开的可能性。虽说这月下的山是一位"静女"，她却拥有一种流动之美："流动的光辉之中，一切都失了正色：松林是一片浓黑的，天空是莹白的，无边的雪地，竟是浅蓝色的了。"作者此刻面对的是月夜雪中山间的三种颜色：黑的松林，白的天空，而雪地竟是通常我们难以发现的浅蓝色！

这是一幅"凝静""超逸""庄严"的天然画图，其间还流溢着满空的"幽哀"。此刻写这文字的冰心，让人感到她不仅是一位善于发现色彩的画家，还是一位情感丰富的诗人。但她似乎并不满意自己的这些精彩独到的描述，她认为她所面对的依然是一切言辞文字所不可表达的，这里只是一种不可把握的把握。然而，就是这样的言说，却依然展示了当年这位青年女性的惊人才华。冰心写这些文字的时候，中国新文学诞生才几年，白话文学还在试验的阶段，冰心的文字却显示出深厚的文化积蕴中的清新娟丽的风格。我们如今读这篇文字，从文学的质素来看，很难想象是出自这位当年二十几岁的女性之手。

文章开头两段对于月下雪中的青山的定位性的描写之

后，紧接着是四个排比的段落，是从否定的方向继续写这一段"往事"中的难忘的印象：今夜的林中，不宜于将军夜猎，因为那会缭乱了静冷的月光；不宜于燃枝野餐，因为那会叫破了这如怨如慕的诗的世界；甚至也不宜于高士徘徊、爱友话别，因为那太"人间的"一切与这里的空灵超逸的情调不和谐……这些否定性的议论过后，文章这才进入主题。病中的冰心倚枕凝眸，一念回转，不觉神伤，原来眼前这一切"只宜于""病中倚枕看月的女孩子"的——其实也就是只宜于此刻的作者自己的。这就与文章开头的"娟娟静女"有了照应，可见冰心的文字是很缜密的。

但看这雪色浸漫着的曲折的长廊，这月光照射着的雪般洁净的一袭袅绸，万籁俱寂，万缘俱断，乡梦如水，客愁如丝。她以一个远离故国亲人的柔弱女儿身，面对这寂静空漠的雪和月，回首往昔的行踪，幽思来日的遭际，那一切的怀想与追恋，如今都涌上了心头。也许欢悦，也许惊怯，也许是未成而可成的事功，也许是将实而仍虚的愿望，她推己及人，万念纷陈，正是此时此地的幽忧与彻悟。

文章的结句是："万能的上帝，我诚何福？我又何辜？"这很像是一句祈祷词，却又余音缭绕。因为有一种心灵的感悟,因此是幸运;因为有一种新的承担,因此是负载。这一篇"往事"的记叙,为文至简,写景至清,抒情至深,是一篇至今读来依然醇香满纸、余韵悠远的好散文。

伟大抗日民族战争的侧影

读周立波的《娘子关前》

陈学超

作者介绍

陈学超,1947年生,陕西咸阳人。1987年获北京师范大学博士学位。陕西师范大学国际汉学院院长、教授、博士生导师,主要研究领域是中国现代文学思潮、港台文学研究等。有著作《中国现代文学思潮史》《认同与叛变》《现代文学思想简释》等出版。

推荐词

即使文章中那些醒人的警句、解颐的妙语、精彩的比喻、浓郁的抒情,也总是掩藏在朴实无华、清疏平淡的文字之中。这种朴素的语言,是亲切的朴素、诚恳的朴素,是返璞归真、炉火纯青的朴素,比之于华丽更高一筹。

娘子关，位于山西、河北两省交界之处，自古是兵家必争之地。抗日战争期间，这里曾经发生过一场亘古未有的血与火的搏斗。周立波的散文《娘子关前》，就真实地为我们记录了那慷慨悲壮、有声有色的一幕。

作品以抗日战争中娘子关前的敌占区为背景，以一支冲入敌后的八路军抗日小部队一天一夜的行军活动为线索，按照时间先后顺序，选取典型场景、事例和人物言动，纵横交错地叙写了日寇惨无人道的侵略暴行和人民群众高度的抗日热忱、八路军一往无前的斗争精神，从而深刻地反映了这场反侵略战争的本质，谱写了一曲爱国主义和革命英雄主义的赞歌。

这是一篇以记叙为主的散文（也可以称作报告文学或通讯特写）。它根据主题的需要，清楚简洁、错落有致地记叙了以下四个侧面的内容：第一，文章一开始，为读者展示了日寇洗劫后的娘子关内外"荒凉而凄冷"的情景。畜产被敌人劫尽了，小米被敌人烧掉或撒在沙子里了，门窗桌椅被敌人烧光了，连老百姓的砖土炕也被敌人捣毁了……晋北山地上只有透骨的寒风和婴儿的泣号。我们一下子被作者带进了那灾难深重的时代，激起对那些法西斯制度滋生的两脚野兽的无比仇恨。第二，穿插记述了作者随从的部队为了深入敌后抗日，翻山越岭、昼夜兼程地通过敌人封锁区的事迹。这里有"面"上的概括记叙，也有"点"上的刻意描绘。十四岁的"小鬼"和唯一的女性张瑞华同志不畏艰险的精神面貌，足以显示这支部队坚强的战斗力。第三，"核桃园"和"我们捉住了四个小汉奸"二节，分别记叙了假抗日、真反共的国民党"豆腐军"的溃逃和汉奸走狗的卑劣勾当。第四，作者饱蘸感情、浓墨重彩地描述了敌后人民群众和八路军游击队的动人事迹。那热情为部队端水的村姬，那护送部队通过险境的不知名的同志，那些反复在敌占区书写抗日标语和张贴八路军布告的战士，那些衣衫褴褛却使敌人畏如狮虎的游击队员的形象，都充分说明英雄的中华儿女是不可征服的。

通过以上四个侧面的记叙，生动地展现了这场伟大抗日民族战争的壮阔图景，揭示了各种人物、各种社会力量在这场斗争中的表现。这些事例看起来并不连贯，也不是一个比一个壮烈,却能使读者对这场战争的认识一步步深入。我们知道,抗战期间周立波作为战地记者,曾经走遍了整个晋察冀,可是,作者并没有在文章中繁琐地、没完没了地记流水账,只是从自己难以数计的见闻中精心选择几个典型场景,围绕抗击日本侵略者这个中心,朴素、平实地叙写出来,让事件和人物本身昭示其深刻的思想内涵。记叙是散文的基础。简洁清晰的记叙,是散文中心突出、思想明快的关键,也是散文抒情和议论准确、感人的前提。《娘子关前》的成功,当首先得力于它成功的记叙。

善于把抒情融于叙事之中,能够以情感人,是这篇散文的另一个特点。作家把自己摆进作品,以一个战斗员的身份介入生活,进行观察记述,用第一人称"我"来说话,这样不但增强了纪实的效果,更接近于生活的样式,而且便于作家直接出面抒情、议论。在记叙见闻的过程中,作家时时插入自己的主观感受,比如写一位山村老太婆微笑地招呼战士们喝水时,紧接着写道:"老年中国人的热情,不大有喧嚣的表示,总是含在微笑的眼睛里,或者简单而又温暖的语言里。从这个老太婆的眼睛和招呼中,我们可以觉察她对于祖国的兵马,有无穷的热烈的情意。谁说河北的人心完了呢?

井陉县城已经被占快半年,但这村妪的心,还是中华民族的。"这种真挚的感情,自然激起读者的心理感应,从而带着感情去读作品,与作家产生共鸣。再如叙写与护送部队通过险境的乡亲告别时,作者转笔道:"在这样的地方,这样的夜晚,人的感情,容易被激动。我的这位那时不相识而且恐怕永远不会相识的朋友的热烈的握手和简单的告别话,使我的心情很久很久都不能平静。"作家放纵奔流的感情的潮水,也自然地注入读者的心田,激起层层浪花。特别是文章结尾,看到敌后一家人家的墙上写着"还我河山"四个大字时,作者激情不已地写道:"看了这雄壮的字,又想起我们夜间的经历,我是再也忍不住落泪的许多人中间的一个。"话不在多,有情则灵。作家仿佛面对我们娓娓而谈,情真意切,使我们再次回味娘子关前那历史的一幕,激起与作家同样强烈的民族自豪感。

此外,这篇散文的语言非常朴素、平实,毫无虚饰、枝蔓。诚如作家孙犁说他的《白洋淀纪事》是"时代的仓促记录,有些近于原始材料,是璞不是玉"一样,周立波的《娘子关前》也似乎是"璞"而不是"玉"。然而这近于原始的"璞"却比精琢细磨的"玉"更璀璨夺目,其原因在于它们都是时代的忠实记录，是用血与火直接写成的文字。作家这样描绘被旧寇洗劫过的地方："凡是敌人到过的村落，猪牛和鸡都没有了。山西的荒野山间，常常有牧羊人，拿着铁铲，守望着一群绵羊和山羊。山西羊肉不好吃，敌人不爱，但要是猪牛和鸡找不到时，他们就要羊，而那惯见的羊群也消逝了。没有牛和羊群的北方原野，是分外的寂寞与荒凉。"这些文字看上去平易自然，不加修饰，却精微地写出了作家独特的感受。即使文章中那些醒人的警句、解颐的妙语、精彩的比喻、浓郁的抒情，也总是掩藏在朴实无华、清疏平淡的文字之中。这种朴素的语言，是亲切的朴素、诚恳的朴素，是返璞归真、炉火纯青的朴素，比之于华丽更高一筹。它犹如衣着朴素的美人、烟雨轻笼的鲜花，是一种真正的美在一种极其和谐自然的形式中的流露，是朴素与优美的辩证统一。虽然由于战事紧急，行程匆促，作者无法写得更翔实、更精粹，但这些真实的历史记录，已为今日的青少年提供了难能可贵的爱国主义和革命英雄主义的生动教材。

爱的颂歌 美的旋律

读沈从文《月下小景》札记

李旦初

作者介绍

李旦初,1935年生,湖南安化人,1961年毕业于武汉大学中文系。历任湖南省行政学院干事,山西省吕梁师范专科学校校长,山西大学教授、副校长等职务。

推荐词

美的形象,美的意境,美的语言,构成一曲和谐雅丽的爱的颂歌。写爱情悲剧而表现如此开朗乐观的浪漫主义情调,这在古今中外同类题材的作品中的确是不多见的。这是沈从文独创精神的表现。他想通过他的独特的形象,来表达他对人生、对社会的态度,表达他的生活理想和美学理想。

沈从文是一位富有独创精神的小说家。其代表作《边城》被誉为"用小说形式写的无韵诗",博得了国内外读者的击节赞赏。他的其他佳作,也无不具有诗的意境、诗的旋律。兹荐短篇《月下小景》,以飨读者。

　　《月下小景》(作于1932年9月)是一篇爱情小说,情节很单纯,却写得委婉有致,深切感人。故事发生在湘西边境一个偏僻的山寨,主人公是寨主的独生子傩佑和一个美丽纯朴的"女孩子"。这一对从春天就开始热恋着的痴情男女,到"一切皆在成熟"的秋季共同收获了他们的爱情果实,在一个月光皎洁之夜的最后一次甜蜜而痛苦的幽会中纵情享受了瞬息即逝的幸福之后,慑于当地关于"女人同第一个男子恋爱,却只许同第二个男子结婚"的野蛮习俗和"严酷的法律",不得不怀着对于"另外一个世界"的憧憬,口服毒药而微笑着离开了无爱的人间。

这当然是一幕悲剧。但作者却以浪漫的抒情笔调，用诗的语言和美的旋律，谱成了一曲爱的颂歌。"他（摊佑）觉得神祇创造美和爱，却由人来创造赞誉这神工的言语，向美说一句话，为爱下一个注解"，这是全篇点题之笔。在这一曲爱的颂歌中，作者用美的语言创造了美的形象和美的意境，讴歌了美的心灵和美的理想。

美的形象。小说的男女主人公都具有外形的健美和内心的壮美，是一对表里一致、形神和谐的美的形象。男主人公摊佑是"唱歌圣手"，有着"超人壮丽华美的四肢"，充满青春的活力；他热爱生活，"微笑着思索人生苦乐"，感到"人实在值得活下去"；他勇于追求纯真的爱情，那么狂热，那么执着，为了爱，可以"不要牛，不要马，不要果园，不要田土，不要狐皮裰子同虎皮坐褥"，情愿抛弃寨主家庭优裕舒适的生活。女主人公"天真如春风，快乐如小猫"，有着迷人的姿态、透明的心灵，"一微笑，一目夹眼，一转侧，都有一种神性存乎其间"；她意识到人的尊严和人的价值，认定做人比做神好，觉得"我们来活活泼泼的做人，这才有意思"。作者对这两个人物倾注了满腔热情，以夸张而不失其真的手法描写了他们的外形美和内心美，尤其着力挖掘他们内心的人情美、人性美。与此相适应，在小说的结构布局方面，没有按照时间顺序来叙述男女主人公恋爱和幽会的经过，而采取以情系事的方法，即以人物的感情变化为线索，维系事件和场面的描写。先写这对情侣在幽会中梦幻般的狂欢情景，通过几段情文并茂的对唱和一番意味深长的对话，从各个角度集中表现他们心心相印、忠于爱情的高尚情操，竭力渲染他们为爱情的幸福所陶醉的心理状态；其间巧妙地穿插叙述本民族英雄追赶日月的神奇传说，既衬托了主人公此时此刻的心情，又为后来男女双双殉情的悲壮结局埋下了伏笔。然后，笔锋一转，写他们在幽会即将结束时的忧虑，其间又巧妙地插入关于本民族原始野蛮习俗的叙述，并顺势交代这对情侣的恋爱经过，从而揭示出爱情理想同残酷现实之间的尖锐对立，使他们从幻美境界陡然落到现实境界。于是，他们思考着，"爱难道是同世界离开的事吗？"他们探索着，但"想不出一个可以容纳两个人的地方"，只好怀着一种天真却是坚强的信念，把理想寄托到东边日月所出的地方。他们嫉恨现实，痛不欲生，但并不绝望，不颓丧，因为他们相信爱情是永生的，相信"爱情是各处可到的"。因此，他们在临死之前，仍然微笑着，望着理想世界，准备去培育他们的爱情之花。这样，作者就把这对情侣生死不渝的坚贞爱情及其所体现的人情美、人性美发挥到了极致。

美的意境。沈从文写小说，既重写实，又重想象，主张"把'现实'和'梦'两种成分相混合"（《烛虚·小说作者和读者》）。他又擅长"用抒情诗的笔调写创作"（《夫妇·后记》），力图借助幻想和感情，"达到人与美与爱接触的路"（《阿丽思中国游记·序》）。他的这些独特见解以及由此而形成的独特的艺术才能，在《月下小景》的创作中得到了充分发挥。作品以写实与梦幻相结合的方法，点染着柔和的月光、青翠的山色、沁人心脾的山果芳香、清脆细亮的马铃声响，融入关于月亮的神奇传说，似梦非梦、优美动人的情歌对唱，似傻非傻、情深意笃的窃窃私语……构成一个明丽如画、幻美如诗、诗中有画、画中有诗的神话般的艺术意境，让主人公在这样的境界中来演出他们的悲剧，来寄托爱情的理想，谴责"魔鬼所颁的法律"。这个意境，声、色、香俱妙，情、景、意交融，一切景物都渗透着作者的感情和作品中人物的感情。如贯穿全篇始终的"月亮"，也成了有情之物，随着主人公感情的波动和心理的变化而波动、而变化：主人公微笑它微笑，主人公忧郁它朦胧，主人公殉情它隐去。这个美的意境，同作品所创造的美的形象显得十分和谐协调，它把自然美与人情美糅合一体，相映交映，大大增强了作品的艺术感染力，给人以极大的美感享受。

美的语言。美的形象和美的意境要靠美的语言来创造。《月下小景》的语言是诗的语言：凝练，含蓄，新鲜，活泼。别致而妥帖的比喻，琳琅满目；新奇而传神的字眼，铿然有声，既带醇厚的抒情色彩，又有浓郁的乡土气息。其中，男女主人公的对唱当然是诗，是诗味很浓的诗，旋律很美的诗；男女主人公的对话也是诗，是情意绵绵的诗，韵味深长的诗；即使状物、写景、叙事，也无处不是用的诗的语言，回荡着诗的旋律。即以篇中有关月亮的描写为例——开篇写景："初八的月亮圆了一半，很早就悬到天空中。""月光淡淡的洒满了各处，如一首富于光色和谐雅丽的诗歌。""柔软的白白月光，为位置在山嘴上石头碉堡，画出一个明明朗朗的轮廓……"一个"悬"字，一个"洒"字，一个"画"字，加上一个新奇的比喻，把月亮写活了，把月下的景物也写活了，给人以开阔净朗、动静相宜、幽雅中充满活力、恬静中透出生机之感，既烘托了美的环境，又奠定了全篇的抒情格调。继而写摊佑在幽会中的幸福感：他

"对头上的月光正满意的会心微笑,似乎月光也正对了他微笑";写女孩子"一张小小的尖尖的白脸,似乎被月光漂过的大理石,又似乎月光本身"。一写心理,一写形体,均以月光映衬,人有情,月亦有情。再写到更鼓催归,一对情侣心事重重,从"芦管声音似乎为月光所湿,音调更低郁沉重了一点",到"天上的确有一片薄云把月亮拦住了,一切皆朦胧了",以月光由明转暗,烘托人物心上的阴影逐渐加浓。最后,摊佑想到"另外一个世界",女孩子"把头仰望那个新从云里出现的月亮",两人又都露出了笑容。而当他们"快乐地咽下那点同命的药,微笑着,睡在业已枯萎了的野花铺就的石床上,等候药力发作"的时候,"月儿隐在云里去了"。作品至此收束,呼应开头,首尾对照,含不尽之意于言外。这些笔墨都紧扣全篇形象和意境的创造,显出作者匠心独运的艺术工力。

美的形象,美的意境,美的语言,构成一曲和谐雅丽的爱的颂歌。写爱情悲剧而表现如此开朗乐观的浪漫主义情调,这在古今中外同类题材的作品中的确是不多见的。这是沈从文独创精神的表现。他想通过他的独特的形象,来表达他对人生、对社会的态度,表达他的生活理想和美学理想。

小说的副题为"新十日谈之序曲",这表明作者曾受到欧洲文艺复兴时期人文主义思潮的直接影响,特别是受到意大利人文主义作家薄伽丘的名著《十日谈》的启示。《十日谈》中的传奇故事,多以爱情为题材,以猛烈抨击中世纪的宗教和神学为主旨。其中第五天讲的是"关于那些热情恋爱而得不到好结局的人的故事"。《月下小景》所写的也正是这类故事。故事的主人公为什么得不到好结局?其原因在作品中已经点明:这是由于"这世界只许结婚不许恋爱",由于因愚昧落后而保存的"魔鬼习俗",由于"每一个村落皆保持同一魔鬼所颁的法律"。所谓"魔鬼"显然是指封建统治者及其赖以维护反动统治的精神支柱——封建礼教和封建迷信。整个作品处处流露出以人性反对神性、以个性解放反对禁欲主义、以理性反对蒙昧主义的人文主义思想,其锋芒所指,无不对准黑暗、腐朽、野蛮、残忍的封建势力。应该肯定,这是作者的民主主义思想倾向在作品中的鲜明反映。当然,也毋庸讳言,由于20世纪30年代我国新民主主义革命已进入深入发展时期,而作者仍然以人文主义作为思想武器,因此势必要给他的创作带来局限。这种局限主要表现在他没有、也不可能指明他所追求的理想世界即所谓"另外一个世界"究竟是什么世界。

但是,我们不能因此就断定沈从文对旧社会"缺少愤怒"。有人认为,《月下小景》只是着力描绘男女主人公对爱情的忠贞,结尾又带有极浓厚的浪漫色彩,"因而使人读后产生不出悲愤的感情"。这种看法未免失之偏颇。因为着力挖掘生活中的美,并把它提炼为艺术美,创造美的形象和美的意境,不仅可以唤起人们对于美的热爱、欲羡和追求,而且可以激发人们对于毁灭美的丑恶势力的憎恨、谴责和反抗。悲剧也不一定要写得凄凄惨惨,血泪斑斑。竭力渲染美的、有价值的事物,这种美的、有价值的事物一旦被毁掉,势必大大增强悲剧效果,引发欣赏者一种崇高的感情。亚里士多德说过:"悲剧总是模仿比我们今天的人好的人。""既然悲剧是对于比一般人好的人的模仿,诗人就应该向优秀的肖像画家学习;他们画出一个人的特殊面貌,求其相似而又比原来的人更美。"(《诗学》)《月下小景》的创作,不是正好合乎亚里士多德所阐扬的这一美学原则吗?

人生如树

读丰子恺的散文《梧桐树》

江锡铨

作者介绍

江锡铨,江苏教育学院中文系主任、教授、中国现当代文学专业硕士生导师,主要研究方向为中国现代文学思潮和中国现代诗歌,出版有《中国现实主义诗歌艺术散论》《中国现代文学实用教程》等著作。

推荐词

丰子恺的《梧桐树》先是绘声绘色地描述了梧桐树从春到秋的种种变化,行云流水般地插入了一些古典诗句。其后便引发了一番触景生情的感慨:"现在倘要搜集它们的一切落叶来,使它们一齐变绿,重还故枝,回复夏日的光景,即使仗了世间一切支配者的势力,尽了世间一切机械的效能,也是不可能的事了!"文中的描写、议论、抒情都十分平易、平朴,然而,正是在这平易、平朴的文字中,透露出了任何力量也无法逆转的、"艰深"而悲凉的人生无常之恸。在生动优美的自然景致之中,又贯注着一种哲理、义理之美。

梧桐大约可以算是中国特有的"诗树"吧，古往今来，有无数的诗作将这株树与感慨人生凄清悲凉的传统诗意联系在一起。仅在宋词中，就有所谓"梧桐叶上三更雨，叶叶声声是别离"（周紫芝《鹧鸪天》）；"梧桐半死清霜后，头白鸳鸯失伴飞"（贺铸《半死桐》）；"梧桐更兼细雨，到黄昏，点点滴滴。这次第，怎一个愁字了得"（李清照《声声慢》）等诸多名句。这些诗句，充分体现了中国传统诗歌语言的"暗示性"特征。"这暗示性仿佛是概念的影子，常常躲在概念的背后，我们不留心就不会察觉它的存在。"而"敏感而有修养的诗人们正在于能认识语言形象中一切潜在的力量，把这些潜在的力量与概念中的意义交织组合起来，于是成为丰富多彩一言难尽的言说；它在不知不觉之中影响我们，它之富于感染性启发性者在此，它之不落于言筌者也在此"（林庚《唐诗综论·说"木叶"》，人民文学出版社，1987年版）。于是，诗中梧桐就成了被赋予丰富多彩而又难以言说的人生感慨的审美意象，在一代又一代读者的吟咏讽诵中更加枝繁叶茂。

丰子恺的这篇《梧桐树》同样植根于传统文化的沃野，自然也带有传统审美旨趣的感染性、启发性。但又是一篇散文作品，不可能像诗词那样只抽取生活和语言的精粹而高度简约精练，它在借用中国传统诗歌语言的"暗示性"特征的同时，还必须用不像古典诗歌那么高度简约、高度精练的日常生活话语，来再现场景与过程。丰子恺认为："一切艺术之中，文学是与社会最亲近的一种，它的表现工具是人人日常通用的语言，这便是使它成为一种最亲近社会的艺术的原因。"（《作画好比写文章》）比起诗歌，散文的语言更为"人人日常通用"，它与社会生活，与人生经历，似乎也就更加亲近了。而这篇《梧桐树》，也正是以亲切的娓娓诉说，于不经意间喻示着人生世事的运化规律，应当属于鲁迅所称许的那种小品散文，其写法漂亮、缜密、雍容，其成就"几乎在小说戏曲和诗歌之上"（鲁迅《南腔北调集·小品文的危机》，《鲁迅全集》第4卷，人民文学出版社，1981年版）。

树是人类最亲近的植物。在文明社会长期的历史过程中，树与人类形成了互相依存的亲密关系。但也许正是由于过于亲近与亲密依存的缘故，不少人对树视若无睹，浑然不觉，只是把它们当做环境的点缀或是居所的延伸，而很少从中寻觅自己人生与精神的倒影。有如作者笔下这几株梧桐树的主人，"他们虽然种植了它们，所有了它们，但都没有看见上述的种种光景。他们只是坐在窗下瞧瞧它们的根干，站在阶前仰望它们的枝叶，为它们扫扫落叶而已，何从看见它们的容貌呢？何从感到它们的象征呢？"如果不能"看见它们的容貌"，不能"感到它们的象征"，仅仅是"所有了它们"，在作者看来，实在是太可惜了。作者对于树，常常是用了全副心神去观察、鉴赏、思考，真正是"一枝一叶总关情"。

在各种树木中，丰子恺最喜欢的，大约就是杨柳和梧桐了。可能在丰子恺看来，这两种树是最有个性，又是最通人性和亲情的。在他的笔下，枝枝下垂的杨柳并"不是不会向上生长。它长得很快，而且很高；但是越长得高，越垂得低。千万条陌头细柳，条条不忘根本，常常俯首顾着下面，时时借了东风之力，向处在泥土中的根本拜舞，或者和它亲吻。好像一群活泼的孩子环绕着他们的慈母而游戏，但时时依傍到慈母的身旁去，或者扑进慈母的怀里，使人看了觉得非常可爱"(《杨柳》)。而梧桐树在新桐初乳的时候，"那些嫩黄的小叶子一簇簇地顶在秃枝头上，好像一堂树灯。又好像小学生的剪贴图案，布置均匀而带幼稚气"。"梧桐树的生叶，技巧最为拙劣，但态度最为坦白。它们的枝头疏而粗，它们的叶子平而大。叶子一生，全树显然变容。"树如其人——稚拙、天真，依恋亲情以及虔诚和坦率，似乎都是丰子恺最欣赏的，也是他在作品中常常情不自禁地赞美和向往的品格。

同为充满童真童趣的树木，梧桐的生长过程好像又更富有人生无常、世事多变的寓意。在绿叶成荫的夏日，"那些团扇大的叶片，长得密密层层，望去不留一线空隙，好像一个大绿障，又好像图案画中的一座青山"。"窗前摆了几枝梧桐，我觉得绿意实在太多了。"然而这生机勃勃的图景并没有持续很长时间，不久，作者"又眼看见梧桐叶落的光景。样子真凄惨呢！最初绿色黑暗起来，变成墨绿；后来又由墨绿转成焦黄；北风一吹，它们大惊小怪地闹将起来，大大的黄叶便开始辞枝——起初突然地落脱一两张来，后来成群地飞下一大批来，好像谁从高楼上丢下来的东西。枝头渐渐地虚空了，露出树后面的房屋来，终于只剩几根枝条，回复了春初的面目"。再后来"它们空手站在我的窗前,好像曾经娶妻生子而家破人亡了的光棍,样子怪可怜的!"这形象传神的比拟,沟通了树与人,自然界与人类社会的内在联系。紧接着,作者又延伸了这一比拟,延伸了对于物理人情、人生世事的思考。古往今来,敏感的诗人往往见落花而伤春悲秋,但在作者看来,"象征悲哀的莫如落叶,尤其是梧桐的落叶"。因为"花的寿命短促,犹如婴儿初生即死,我们虽也怜惜他,但因对他关系未久,回忆不多,因之悲哀也不深。叶的寿命比花长得多,尤其是梧桐的叶,自初生至落尽,占有大半年之久,况且这般繁茂,这般盛大!眼前高厚浓重的几堆大绿,一朝化为乌有,'无常'的象征,莫大于此了!"从落叶纷飞的自然现象到梧桐一叶而天下知秋的传统诗意再到世事人生"无常"的感悟,从舒卷自如的聊天到高深莫测的玄想,平易琐细的诉说中所完成得如此大幅度的精神跨越,竟然这样不见痕迹!这里的"无常"是佛家语,意味着世间一切事物都不能常住,都处于生灭成坏之中。作者自幼受家庭信奉的佛教思想影响,青年时期,他所敬重的老师李叔同(弘一法师)又在杭州出家,更使他与佛教结下不解之缘。所以他的散文,于平实、质朴、精细之外，又带有一些点染着宗教意味的宁静、冷寂、洞彻。

这幽深的意味让我们感悟到：人生如树，树如人生。在这里，"山远始为容"的"远"字，恐怕不仅是一个空间概念，同时也是时间概念：有了一个相对时间段的观察，或许可以更清晰地看到景致的动人姿容，且能够领悟其深层意蕴。如果说，作者笔下的杨柳，还主要是一种诗意的人生的象征，主要着重于刻画杨柳的纯真、童稚、"高而能下""不忘根本"，因而"最能象征春的神意"（《杨柳》）的精神品质，那么，作者笔下的梧桐，就是比较完整、比较现实的人生的象征了。新桐初乳的梧桐好像人生的少年时代，天真烂漫，稚拙可爱；绿叶蔽日的梧桐犹如人生的青年时代，风华正茂，生机盎然；然而，北风一起，那些曾经蕴涵着无限生机的梧桐叶便接二连三地飘落，转瞬间就只剩下光秃秃的枝条，不禁令我们联想起人生可能遭遇的种种灾异：飞来横祸，无妄之灾，妻离子散，家破人亡。作者正是从梧桐树从春到秋的变化，读出了人生世事"'无常'的象征"：枝繁叶茂不是永恒的，荣华富贵也不会是永恒的。理解了这一"'无常'的象征"，也许就会大彻大悟，重新矫正自己的思想和言行。在作者看来，"无常之恸，大概是宗教启信的出发点吧。一切慷慨的、忍苦的、慈悲的、舍身的、宗教的行为,皆建筑在这一点上"。"其实'人生无常',本身是一个平凡的至理。'回黄转绿世间多,后来新变为婆。'这些回转与变化,因为太多了,故看作当然时便当然而不足怪。但看作惊奇时,又无一不可惊奇。"作者正是从世人以为"不足怪"的梧桐的"回黄转绿"中,悟出了令人惊奇的深邃哲理。"关于'人生无常'的话,我们在古人的书中常常读到,在今人的口上又常常听到。倘然你无心地读,无心地听,这些话都是陈腐不堪的老生常谈。但倘然你有心地读,有心地听,它们就没有一字不深深地刺入你的心中。"(《无常之恸》)作者当然是有心人。对于人生哲理,他不但有心地读,有心地听,而且有心地写,从而把抽象的"人生无常"的感喟,写成了一株从新桐初乳到枝繁叶茂再到枝叶凋零的梧桐树。如赵景深所说,"他不把文字故意写得很艰深,他只是采用平易的写法,自然就有一种美"(赵景深《新文学过眼录·丰子恺和他的小品文》,广西师范大学出版社,2004年版)。文章先是绘声绘色地描述了梧桐树从春到秋的种种变化,行云流水般地插入了一些古典诗句。其后便引发了一番触景生情的感慨:"现在倘要搜集它们的一切落叶来，使它们一齐变绿，重还故枝，回复夏日的光景，即使仗了世间一切支配者的势力，尽了世间一切机械的效能，也是不可能的事了！"文中的描写、议论、抒情都十分平易、平朴，然而，正是在这平易、平朴的文字中，透露出了任何力量也无法逆转的，"艰深"而悲凉的人生无常之恸。在生动优美的自然景致之中，又贯注着一种哲理、义理之美。只要我们"有心地"、仔细地品鉴，我们是会把这样一篇看似平易的文字深深铭记在心的。

伤春悲秋似乎是中国文学永恒的主题。而在中国文学，尤其是中国诗歌的"森林"中，梧桐树又好像就是为着"悲秋"而生的。丰子恺笔下的《梧桐树》当然是中国文学的梧桐树，所以他的文章中是不乏"悲秋"意味的，而且所"悲"的，又是最能引发普遍共鸣的人生无常之悲。正如他自己所说，"在文艺者，尤其是诗人，又尤其是中国的诗人，更尤其是中国古代的诗人，大概这点感情最强，引起他们这种感情的，大概是最能暗示生灭相的自然状态，例如春花、秋月，以及衰荣的种种变化。他们见了这些小小的变化，便会想起自然的意图、宇宙的秘密，以及人生的根柢，因而兴起无常之恸。在他们的读者——至少在我一个读者——

往往觉得这些部分最可感动，最易共鸣。因为在人生的一切叹愿——如惜别，伤逝，失恋，等——中，没有比无常更普遍地为人人所共感的了。"（《无常之恸》）读《梧桐树》，我们也像读中国古代诗歌的"读者"丰子恺一样，的确可以从中领略到一脉相承的"无常之恸"的"共感"——艺术化、审美化的"共感"；而与古典诗词中的那些专为"悲秋"而生的梧桐树有所不同的是，丰子恺笔下的《梧桐树》并不是一味沉浸于悲情之中，而是以一种相对平静的态度对待"无常之恸"，惋惜哀痛之余，更把人生无常看作是一种无可规避的自然运化规律。"无常"只是人生的一段曲折，并不能因此抹杀人生的无限生趣：童年的天真稚拙，青年的蓬勃向上，中年的深沉宽厚，似乎都可以在梧桐树从春到秋的生长过程中真切地感受到。伤春悲秋、无常之恸固然是梧桐树绵延千年的诗意内蕴，而回黄转绿、生生不已则更是梧桐树灌注万载的美学气韵。

人生如树。树犹如此，人生亦然。

母爱，生命的乐章

解读老舍《我的母亲》

孙华幸

作者介绍

孙华幸,扬州大学人文学院中文系教师。

推荐词

作者的笔不仅探入到母亲的内心世界,展示她淳朴而美丽的心灵,特别是那份耐人咀嚼回味的对儿女的深情;同时,那支笔又无情地解剖自己。老舍早年出国任教,回国后又为抗日救亡运动四处奔波,无暇回家陪伴和侍奉老母,为此,他一直怀着负疚感;而在母亲去世一年后方才得知噩耗时,他的愧疚和悔恨之情达到高潮,无情地折磨着他的灵魂。

母爱是人类最神圣的情感，具有永恒的人性魅力。歌颂母爱、怀念母亲便成为许多文学作品的主题，很多作家以自己的切身体会抒写母子情深，老舍先生的《我的母亲》，即是这样一篇质朴感人的回忆散文。它向我们展示了一位普通劳动妇女真、善、美的灵魂和作为母亲那博大无私的胸怀；作者在抒写母子间至爱亲情的同时，也袒露了他对母亲深切的忏悔之情。我们在作者深沉而炽热的情感世界中感悟到一个朴素而深刻的人生哲理：母亲是爱的源泉，她珍藏于儿女的心底，永不枯竭。

老舍幼年失怙，对母亲有着极为深厚的感情，这是天性中儿女对母亲那份割不断的亲情，更是母亲淳朴的心灵和深沉的母爱，如清泉、如甘露，流进作者的心田，成为他一生汲取不尽的生命的源泉：老舍的软而硬的性格，乐于助人、热心公共事业的品质，勇敢面对困难的生活态度，甚至他那爱清洁的生活习惯都来自他的母亲，一位平凡的女性。无怪乎他说："我的真正的教师，把性格传给我的，是我的母亲。母亲并不识字，她给我的是生命的教育。"沿着回忆的足迹，作者带我们走进他贫寒的家，认识了那位勤劳、朴实、慈爱的寡母。她吃苦耐劳，为养育儿女长年不得休息，"她的手终年是鲜红微肿的"；她热情好客，不因贫困而怠慢客人；她积极乐观，窘迫的生存境况没有磨蚀母亲对美好生活的追求，她将破旧的家收拾得干净、清爽，闲暇时养护的花草为暗淡的庭院，更为暗淡的生活增添了几许温馨和亮色。她谦让随和，从不与人斗气，而将自己的吃亏受累视为"命该如此"，一个未受过教育的旧中国的劳动妇女，有这样的宿命思想绝不奇怪，惟其如此，母亲的形象才更显得真实。然而，母亲又很坚强。作者不惜笔墨，叙述八国联军入城进家烧杀抢掠的恶行以及兵变内战给人们带来的恐惧和不安。"皇上跑了，丈夫死了，鬼子来了，满城是血光火焰。"男权社会里，妻子以丈夫为"天"，而恰在外患袭来时，母亲失去了唯一的依靠，这位平时温顺的女性咬紧牙关，"在刺刀下，饥荒中"保护着自己的儿女，独自一人吞咽下苦涩的泪水。作者以这种内忧外患的历史背景，凸现出母亲柔弱却坚强的身影。

母亲对儿女的关爱无须太多的语言，这正是母爱深沉伟大之处。老舍先生能从母亲无言的表情和举动中体悟到这份真情。他在文中五次写到母亲的流泪：由于生活困难，哥哥出外学徒、做工，母亲"含着泪把他送走，不到两天，又含着泪接他回来"，泪水中融进了母亲内心多少不舍与无奈啊；为了让"我"读师范，母亲四处筹来"巨款"后"含泪把我送出门去"，而当"我"毕业时，她又流下了欣慰的泪水；当"我"违背了老人望"我"早日结婚的意愿时，尽管多有不满和失望，母亲依然尊重儿子的选择，"含泪点了头"。母亲的莹莹泪光在我们的心中激起阵阵涟漪，我们不禁为她那宽容的心和无私的爱感慨万千。

作者的笔不仅探入到母亲的内心世界，展示她淳朴而美丽的心灵，特别是那份耐人咀嚼回味的对儿女的深情；同时，那支笔又无情地解剖自己。老舍早年出国任教，回国后又为抗日救亡运动四处奔波，无暇回家陪伴和侍奉老母，为此，他一直怀着负疚感；而在母亲去世一年后方才得知噩耗时，他的愧疚和悔恨之情达到高潮，无情地折磨着他的灵魂。他将自己比作插在瓶中的花草,"虽然还有色有香,却失去了根",他心中强大的根是慈祥的母亲,失去了慈母,他的心将作无根的漂泊。母亲带着遗憾而去,留给儿子的是无尽的思念和深深的自责,这复杂的内心感受又岂是言语所能描述?唯以"心痛"二字结束全文,但言尽情未了,给我们留下一道人生思考题:母亲为儿女付出的是多少?儿女回报于母亲的又有几许?这或许是永远的不等式吧。

散文中母亲的形象朴实感人,似一双无形的手拨动着读者的心弦,产生强烈的共鸣,这样的艺术效果得力于作者对人物生动、传神的刻画。成功的人物刻画,不在于为人物寻找惊天动地的壮举,也不在于对事件进行细腻的描写,而是在叙写时一定要抓住最能体现人物内心思想情感的富于表现力的动作、神情和语言。作者采用粗线条的白描手法,在概括性的叙述中间,以简练传神的细节描写使母亲的形象更加生动、丰满。为表现母亲对儿女的关爱,作者安排了三姐出嫁的情节:"当花轿来到我们的破门外的时候,母亲的手就和冰一样的凉,脸上没有血色——那是阴历四月,天气很暖。大家都怕她晕过去。可是,她挣扎着,咬着嘴唇,手扶着门框,看花轿徐徐地走去。"作者以简洁的神态、动作描写,在极短的篇幅内将母亲内心对女儿难舍难分、又怕儿女为自己担心而强抑悲痛的复杂心理刻画得淋漓尽致。紧接着,作者又向我们展开一幅除夕母子相聚别离的感人画面:除夕夜,儿女们都不能回家团圆,只有孤独的母亲守着冷清的家门。当"我"请假回家看望母亲时,"母亲笑了",听说还要走,"她愣住了。半天,她才叹出一口气来",临行又"递给我一些花生,去吧,小子!""笑""愣""叹气"等一连串动作描写,画出了母亲此时此刻心潮的起伏线:由高兴的巅峰跌入失望的谷底,再强忍失望之情"平静"地让"我"离开,读者不得不叹服于母亲那颗宽容慈爱的心。这般生动的细节描写虽然不多,却能透视出母亲丰富复杂的内心视像,极富表现力和感染力。由此可见,作者是位细心的观察家,他善于抓住生活中平凡的小事,通过简练传神的描写,挖掘人物深刻而丰富的内心世界,达到人物描写的形与神的和谐统一。

感情真挚、言为心声是散文永葆生命力的不可或缺的要素。寓真挚的感情于质朴的文字,正是《我的母亲》艺术上的又一个特色,读之有如品尝一杯清淡的绿茶,回味隽永,又如在恬静的月夜,听老舍先生追忆逝去的岁月和永恒的母爱，让读者与他一起体味人间这弥足珍贵的真情。沈德潜认为："情真，语不雕琢而自工。"自然，艺术作品也要追求新颖的题材、严谨的结构和流畅的表达，而以真情融入作品是最重要的，任何矫饰和虚伪都会遭到读者的拒绝。作者对母亲深沉的敬爱和怀念以及对自己严厉的自责和忏悔，无不是他内心深处真诚的情感流露。抗战期间，老舍先生不能回家看望母亲，十分担心她的身体状况，"每逢接到家信，我总不敢马上拆看，我怕，怕，怕，怕有那不祥的消息"，连用四个"怕"字而毫无夸饰之嫌，每一个"怕"字都将远离母亲的游子那种牵肠挂肚、焦虑不安的心理更加深一层，其情真实可感，令人动容。尤为可贵的是，这浓浓深情都化为清新质朴、口语化的叙述，让人于朴素平实、波澜不惊的字里行间细细体会他内心强烈的情感激荡，而绝没有生硬的抒情痕迹。

在幽默诙谐的气氛中启人深思是老舍先生创作的一贯风格。但是，《我的母亲》一文却为我们营造了一种感伤主义的氛围，贯穿始终。母亲生前一家人惨淡的生活描述，兵荒马乱中丧夫的母亲独力养育儿女的艰难，母子天各一方的相互牵挂……无不渗透着淡淡的哀愁与悲伤，为作品涂抹了一层灰暗的底色;尤其是,作者由前文在叙述中含蓄的抒情,到最后抑制不住情感的激流时喷涌而出的忏悔自白,感伤情绪强烈可感,增强了作品的感染力,也流漾出一种忧郁的美。

"巴洛克风格"的最佳体现

钱钟书的随笔《谈交友》

[美]西奥多尔·赫特斯　　张　晨等译

作者介绍

西奥多尔·赫特斯（Theodore Huters），中文名胡志德，是美国"中青年"一代研究中国文学的学者，1977年获斯坦福大学博士学位，执教于欧文加州大学。

推荐词

钱钟书偶然一作的随笔是现代中国"巴洛克风格"的最佳体现。我见到的十一篇中，有十篇收入名为《写在人生边上》的集子，未收入集子的题为"谈交友"的随笔。《谈交友》的第一段却体现了钱氏所有随便的特点。它是这样起首的："假使恋爱是人生的必需，那么，友谊只能算是一种奢侈。"这一段的其余部分则摆出各种方面。这一论断做出具体的解释：奢侈比必需更具有价值，友谊与恋爱亦然。我称这类方法为"扯淡法"（之所以这样称，是因为钱钟书作为小说中的叙述者，经常让他笔下的某个人物以"扯淡"来结束某一紧张的场面，或借开玩笑来摆脱窘境，这是他的一大特点）。它是钱氏随笔中转折的唯一显豁的标志。它标志的并不是主题发展过程中的逻辑转折，而仅仅是某一讨论的总结，以便提到一个新的论题。

初读钱钟书在30年代后期所写的非正规随笔，读者会把握不住这些作品的意图。庄重与浮躁混杂，取舍踌躇不定，这从内容和笔调上同时表现出来。这些作品用意含混，也许只有把它们放在中国现代白话散文演进的广阔背景中，才能得以明确。从这个立场考虑，则转换着的内容相比较而言变得不甚重要，重要的是对一种形式的根本关切，这形式包含了对作品与思想方法之关系的自觉不自觉的设计。

钱钟书偶然一作的随笔是现代中国"巴洛克风格"的最佳体现。我见到的十一篇中，有十篇收入名为《写在人生边上》的集子，未收入集子的题为"谈交友"的随笔，发表在朱光潜主编的《文学杂志》1937年5月创刊号上。它写于1937年1月，正值钱的两年牛津生活的第二年。这篇早先的随笔虽然含有前面所述的批评性风格的重要成分，但它却两倍于战时随笔的篇幅,且缺乏后者典雅的整合和讽刺的力度。

然而,《谈交友》的第一段却体现了钱氏所有随便的特点。它是这样起首的:"假使恋爱是人生的必需,那么,友谊只能算是一种奢侈。"这一段的其余部分则摆出各种方面。这一论断做出具体的解释:奢侈比必需更具有价值,友谊与恋爱亦然。此类陈述和巧思是钱氏随笔的特征,它几乎径与17世纪欧洲文学作品中的隔裂风格(stile coupe)相吻合。在《散文中的巴洛克风格》这篇著名论文中,莫里斯·克劳尔(Morris Croll)对这种文体进行了描述:

> 于是,(一个完全的)第一次概述了观念的简单事实;从逻辑上讲,没有更多的可说了。但它并未概述尽推想的真实或其概念的生动性。所以,其他几层紧随而来,每一层都有新的语调或重点,每一层都赋予第一层所表述的论断以新的理解。因此,我们可以将一个简短的完全句(Acury Period)的进展看做是逻辑暂停或悬宕时出现的一系列想象的展开。或者说得浅显一点,我们可以将其比作一块宝石或棱镜顺其轴心转动、受到不同方向光照后连续的善良。

《谈交友》的文体，同样以平行句法为其特色。比如，"情妇虽然要新的才有趣，朋友还让旧的好。"此外，该段最后一句构成了以后不断重现的转折：在用了这么多语句肯定地表达朋友高于情妇的观点后，钱却总括说，"这当然不可一概而论，看你有的是什么朋友"。这种反论性质的结构，同样是17世纪欧洲散文的特色，正如费许在分析培根作品中相似的结构时所指出的：

> 要说这里阐明了什么的话，那就是，第一个句子所确切表达的见解并未经过仔细的推敲；此外，由于它揭穿了某些读者毫不迟疑地予以接受的东西，读者对那一见解的经验被纯化了。

我称这类方法为"扯淡法"（之所以这样称，是因为钱钟书作为小说中的叙述者，经常让他笔下的某个人物以"扯淡"来结束某一紧张的场面，或借开玩笑来摆脱窘境，这是他的一大特点）。它是钱氏随笔中转折的唯一显豁的标志。它标志的并不是主题发展过程中的逻辑转折，而仅仅是某一讨论的总结，以便提到一个新的论题。它常常模仿传统的随笔，将某一问题的两个互相对照的方面对等起来。但与传统随笔不同的是，这里的对等纯粹是否定性的：只是在二者都不成立的意义上，这两方面才得到等同对待。

就像是整个第一段的缩样，第二段的起首三句起到了同样的贬损作用。西谚云："急需或困乏时的朋友，才是真正的朋友"，不免肤浅。我们有急需的时候，是最不需要朋友的时候。朋友有钱，我们需要他的钱；朋友有米，我们缺乏的是他的米。这里，钱不是等到段落的末尾才否定常识的正确性，而是令人惊讶地在第一句的谓语部分就作了否定。接着他便引出自己的真正意思，即我们不应该把功利动机与真正友谊混为一谈。当我们有所需要的时候，"我们也许需要真正的朋友，不过我们真正的需要并非朋友"。所以，只有在对习见先作出否定之后，钱才能将我们引向肯定——读者只有在被迫面对片面的见解如何组成了惯常的做法这一事实时，他才被允去理解隐藏其后的纯粹真理。接着，钱用了差不多一页的篇幅来进一步说明功利性和友谊的基本区别问题。行文充满了平行结构和传统言论；正如从首次使用谚语时就能看到的那样，使用这些传统成分的用意是要最经常地显示它们与实际多么的不符。比如，在说明我们窘困之际，很难不让功利性掺和到友谊中来时，钱写道：

> 两袖包着清风，一口咽着清水，而云倾听良友清谈，可忘饥渴，即清高到没人气的名士们，也未必能清苦如此。

该句第一部分的对应语句，都以"清"字为依托，带着相应的优雅的联想成分。但末尾这种"清苦"能否忍受的质询却产生了冲撞效果。末尾的"清"字突然使这一长句的意味转向，并引发读者对前面听来顺耳的陈旧套语的整体结构产生怀疑。而且，在最后的确切具有反讽意味的"清"字出现之前，如此持续地重复这一关键字眼，即使是最根深蒂固笃信八股文的人，在此情况下也会变得按捺不住。这是夸张地使用传统方式，借以将注意力引向结构及其内涵缺陷的最生动例子。

论述友谊之难的散漫部分，以又一个"扯淡"的反论而结束。当钱认为"在困乏时的友谊，是最不值钱了"时，他分明对这一问题作了确定的陈述。但他紧接着就突如其来地附上一笔说，"不，是最可以用钱来估定价值了！"它又将读者直接推回到惶惑的状态之中。友谊难道真的只是功利之事？还是相反？钱氏难道又在以新的方式达到反讽？作者用似乎是在我们面前反转其立场（给我们造成钱正坐在我们面前面壁沉思的印象）的手法，直接地进一步削弱了读者的信念。这一手法在他的其他作品中颇常见，同时，它也是"巴洛克风格"的常见特性。正如克劳尔所指出的：

> 亨利·沃登拜士（克劳尔所讨论的文章的作者）在接近其心灵的源起点时，故意避免以智性的修正来表达他的思想。我们必须有意识地在文字上停顿片刻。……甚至他们（即沃登和采用同样方法的作家们）的铺排也是有意图的，它表达了一个是哲学的同时又是艺术的信条。他们的目的是要描绘心灵的思索，而不是一种观念，或者用巴斯卡尔的话来说，是要描绘"思想的画面"。他们知道与经验行为分离了的思想并不是被经验了的思想。心灵中概念的秩序是真理的必不可缺的部分，如果它不能以其发生的某种形式传达到另一心灵去，那么它要么转变成某种别的思想，要么不再以思想的形式出现，在仅仅是言语的存在之外得到其他的存在方式。

这种直接性或许正是钱对"家常的"与"正规的"散文

所作区别的一种。

接下来的转折并没有导向一个新的讨论领域，而是进入一个较长的段落，其间他求助于文学上的典据，来讨论刚才提出的问题。在炫示各种抱怨朋友背信的故事的同时，钱把一个贯穿其作品的主题引了进来：即从事物的多方面而非个人感兴趣的一个方面看待问题的必要性。在某种程度上，这一论题在最初讨论奢侈与必需时就有所预示了。"奢侈"这个在钱看来包容了所有使人类区别于动物的事物在内的概念，同时也具有超越绝对自私的力量。从这一点出发，钱钟书从友谊的"物质"一面转到了"精神"上。在接下去的论述中，钱坚持在功利主义的"朋友"（这里指"能帮助你的朋友"——也就是孔子所说的"益友"）和无私利动机所交的朋友之间作出基本的两分法，并举例概括说明此类"益友"令人厌烦的地方，进而揭示这种"益"友不会总是那么有"益"。

这篇随笔最后讨论了对于知识的总体观念（在列举"益友"的似乎好的方面的背景上），得出了完全传统的结论，即一个人拥有的知识多少本身，并不像创造的能力那样来得重要。钱指出，这是传统的观点。但钱展开这一看法的方式

却体现了其散文风格的一个重要特征。在陈述了对这一问题的传统意见后,钱写道:

> 现在的情形可大不相同了。时髦的学者不需决心,只需要几只抽屉,几百张白卡片,分门别类,做成有引必得的"引得",用不着头脑去强记。但得抽屉充实,何妨心腹空虚。最初把抽屉来代替头脑,久而久之,习而俱化,头脑也有点木木然接近抽屉的质料了。我敢预言,在最近的将来,木头或阿木林的谩骂,会变成学者们最尊敬的称谓,"朴学"一个名词,将会发生新鲜的意义。

且不谈频频运用"扯淡"带引读者离开令人不悦的功利主义计较的领域,这段文字以一定方式,将钱氏非正规散文的总体面貌,部分地显露了出来,意象的展开是通过"心"字被"抽屉"一词替代来进行的,而不是通过有关与心相关联的各种品质的有机组合的论述,如它起什么作用,怎样做到,以及这些过程意味着什么等。在同一句法位置上以一种品质取代另一种品质所达到的突然跳跃,隔绝了逻辑发展的可能性。

然而从这以后,《谈交友》停止了讽刺,变成了对光辉友谊和对作者自己的朋友的赞美。奢侈和必需、功利与无私的巨大反差被撇在一边,读者终于能够在没有对传统感受的进一步挑战的情况下,松弛下来。仍然存在着某种残留的不满,但它是与写作背景有关的——钱对独处英伦不悦——而并非与讨论中的各种类型的问题本身有关。这种解除警戒的做法,在钱氏其他作品中十分罕见。而这一篇,主题上的松弛态度正与其结构相应:它的篇幅大约是《写在人生边上》中各篇随笔的两倍。同时,各种离题话往往与作品的总体效果毫不相干。在钱后来的随笔中,文风的苛严与主题的尖锐恰相吻合。

幽默观的形象化表述

钱钟书散文《说笑》赏析

田建民

作者介绍

田建民,1958年生,河北人。1981年入河北大学中文系读本科。1986年9月在北京大学中文系进修,师从黄修己教授。1998年7月获北京师范大学中文系博士学位。2000年10月任河北大学人文学院教授。2003年9月任博士研究生导师。

推荐词

笔者认为,《说笑》的主旨主要也不是针对某人或某事,而是钱先生以幽默的笔调和形象化的语言对自己的幽默观所做的系统的表述。

《说笑》是钱钟书先生在20世纪30年代末发表的一篇随笔，90年代初陆文虎先生曾解说注释此文，给读者理解此文以一定的帮助，但是陆先生联系20年代林语堂提倡幽默，到30年代幽默文学一度盛极一时的情况，认为"《说笑》是一篇针砭时弊的文章"。这种理解未免有些狭窄。钱先生的作品虽然以讽刺著称，但他的讽刺一般不是针对具体的人物或事件的那种"嬉笑怒骂，皆成文章"式的鞭挞与揭露，而是揭示"无毛两足动物"的根性弱点，从哲理的角度对人类普遍的观念和心理进行探讨和剖析。笔者认为，《说笑》的主旨主要也不是针对某人或某事，而是钱先生以幽默的笔调和形象化的语言对自己的幽默观所做的系统的表述。

　　幽默是一个古老而有纷争的话题。据有文字可查的记载来看，人们开始对带有幽默性质的"笑"或"戏谑"从理论或审美上进行研究或注意的，在西方，提出"妒忌说"的古希腊哲学家柏拉图（前427—前347）是研究"笑"的动因的始祖；在中国，《诗经》中"善戏谑兮，不为虐兮"则是后来"谑而不虐"的审美标准的源头。虽然我们中华民族在实际生活中不乏"曼倩之风"，但由于封建专制的集权统治和礼教的束缚，带有"幽默"意义的"滑稽""诙谐"文学不能得到正常的发展而被压抑与扭曲。就像鲁迅先生所说："私塾的先生，一向就不许孩子愤怒，悲哀，也不许高兴。皇帝不肯笑，奴隶是不准笑的。他们会笑，就怕他们也会哭，会怒，会闹起来。……这可见'幽默'在中国是不会有的。"鲁迅所说的"幽默在中国是不会有的"，是指正统文学容不下幽默，所以从哲学的角度对笑或幽默进行理性的思考，探讨它的本质、起因、特点和规律的主要是西方人。真正在中国大张旗鼓地介绍并提倡幽默是在五四文学革命之后。辛亥革命推翻了专制帝制，五四新文化运动促使人们思想极大的解放，介绍和宣传新思想、新观点蔚成风气，就是在这种比较宽松而开放的新的文化和学术氛围之下，林语堂在1924年5至6月间连续发表《征译散文并提倡"幽默"》和《幽默杂话》两篇介绍和提倡幽默的文章，第一次把Humour用音译而又有一定暗示和联想色彩的方式译为"幽默"。

在林语堂的倡导下，到30年代形成了以《论语》《人间世》《宇宙风》等刊物为中心的幽默文学潮流。许多人对幽默开始进行理论上的探讨，各抒己见，呈现出百家争鸣的理论纷争局面。钱钟书先生就用《说笑》这样一篇以幽默的笔调来说幽默的随笔来表述自己的幽默观，篇幅虽然不长，但却融进了西方的一些主要幽默观点而形成自己的体系。具体表现在以下几个方面：

一、强调主体的机智和诱发幽默感的客观对象是产生幽默的前提条件

先说"机智"（wit）。机智在欧洲文艺复兴时原指"天才"而言，后来发展为美学术语，表示机敏智慧、言语巧妙。许多幽默理论家都强调机智，特别是"智"在幽默中的重要作用。有人认为"幽默是机智加爱"。有人认为"幽默感积极的创造性的形式是机智"。有人认为"幽默是能飞的智慧的神经"。有人认为："幽默是一切智慧的光芒，照耀在古今哲人灵性中间。凡有幽默的素养者，都是聪敏颖悟的。"林语堂说："当一个民族在发展的过程中生产丰富之智慧足以表露其理想时则开放其幽默之鲜花，因为幽默没有旁的内容，只是智慧之刀的一晃。"我国古人也把幽默和智慧看得密不可分，如《史记》中有"樗里子滑稽多智，秦人号曰'智囊'"。钱钟书先生也特别强调智慧在幽默中的作用，甚至把智慧看做幽默的前提。但是《说笑》一文是用富于幽默的散文形式写的，他的这些思想不是像理论文章一样明明白白条分缕析地说出来，而是以形象和谈笑的方式来表露。所以这些思想的捕捉需要我们的感悟和分析。钱先生在文中首先引用了拉白莱（Rabelais）"把幽默来分别人兽"的名言，"笑是人类特具的本领（Propre）"，并肯定"幽默当然用笑来发泄"，笑"本来是幽默丰富的流露"。从这里我们可以看出钱先生思维的逻辑：人之所以区别于兽，关键在于人有智慧，有智慧才有幽默，有幽默才发泄为笑。所以笑表现了幽默，而幽默表现了智慧。强调智慧是幽默的必不可少的前提条件。在文中，钱先生引荷兰夫人（Lady Holland）的《追忆录》中薛德尼·斯密史（Sidney Smith）的话："电光是天的诙谐（wit）"。英语wit一词，一般人都翻译成"机智"，而钱先生则翻译成"诙谐"，可以看出，钱先生在某种意义上来说，简直把"机智"等同了"幽默"。特别认为其中"智"是最重要的，没有智慧就没有幽默。他在《管锥编》中也说："'滑稽'训'多智',复训'俳谐',虽'义'之'转'乎,亦理之通耳。"在考论"滑稽"之本义是能"乱同异"时说:"盖即异见同,以支离归于易简,非智力高卓不能。"在钱先生看来,人有智慧所以产生了幽默,有幽默就发为笑,这在原本意义上是一致的,是合乎逻辑的。但是后来却发生了变化,产生了笑和幽默的不一致性。其原因是,既然智慧产生幽默,幽默发为笑声,慢慢笑变成了幽默和智慧的标志。人人都喜欢表现自己有智慧,所以人人都笑,以至缺少智慧和幽默的人也跟着笑。这样,笑逐渐演变成了人的一种生理本能和一些人冒充幽默和智慧的幌子。这样,笑也就不再都是幽默和智慧的表现了,比如"傻子的呆笑,瞎子的趁淘笑"。于是产生了"幽默当然用笑来发泄,但是笑未必就表示着幽默","笑的本意,逐渐丧失;本来是幽默丰富的流露,慢慢地变成了幽默贫乏的遮盖"的情况。

另外,钱先生承认幽默有一定的客观性。也就是说认为幽默的原因不仅在于主体的内心世界,而且与作为客体的对象的诱因有关。即只有当客体对象具备了某些特定的性质和条件时,才能诱发主体产生幽默感。他在文中根据柏格森认为笑的原因在于"生气的机械化"的理论，列举"口吃""口头习惯语""小孩子的有意模仿大人"等"复出单调的言动"都是可以引人发笑的，即是诱发幽默的材料。并认为经提倡的幽默"本身就是幽默的资料，这种笑本身就可笑"。"真有幽默的人能笑，我们跟着他笑；假充幽默的小花脸可笑，我们对着他笑。"从这些表述，可以看出钱先生承认幽默具有客观性和可以用幽默来批评或讽刺的态度。总之，强调主体的机智和诱发幽默的客观对象是产生幽默感的前提条件，这是钱先生幽默观中的重要观点之一。

二、从主体内心世界着眼强调幽默是一种脾气

具体表现为两种心态：一种是具有高深修养的了悟世事人生的超越感和优越感；另一种是对人生和命运采取"一笑置之"的"游戏"或"自嘲"的态度。

从主体内部的心灵世界来研究探讨幽默的奥秘的人多把幽默看为一种脾气性格或对待世界及生活和命运的一种心态。里普斯说："幽默是我本身的一种状态，一种自有的心境。"林语堂认为："幽默者是心境之一状态，更进一步，即为一种人生观的观点，一种应付人生的方法。"陈瘦竹

说:"幽默是一个人所特有的言谈举止的方式和性格的自然流露,……幽默是一种人生态度,幽默的人在观察世界时虽从理性出发,但更带着丰富的感情。"都主张幽默产生于内部心灵,"是艺术家的人格在按照自己特殊的方面乃至深刻方面来把自己表现出来",主要是一种人格的精神价值。钱钟书先生在《说笑》中说:"幽默至多是一种脾气""一个真有幽默的人别有会心,欣然独笑,冷然微笑,替沉闷的人生透一口气""幽默减少人生的严重性,决不把自己看得严重。真正的幽默是能反躬自笑的,它不但对于人生是幽默的看法,它对于幽默本身也是幽默的看法"。从这些对于幽默的富于形象而又蕴意深刻的描述中,我们可以悟出钱先生在幽默问题上的主要观点,那就是:承认幽默是一种脾气、性格或心态,但并没有停留在笼统不清的心态说上,而是具体描述出了两种心态:一是"别有会心,欣然独笑,冷然微笑"的具有高深修养和了悟世事人生的超越感或优越感;二是"减少人生的严重性""替沉闷的人生透一口气",并"能反躬自笑"的对人生和命运采取"一笑置之"的"游戏"或"自嘲"的态度。这两种态度又是互为因果、相互关联的。只有有高深的修养,了悟世事人生,才能对人生和命运取平静的"一笑置之"的态度,也只有持"一笑置之"的态度,才能对世事人生以俯瞰的姿态"别有会心,欣然独笑,冷然微笑"。这里"高深的修养"和"了悟世事人生"是形成幽默心态的重要条件。面对世上的风雨波涛而能以平静的幽默心境相对,没有修养是办不到的。鹤见佑辅说:"懂得幽默,是由于深的修养而来的。"高深的修养加上了悟世事洞察人生的能力,就能产生出"笑的哲人"的悠然泰然的"超越感"和"优越感",以这种"超越感"或"优越感"来看旁人的蒙昧无知或荒谬,于是"欣然独笑""冷然微笑"。这种幽默的心态和情感,符合英国霍布士所主张的幽默"是在见到旁人的弱点或是自己过去的弱点时,突然念到自己某优点所引起的'突然的荣耀'感觉(Sudden glory)"的理论。波德莱尔也说:"人的笑,产生于人的优越。"马赛尔·帕尼奥尔说:"我笑,因为我感到比你比他,比全世界人都优越。"

另外,钱钟书先生所说的幽默"替沉闷的人生透一口气""能减少人生的严重性""决不把自己看得严重""真正的幽默是能反躬自笑的"。这些思想是吸收了西方的"游戏说""自由说"和"自嘲说"。

西方"游戏说"的代表人物是伊斯特曼。他认为人有幽默的本能，所以能拿游戏态度来看待事物。只要用"一笑置之"的游戏心态来对待事物，就是失意的事也可以变成快感的来源。朱光潜先生很欣赏伊斯特曼这种观点，引了他的一段有趣的话来说明这种"一笑置之"的游戏态度："穆罕默德自夸能用虔信祈祷使山移到面前来。一大群徒弟围着来看他显这本领，他尽管祈祷，山仍是岿然不动，他于是说：'好，山不来就穆罕默德，穆罕默德就去就山罢'。我们也是同样的竭精禅思来求世事恰如人意，到世事尽不如人意时，我们说：'好，我就在失意中寻乐趣罢！'这就是诙谐。诙谐就像穆罕默德去就山。它的生存是对于命运开玩笑。"这种"游戏说"朱光潜先生认为是"在近代各家学说之中可以说是最合理的"。和"游戏说"相接近的是彭约恩、倍恩、杜威和克来恩等人的"自由说"，在这一派看来，人们生活在法律规则、道德习俗、宗教礼仪等等政治文化的约束之下，甚至现实世界和实际生活都是人生一种约束。笑就是暂时脱去了人的假面而使自然本性得以自由流露。倍恩说："笑是严肃的反动。我们常觉得现实世界事物的尊严堂皇的样子是一种紧张的约束；如果突然间脱去这种约束，立刻就觉得喜溢眉宇，好比小学生在放学时的情形一样。"彭约恩说："笑是自由的爆发，是自然摆脱文化的庆贺。"这种"自由说"很接近精神分析学派的"移除压抑说"。精神分析学派认为人的"本我"通常都要受"超我"这个代表道德礼俗的"检察机关"的压抑，幽默就是由"本我"遵循"快乐原则"以特殊的方式对"超我"这个"检察机关"的反叛，从而"移除压抑"，得到快感。美国心理学家阿瑞提说："根据弗洛伊德的观点，一个玩笑并非要传授新的知识。它在明显想把听者逗笑的目的下面隐藏着一个特殊目的；企图满足那些平常被压抑或被禁止的倾向。……从玩笑中得到满足是由于允许把被禁止的内容讲出来，并随之得到兴奋与放松的情绪感受。"可以看出，钱先生的"幽默能减少人生的严重性""替沉闷的人生透一口气"的说法，与这些"游戏说""自由说"和"移除压抑说"都有某些相通之外，显然是受到这些幽默理论的影响。钱先生这种解脱束缚的"自由论"思想在《一个偏见》中表现得更为清楚。他说："偏见可以说是思想的放假。……假如我们不能怀挟偏见，随时随地必须得客观公平、正经严肃，那就像造屋只有客厅，没有卧室，又好比在浴室里照镜子还得做出摄影机头前的姿态。"这里偏见既然可和"正经严肃"相对，所以在摆脱束缚，移除压抑的意义上说，它和玩笑幽默具有同样的性质。所以如果用"幽默可以说是思想的放假"一句话来表达钱先生对幽默的看法，大致也不错的吧。

钱先生认为幽默的人"决不把自己看得严重。真正的幽默是能反躬自笑的"。否定性的幽默嘲讽的目标绝不仅仅是别人，而且包括幽默家自己。这是西方流行的"自嘲说"。许多人认为"自嘲"是一种高级的幽默。车尔尼雪夫斯基在区别"滑稽""谐谑"和"幽默"时说："对谐谑来说，什么都是愚蠢的、可笑的，但是只有它自己不可笑也并不愚蠢。幽默却是自我嘲笑"。英国美学家李斯托威尔说："当我们能够长时间地放声地嘲笑我们自己，借以减轻生活的苦恼的时候，我们就是幽默家。"巴瑞摩尔说："第一次嘲笑自己之时正是你成长之日。"迈蒂斯说："嘲笑自己的愚昧，能增进幽默的感觉。别忘了，慈善事业往往从自己做起，嘲笑愚昧，也应该从自己做起。"巴特勒说："对自己可笑的举止，表现出敏锐的幽默，能使你避免犯错。"麦克斯威尔说："别人嘲笑你之前，你先嘲笑自己。"可以看出，钱先生认为"真正的幽默是能反躬自笑"的主张是受了西方这些"自嘲说"的影响。另外，我国的老舍、陈瘦竹等人也坚持这种"自嘲说"。老舍说："幽默作家的幽默感使他既不饶恕坏人坏事，同时他的心地是宽大爽朗，会体谅人的。假若他自己有短处，他也会幽默地说出来，决不偏袒自己"；陈瘦竹也认为幽默的人"在嘲笑别人的荒谬愚蠢的言行时同时嘲笑自己的缺点错误"。这些观点，也与钱钟书先生的"反躬自笑"说相近。正是这种"反躬自笑"的幽默观，形成钱先生作品中的一类"自嘲型的幽默"。而他的"欣然独笑""冷然微笑"的幽默心态又使他作品中的幽默给人一种居高临下的超越感，这种"自嘲"精神和"超越感"是形成他作品幽默的独特风格的一个重要因素。

三、强调幽默的不确定性

幽默具有什么特性呢？钱先生说："笑是最流动、最迅速的表情""笑的确可以说是人面上的电光""我们不要忘掉幽默（Humour）的拉丁文原意是液体；……幽默是水做的"。这里，钱先生强调幽默具有流动性、变动性和不可固定性。钱先生从Humour一词的本义来说明幽默的流动性和变化性。前面我们已经介绍过，Humour来自拉丁词（h）-

ŭmor，原义指"潮湿"，后来变成心理学术语，指由其比例来决定人的心理情绪的"体液"（血液、黏液、黄胆汁、黑胆汁），后来演变成指人的性情气质或脾气并进而变为特指对荒谬、滑稽等具有独特反映的一种特殊的性格、气质或脾气。直到16世纪，本·琼生才把"幽默"一词引入艺术领域，指人物的愚蠢、滑稽的特性。到18世纪初才演变成我们现代意义上的以诙谐的形式来表现具有美感意义的内容的美学术语。钱先生指出幽默像水一样流动，像气一样飘忽不定，具有不可捉摸的不确定性。这种看法与本·琼生等人对幽默的性质看法相同。本·琼生说："我们认为幽默是实际存在的东西，具有气和风的性质，本身包含气和风的特征，潮湿和流动；这就像把水泼在地板上，一片潮湿，水就流淌；而从号角和喇叭里吹出来的气立刻消失，留下一滴水珠。这样，我们可以得出结论，凡是潮湿而流动、无力控制自己的东西，就是幽默。"本·琼生也是从Humour的本意"潮湿"和"液体"来说明"幽默"具有"气和风"的流动不可控制的特性。与钱先生从方法到看法上都相似。既然幽默是流动的、变化不居的，所以不能固定成一种模式来模仿，也根本不必提倡。因为"经提倡而产生的幽默，一定是矫揉造作的幽默。这种机械化的笑容,只像骸骨的露齿,算不得活人灵动的姿态""这种幽默本身就是幽默的资料,这种笑本身就可笑。"

四、追求理想化的上乘的幽默——"会心的微笑"

钱先生说:"一个真有幽默的人别有会心,欣然独笑,冷然微笑,……也许要在几百年后、几万里外,才有另一个人和他隔着时间空间的河岸,莫逆于心,相视而笑。"可以看出,在钱先生看来,只有少数的智者哲人莫逆于心的会心的理解所发出的微笑才是纯正的幽默。带上了把幽默过分理想化和神圣化的色彩和倾向。

以上我们从四个方面比较具体地分析了钱先生的幽默观,至此我们可以做一个简单的结论:钱先生吸收各家幽默理论的长处而融成了自己更为合理的幽默理论体系,即在承认幽默主体具有高度的机敏和智慧并具备诱发幽默感的客体对象这两大客观的前提条件下,从主体内心世界着眼,强调幽默是一种脾气、性格或心态,具体表现为具有高深修养的了悟世事人生的超越感或优越感和对人生、命运采取"一笑置之"的"游戏"或"自嘲"的态度。最理想而纯正的幽默表现为智者哲人的有会于心的微笑。幽默具有流动飘忽、变化不居的不确定性，不能固定为模式，因此不可模仿和提倡。这一理论，吸收了各家的长处，比起单纯从客观外部或从主体内心世界来寻找幽默的原因和根据的人们的理论更加合理和全面。但是，对人生和命运采取"一笑置之"的"游戏"态度，实际是面对现实的丑恶或缺失感到无力改变时的一种独善其身或消极回避的态度，是用"精神的炼金术能使肉体痛苦都变成快乐的资料"，是把幽默当成痛苦的遁逃所。所以，我们在貌似达观的"欣然独笑，冷然微笑"的背后却总是感到笑者的内心并不轻松平静，而是含有一丝苦涩。并且，把真正的幽默看成智者哲人的有会于心的微笑，这种笑"也许要在几百年后、几万里外，才有另一个人和他隔着时间空间的河岸，莫逆于心，相视而笑"。这是把幽默理想神圣到了几乎成了虚无的地步，实质上等于否定了幽默的存在，这是过分追求理想化所导致的一种极端倾向。

一喻两柄或多边

读《管锥编》札记两篇

唐 韧

作者介绍

唐轫,广西大学中文系教师。

推荐词

你如何解释鲁迅"在我的后园,可以看见墙外有两株树,一株是枣树,还有一株也是枣树"这么啰嗦的句子?鲁迅酷爱简洁,何以不写成"我后园墙外有两棵枣树"呢?

深得累叠之妙——读《管锥编·史记会注考证五·项羽本纪》

鲁迅说，做小说（其实一切文章也是如此的）要"把可有可无的字、句、段删去"。

但是，什么是可有可无的字、句、段？比如，你如何解释鲁迅"在我的后园，可以看见墙外有两株树，一株是枣树，还有一株也是枣树"这么啰嗦的句子？鲁迅酷爱简洁，何以不写成"我后园墙外有两棵枣树"呢？

曾有许多解释说，这是为了"强调"。但是从原文《秋夜》的语境看，强调这两棵树都一样是枣树而非别的树，意义与必要又何在呢？这个问题考虑多年，在学了语用学的语境理论之后，我认为这开头的两句是被《秋夜》那个沉郁、顿挫的语境氛围所限定的。1924年的鲁迅，在与镇压学潮的军阀和学校里的黑幕势力作战，且不可能获胜。他所看到的事物，都在这主观情感的浸润中变化为意象：被洒上繁霜的野草花、小粉红花的梦和小青虫们的扑火，和对这些"苍翠精致的英雄"的"敬奠"，还有，一无所有但仍不依不饶的枣树，"默默地铁似的直刺着奇怪而高的天空，一意要制他的死命，不管他各式各样地着许多蛊惑的眼睛"。枣树只是这意象群中的一个，好像还算不上"核心意象"，也未必能说是鲁迅的自况。象征本是情绪的对应物，不必落实为具体的人事的。"两棵枣树"句在散文诗的起始，它相当于这首压抑、悲愤的歌曲的"过门"，这"转轴拨弦三两声"的"累叠"的作用，就是以其旋律和节奏在营造作品整体的缓慢沉郁语境。

这个感受，直至读《管锥编》谈司马迁"深得累叠之妙"段（《史记会注考证五·项羽本纪，第272—第273页》），方得真悟。

《史记》写项羽破秦军："诸将皆从壁上观，楚战士无不以一当十，楚兵呼声动天，诸侯军无不人人惴恐。于是已破秦军。项羽召见诸侯将，入辕门，无不膝行而前。"钱肯定陈仁锡评："叠用三'无不'字，有精神；《汉书》去其二，遂乏气势。"而批王若虚《滹南遗老集》，言其"苛诋"《史记》文法,将"诸侯军无不人人惴恐"视为"字语冗复",乃"识力甚锐而见界不广"。认为王若虚论文,"偏主疏顺清畅,饰微治细",不识"瑰玮奇肆之格,幽深奥远之境""衹责字句之直白达意",不理会"声调章法"。

此前若论此句,喜好文字清通如我者,肯定持王若虚同样见解,认为"人人"与"无不"只可留其一。读钱钟书对"诸侯军无不人人惴恐"的擘析,不觉茅塞松动:"局于本句诚如王所讥。倘病其冗复而削去'无不',则三叠减一,声势随杀;苟删'人人'而存'无不',以保三叠,则它两句皆六字,此句仅余四字,失其平衡。如鼎折足而将覆餗(sù,鼎中的食物称'餗'),则别需拆补之词,仍著涂附之迹(还会有多余的修饰字样)。"

至此,钱大师以一小例牵出一大道理,作文者不可不细心理会:"宁留小眚(过错),以全大体。"也就是说,有比小毛病更大的大毛病,放过小毛病,是为了躲避大毛病。所以《尚书》有"不遑暇食"(没有时间吃饭,本来用"不暇食"即可)句,《左传》有"尚犹有臭"("尚犹"同义重叠,留一即可)句。《汉书》为了简洁,将前引《史记》

段删为"诸侯军人人惴恐""膝行而前",钱评:"盖知删一'无不',即坏累叠之势,何若竟删两'无不',勿复示此形之为愈矣。"言其将气势破坏殆尽矣。而原句因有三"无不""数语有如火如荼之观!"

回头再看"两棵枣树"句,其理昭然。如径作"两棵枣树",轻快则轻快也,那种沉郁之势、淤塞之情,也全遭破坏,显而易见,反是"瘖嗦"句子为上了。这就是"累叠之妙"。累叠之势并非所谓"排比",最大的区别是它不追求"整饬",而但追求整体意义的语境浓度。

以小说似更能证实之。钱于本节特别称赞《水浒》第四十四回裴阇黎见石秀出来,"连忙放茶""连忙问道""连忙道:'不敢!不敢!'""连忙出门去了""连忙走"。一串"连忙",是"殆得法于此而踵事增华者欤"。

今小说家,就我所见,深明"累叠之妙"并能以此"踵事增华者"尚不多,许辉是其中的佼佼者。姑略示其艺一二处:在小说《幸福的王仁》中,股长王仁用公家材料、人力给自己原本临街的家造了一个小偏房和一个院子,小官初尝占公家便宜的"幸福",喝着酒,"不时把眼光打敞开的门放到院子里去，不时地讲'院子真是好东西'。又讲'院子确实是好东西'。又讲：'也不想再挪窝了，院子真是好东西。'"细想，非这三个累叠句，王仁内心的庸俗和贪欲滋生时的晕眩感皆难逼真传达，以他法也实难取代。契诃夫写《醋栗》那个终于得到了一个小醋栗园子的小地主的庸俗，亦是此法，但许辉显得更精练。

这种"精练的啰嗦"是许辉最擅长的描写方式。他获奖的中篇《夏天的公事》中讽刺以公事之名叨扰下级机关，行"避暑"之实的城市机关官员，"精练的啰嗦"更为出色：

> 住下来，江部长就来喊他们吃西瓜。吃过西瓜，闲聊一时，又吃西瓜，又闲聊一时，又吃午饭，喝了点啤酒。餐厅很干净，清雅，凉爽。吃过了他们就回房间睡午觉。有空调，太舒服了，好像一辈子没睡过什么好觉。他们猛睡一觉，一觉醒来，已是下午四点多钟，起来又闲聊，等人，吃西瓜，吃晚饭，又喝了些刚从冰箱里拿出来的啤酒。

吃了又吃，睡了再吃，这就是他们"夏天的公事"了。几句反复，言外之意，甚是明白，不必再蛇足了。累叠得最有气势的则是余华。整个的《许三观卖血记》是一个巨大的累叠。一次次卖血解家难,是铺遍全作的情节大累叠;细部也是小的累叠,如许三观过生日,给家人"用嘴炒菜",一只一只地炒,是小情节的累叠;每次卖过血吃炒猪肝喝黄酒,起先似乎就是卖血过程的一部分,一次次累叠之后,演变成一种人生仪式,到篇末许三观发现自己的血没人要了,害怕家里再有灾祸没有办法,在街上大哭,儿子们嫌他给自己丢脸,妻子许玉兰大骂儿子们,带他到饭店,叫许三观随便点。

　　许三观说:"我只想吃炒猪肝,喝黄酒。"

　　(许玉兰要完,问许三观还想吃什么。)

　　许三观说:"我不想吃别的,我只想吃炒猪肝,喝黄酒。"

　　许玉兰就又给他要了一盘炒猪肝,要了二两黄酒,要完后拿起菜单,对他说:

　　"这里有很多菜,都很好吃,你想吃什么,你说。"

　　许三观还是说:"我还是想吃炒猪肝,还是想喝黄酒。"

　　三盘炒猪肝全上来后,许玉兰又问许三观还想吃什么菜,这次许三观摇头了,他说:"我够了,再多我就吃不完了。"

许三观面前的桌子上放着三盘炒猪肝,一瓶黄酒,还有两个二两的黄酒,他开始笑了,他吃着炒猪肝,喝着黄酒,他对许玉兰说:"我这辈子就是今天吃得最好。"

这一累叠,叠出的震撼力,将许三观一生的酸苦,酿成如火如荼之态。累叠小了也不成,既不能写"许三观一口气点了三盘炒猪肝,一瓶黄酒",也不能写"许三观点了一盘炒猪肝,二两黄酒,意犹未尽,又点了一份,还觉得不够,又点了第三份",这就像交响乐奏至末尾,主旋律需要宏大的攀升,必须以最强音多次重奏主旋律,不然,尾巴是"秃"的,即将喷发的荡气回肠之效在此就一笔勾销掉了。

一次点菜虽有雷霆之力,但毕竟是个孤雷,而三声之力就有了滚雷之势。这个结尾,若说是"瑰玮奇肆之格,幽深奥远之境",也不为过。

"珠宝窗"与"熟肉铺"

一部《围城》,无可争议地锁定钱钟书为"当代中国最善喻作家"。即使他的文论,如《宋诗选注》,用喻之奇之美,于文论中亦无出其右者。

钱钟书的善喻,给无数修辞学论文提供了做论的数据,成就了大量研究比喻的专家。但是有一个问题还少人发问:钱钟书为什么善喻?或者说,他这"绝世武功"是怎样练就的?中国这么些作家,聪明人大把,为什么在善喻这点上,竟至今无人能企及他的境界?

钱钟书在广州中山大学讲学时曾说:"我没有什么,不过我善于联想。"他那些与本体相隔十万八千里的、出人意外的喻体,当然可以归结于善联想。但以为不妨再追问:其他作家中也不乏善联想者呀,又何以没人能够像他那样去联想?

我以为《管锥编》中充满着这个问题的答案:那些精妙的比喻至少是心有灵犀地来自读书。徜徉在中外书籍丛莽密林中的钱钟书,对比喻如此情有独钟:只要见到"美喻"的果实,他一定驻足、摘取,以美食家的舌头辨认此喻与他喻的细微味觉差异,以仿佛植物学家、土壤学家的经验和化学知识道出差异的成分来。他常说的"一喻两柄或多边",本意也平常:一事物作为一喻体,可以为喻的不止一个特征,每次使用只消取其一点，不必顾及其他。不同的是钱钟书这"多边"的延伸，是在古今聪明文化人的集体智慧"赞助"之下实施的。

如以月为喻体，可取其圆，取其明，取其寒，取其圆缺变化，取其皎洁，均系常用相似点，但是苏轼的"看书眼如月"（《吊李台卿》），"并非状李生之貌'环眼圆睁'"，乃是取"洞瞩明察之意"，已是越出常规，而陈子昂《感遇》第一首中"微月生西海，幽阳始代升"句中，这个月竟是用以与骄阳对峙，喻指女帝武则天的。而这还不算惊人之笔。佛经中用"月入百川，寻影之月，月体不分"喻"如来法身不思议，如影分形等（遍）法界"；诗人黄庭坚形容禅师的境界："影落千江，谁知月处""一月千江水"，以月水关系象佛法之"平等普及"，惠及众生，这已是很难想到的了，但这赞佛之意竟还被由尊而贬，用来《嘲妓》——"也巢丹凤也栖鸦，暮粉朝铅取次搽；月落万川心好似，清光不解驻谁家"（《醒醉石》第一三回）（《管锥编·周易正义一六·归妹》第39—第40页），也算是用绝了。"人心如镜"也是我们常说的，但人心的哪一点与镜的哪一点有相似处，却可以有多边的解释。"我国古籍镜喻亦有两边。一者洞察：物无遁形，善辨美恶"，这是大路的理解；"二者涵容：物来斯（则，就）受，不择美恶"，这就很少看到。"前者重其明，后者重其虚。"《世说·言语》袁羊的话将后一个意思又延伸，"何尝见明镜疲于屡照"，此喻一出，不仅取其"物来斯受"了，而且取其能时刻、永远照物而不会疲倦（《管锥编·毛诗正义·一四柏舟》第77页）。后面这些"虚"的相似就蕴涵着深刻的哲理意味了。

此类"一喻多边"的长期搜寻琢磨，从思维能力上必给钱先生以大助力，助他在别的文人捉襟见肘之际从容峰回路转。取譬之妙源自思维之妙，人之思有浅深、庸奇、常罕之分，喻随之而已矣。

更新比喻的思路，不只限于更新喻体喻义。在小说中，仿佛镜子折射光的亮度与镜子质地相关似的，还须把一比喻与做出该比喻的人物主体的品质相联系。这就又多一层曲折。

《管锥编·毛诗正义五六·大东》提及西方十六七世纪诗文中嘲讽虚冒名义，每以情诗中辞藻为口舌：

穷士无一钱看囊，而作诗赠女郎，辄奉承其发为

"金"、眉为"银"、睛为"绿宝石"、唇为"红玉"或"珊瑚"、齿为"象牙"、涕泪为"珍珠",遣词豪奢,而不办(辨?)以此等财宝自救饥寒;十九世纪小说尚有此类滥藻,人至谑谓诗文中描摹女色大类珠宝铺之陈列窗,祗未及便溺亦为黄金耳。(156页)

原来穷士穷疯了,念中金珠宝贝乱飞,遂自然捉来做设喻的首选。故从设喻之喜好,便可抓到设喻人斤斤不忘的情结。

也许是由于"陈列"这个类似点,也许是因为对仗的有趣,从这个"珠宝窗",我一下便跳到《围城》一开始轮船上的男学生给穿着暴露的鲍小姐起的背后花名:"熟食铺子。"找出《围城》,是这样写的:

> 那些男学生看得心头起火,口角流水,背着鲍小姐说笑个不了,有人叫她"熟食铺子"(charcuterie),因为只有熟食店会把那许多颜色暖热的肉公开陈列。

这两个设喻,并无半点直接关联,只在思路上同类:男学生们自心头有火,饥渴不耐,对"颜色暖热的肉"过敏,正如穷士无钱看囊,满目黄白之物。所以说是心有灵犀,是"一点通"。

冰心在说她的散文经验时,有六个字是特别值得咀嚼的:"多读书,善融化。"其中要义,便是这"融化"二字。她的美文《寄小读者》,那份晶莹剔透,那份雍容大气,真不知暗暗融进多少古人洋人的冰雪聪明在内。

既然老一辈大家的文采是这样在文化长河中浸浴而得,某些轻视读书的今日写家,弄不出昔人笔底的风情和魅力,也就不好怨山神怨土地了。

纯净精致的美文

杨绛早期散文四篇赏析

罗维扬

作者介绍

罗维扬,1942年生,湖北随州人。作家,编审。笔名扬励、曼兰。中国作家协会会员。

推荐词

由这四篇散文,我想到散文的纯净和精致。所谓纯净,一是单纯,太复杂的、纠缠不清的人事,得让位于小说和报告文学,散文不能承受其繁;太深邃、玄奥的哲理,得让位于论文,散文难以承受其重;二是纯粹,不要有瑕疵,不要有痞块,不要疙里疙瘩,不要包里气鼓;三是纯洁,不要有渣滓,不要有污秽。

杨绛先生以翻译《堂·吉诃德》名世，出版《干校六记》后文名大振，出版长篇小说《洗澡》，奠定了她在创作界的地位，而她又是钱钟书先生的夫人和文友，就益发受学问界和文学界的尊重。我推介的这四篇散文，却是她的旧作"拾遗"，三四十年代的作品。她这纯净的精致的美文，是可以与朱自清的《荷塘月色》和《绿》相媲美的。

《阴》和《风》这样的题材是很容易写成知识小品或科普文章的，杨绛先生却把它心灵化、艺术化了。化者，彻头彻尾彻里彻外之谓也。化是不容易的，不仅是消化，还要幻化，美化，诗化。这就需要素养、学养和修养，不是谁想化就化、说化就能化的。到底是怎么化的，得去问杨绛先生，但化是在黑箱子里面进行的，恐怕她本人也未必能说清楚。知识小品、科普文章是写作，而散文是创作。写作是创作的基础，但会写作的人不一定就能创作。作家和写家是不同的。

若以知识小品写《阴》，可能更明确，说阴是阳光照射物体，物体投下影子，物体和影子之间那部分空间，叫做阴。老百姓说乘凉、歇阴，是脚踩在影子里，身体被笼罩在阴之中。影比阴明确，是平面的，而阴却是立体的，有其长、宽、高三维空间。文章若这样写，则缺乏文采，枯燥无味，干巴巴的，没有情趣。《阴》先笼统地写树阴，又具体地写松柏的阴、杨柳的阴和小草的阴；再写木头、石块的阴，墙和屋的阴；再写山的阴。写出此阴与彼阴的不同。接着来个转折，写烟的阴、云的阴，写云的"漠漠轻阴"，用了连环的比喻，"好像谁望空撒了一片轻纱，荡扬在风里，撩拨不开，又捉摸不住，恰似初识愁滋味的少年心情。愁在哪里？并不能找出一个影儿"。这比喻，让我们联想起钱钟书在小说《围城》和散文《写在人生边上》中的某些比喻，是微妙、美妙、曼妙、精妙、绝妙的，骚了读者精神的胳肢窝，发出会心的微笑，感到愉悦。最后写夜，"它掩没了太阳而造成个大黑影""树阴、草阴、墙阴、屋阴、山的阴、云的阴，都无从分辨了""夜吞没有了所有的阴"。自始至终，把影和阴是区别开来的。由此，也可以看出学者于浪漫中也不失严谨。

《阴》写得静谧、从容、清新，《风》则营造出流动的美，写得跌宕起伏，摇曳多姿，气象万千。它写出了天地对风的约束，和风对天地的叛逆与反抗。风对天地虽无可奈何，终究还是不肯驯服。若驯服了，就不是风了。首段的最后一句，说"风一辈子不能平静，和人的感情一样"，人心似海，感情是会起波澜的，兴许寄托了作者的某种人生况味。

《风》的起承转合是很工整的。"起"，写平静的风，微风，把微风写得很温柔，很细腻，很有人情味，但又埋下了伏笔，平静中酝酿着风暴，蹲伏的猛兽正要纵身远跳。"承"，是写吹重些、再吹重些的狂风。无论什么都想阻挡风，而风则软硬都不吃，"顾得这些吗？"能裹挟的则裹挟而去，摧枯拉朽，推倒、掀翻它能够推倒、掀翻的一切，它的力量"直要把天地捣毁，恢复那不分天地的混沌"；"转"，写风追求自由，终不得自由。盛怒到极点，悲哀到极点，狂欢到极点，失望到极点，尽情闹到极点，便向它的对立面转化：乏了，衰弱下去，没了声音，"好像风都吹完了"。"合"，写风的无可奈何而又不肯驯服。正因为如此，"天地把风这般紧紧地约束着"。风与天地的关系显出哲学的意味。小文章写出了一个大悖论，写出了一个大悲剧，它让我们浮想联翩，不能不叹服作者透彻纸背的笔力！

如果说《阴》和《风》属托物寄兴的寓言，那么《流浪儿》和《窗帘》则是直抒胸臆之作。《流浪儿》写的是灵与肉的关系，人的精神生活与物质生活的关系；《窗帘》是写家庭邻里关系，其实是人际关系。

《流浪儿》开篇就提出了"魂不守舍"的命题，"嫌舍间昏暗逼仄，常悄悄溜出舍外游玩"。舍，实指破陋的斗室、逼仄凌乱的家，其象征意义是指人的躯体。躯体就是灵魂的"舍"，对人的灵魂，或人的性灵，做了两个比喻，"凝敛成一颗石子""放逸得像倾泻的流泉"。这似乎又是矛盾的，一会儿是被冲刷，一会儿是冲刷。像石子时，是收敛的状态、静止的状态、旁观者的状态，便"只知身在水中，不觉水流"，仿佛在时空之外，却又依附于无穷；像流泉时，是轻快的状态，不受其约束、随意变化的状态。这是两种不同的心境，或是人生在世的两种不同境界。但都以比喻来虚写，实写的仅是"书遁"。这可用作者另一篇散文《读书苦乐》来印证：我觉得读书好比串门儿——"隐身"的串门儿，由物质世界进入精神世界。灵与肉，精神生活与物质生活，既相辅相成，又相仇相克。"遁书"，精神高扬，也"离不开时空，离不开自己""还得回家吃饭睡觉"。人追求精神享受，物质生活方面就容易懈怠自己，舍间经常没人打扫，"墙角已结上蛛网，满地已蒙上尘埃，窗户在风里拍打，桌上床上杂物凌乱"，懒得修葺，更没有精力和金钱像四邻那样粉刷、油漆、装潢、扩建屋宇。但必须看得透彻（即所谓看穿）才行："一个人不论多么高大，也不过八尺九尺之躯。各自的房舍、料想也大小相应。即使凭弹性能膨胀扩大，出掉了气，原形还是相等。"也就是说，人维系其生存的最基本的需要是大体相等的，多余的纯属奢侈。十元钱住一晚的招待所，和住一万元的总统房，其睡眠质量（身心得到充分休息）是相同的，多用的9990元只是满足虚荣心而已。随后的议论"屋里的曲折愈多，愈加狭隘；门面愈广，内室就愈浅"，则纯属读书人的精神胜利法。这篇散文颇有现实意义，如今的"粉刷、油漆、装潢、扩建"与40年代比较，已蔚然成风，更为普及也更加高档、豪华了，斥巨资、掏血本装修新居的人们，读读这篇《流浪儿》，不知将作如何感想？当年的流浪儿已皈依自己的精神家园，而如今太多的流浪儿却唱着到处流浪到处流浪而无家可归，不知是前进还是倒退?

　　读《窗帘》，最让人联想钱钟书的《窗》，难道是夫唱妇随吗？夫之《窗》写得像学术随笔，妇之《窗帘》则是情趣小品了。《窗》是否是教我们尊重别人的隐私权呢？尊重别人，就不要窥探、猜测别人的隐私。这有一个前提，即"窗对着窗，各自人家，彼此不相干"，这就有个人主义和自由主义的嫌疑了；又有两个方面，一是不能赤裸裸，得有些掩饰，即拉上窗帘；一是"人家挂着窗帘呢，别去窥望"。于人于己，都得遵守这种游戏规则。问题是"一角掀动的窗帘，惹人窥探猜测，生出无限兴趣"，怎么办？作者说，"容许你做梦和想象"，但绝不能"冒冒失失闯进门、闯到窗帘后面去看个究竟"。这就让人想到文艺和审美了。文艺应该是含蓄的、朦胧的，不应是赤裸裸、不加掩饰的；审美需要距离，空间的距离，时间的距离，乃至心理的距离，不能太逼近对象。文中说，洁白素净的窗帘，胜过五颜六色，赤裸裸的真实并不经看。赤裸的心，也未必好，如今流行的"我的爱，赤裸裸""想你想你想你"，既无情趣，也无美感，可无数人在起劲地吼叫。素朴与含蓄，这也是创作和鉴赏的原则。《窗帘》这散文是可以当做美学论文来读的。

《流浪儿》和《窗帘》这样的题材是很容易写成随笔的，甚至会写成一般的议论文，难得的是杨绛先生把它们仍然写成了无懈可击、韵味十足的艺术散文。

由这四篇散文，我想到散文的纯净和精致。所谓纯净，一是单纯，太复杂的、纠缠不清的人事，得让位于小说和报告文学，散文不能承受其繁；太深邃、玄奥的哲理，得让位于论文，散文难以承受其重；二是纯粹，不要有瑕疵，不要有瘖块，不要疙里疙瘩，不要包里气鼓；三是纯洁，不要有渣滓，不要有污秽。所谓精致，一是选材要严，对素材要有严格的选择，严密的过滤，严谨的提炼，不是什么物件什么事情都可写散文的；二是构思要精，对其框架要有合理的统筹，对其蓝图要有明白的算计，对其内涵要有准确的把握，要成竹在胸，烂熟于胸；三是加工要细，不要匆忙地拿半成品、残次品、等外品上市，要进行平心静气的精加工、深加工，使之成精美的艺术品、成为美文才让其问世。

钱钟书的散文代表作是《写在人生边上》那本书里的篇什，它是议论性的随笔，是人生哲理的演绎，是兰姆、培根式的文字；而杨绛的散文代表作是《干校六记》，是记叙性的散文，是人生况味的描摹，受《浮生六记》的启发而生出新质焕发新姿的新篇章。但《干校六记》只是杨绛的一个方面军，另一个方面军，则是以《阴》《风》《流浪儿》《窗帘》为代表的纯净精致的美文，它的从容，它的含蓄，它的客观细致的描绘，在审美层面上，是在《干校六记》之上的。

明心见性　但凭写手

庄因散文《母亲的手》写作特色

张仁健

作者介绍

张仁建,1938年生,江苏南通人。退休前为北岳文艺出版社副总编辑、编审,《名作欣赏》杂志社总编辑。

推荐词

作为当今旅美的游子,庄因身着的洋装绝不会是慈母"临行密密缝"的。联结母子感情纽带的手中线、身上衣,在庄因的笔下则因情景的相异,幻化为在苍茫辽阔的原野上母亲手执线绕子以丝丝白发牵系风筝载沉载浮的梦中意象。慈母手中时时以自己的白发缠绕牵挂着如同在天涯飘荡着的风筝一般的游子,这一神来之笔的灵思妙想,是何等深沉地表现出母亲对儿子的魂牵神绕,终身无尽的挚爱啊!

在人类之爱的长河中，澎湃不息着这样一种爱的激流，它纯净得不染一尘，深邃得莫测底蕴，博大得无际无涯。这种爱便是至高至深至大的母爱。

作为人类至情的母爱和对母爱的感怀，历来是文艺吟唱不辍的永恒主题。表现这千百年来人所谙熟的主题，要求作家必须以自己的独特歌喉唱出自己的灵府之音。

庄因的这篇文章之所以能为美声盈耳的母爱大联唱中增添新歌一曲，正由于它让人们听出了某种独特的音符和旋律。

《母亲的手》，如题所示，它没有把无所不在的母爱漫无边际地铺陈出来，而是以母亲的手为聚焦点，将作者感怀母爱的热烈情感凝聚成一道强大的光束予以投射，从而发出特别耀眼的光华。

以母亲的手写母亲的心，并非庄因的独创。在古老的母爱吟歌中，早在人们耳边萦绕的就有唐代诗人孟郊的"慈母手中线，游子身上衣"那首《游子吟》绝唱。庄因作此文时，正是常"在异乡做梦"的海外游子，想必对孟郊的吟唱不会无动于衷。不过，作为当今旅美的游子，庄因身着的洋装绝不会是慈母"临行密密缝"的。联结母子感情纽带的手中线、身上衣，在庄因的笔下则因情景的相异，幻化为在苍茫辽阔的原野上母亲手执线绕子以丝丝白发牵系风筝载沉载浮的梦中意象。慈母手中时时以自己的白发缠绕牵挂着如同在天涯飘荡着的风筝一般的游子，这一神来之笔的灵思妙想，是何等深沉地表现出母亲对儿子的魂牵神绕，终身无尽的挚爱啊！作者巧妙地由梦境入手营造了这幅想象奇特、诗情绵邈的意象，让读者的神思焦定在执线绕子放风筝的母亲的手上，接着便调动笔墨，目不旁瞬地抒写对母亲之手的种种回忆。

犹如奇峰崛起，作者首先呈现在人们眼前的母亲的那双手，并不是人们想象中的那双温情绵绵的抚爱的手，而是在他有生第一次的强烈印象中，对他施以惩罚的手，是具有"揪拧同时进行，揪起而痛拧之"的"独门绝招"的手。从作者列举的受这手严惩的事例看，他那吃饭因力不从心而过剩的错误，似不应受到如此"狠毒"的惩戒，母亲似乎不是慈母而是严母了。但是，作者特别明白地指出，在那"国有难，民遭劫，背井离乡"的关系着民族危亡的抗战时期，母亲对她孩子们是"律之更严，爱之益切，责之越苛"的。正因为母亲看到"街上还有要饭的孩子"，深知"有得饱吃多么不易"，所以才对儿子不明稼穑之艰、不知民间疾苦的扔剩饭的行为"上纲"到能否深明民族大义的高度来了一番"大勇大义"之训。由此表明，母亲对儿子的深责严罚是出于与爱国情感结为一体的"望子成龙"的伟大的母爱，这种爱是理智的爱，而不是一任感情泛滥的无原则的溺爱。

母亲的手，除了偶尔给作者留下施以严惩的难忘印象外，平常给他留下的感情记忆主要是"熨帖细腻"的另一面。母亲原先过着颇富裕的少奶奶的生活，天生的是一双令人感到"熨帖细腻"的"纤纤玉手"。但在"七七"炮火的洗礼下，苦难生活的磨炼，已"脱胎换骨为结满厚硬的茧手"。手虽然变得粗糙了，但当这双手在洗衣板上以熟巧的十指翻搓衣服时，或在微弱昏黄的油灯下，督导着子女的课业时，在亲人们的心灵上留下的印象分明更为熨帖细腻。

作者以母亲得知他学业不佳而留级时的手态与语态的反

差,突出地以手写心,表现出母爱的熨帖细腻。母亲用手接下儿子战战兢兢递来的成绩单时,她的手比儿子的手颤抖得更其厉害。预料母亲的手将施行"揪拧的独门绝招"了,出乎意料的是,母亲那愤怒得颤抖不住的手,"却轻轻覆压在我头上",听见她和平地说:"没关系,明年多用点功就好了。"手态由愤激地颤抖到轻轻抚压;语态由势将出口的怒骂痛斥到实际出口的平和安慰,这瞬间的大起大落的情感转换,充分揭示出母亲爱子的良苦深心。从望子成龙的切急心情出发,她本当不能容忍儿子的留级而欲"责之越苛",但她所以在瞬间控制住自己的感情冲动,手态、语态同时从愤激转为平缓,那是因为她深知孩童求学的上进心只能以循循善诱的好言来引导、慰勉、激发,而不能以粗暴的恶言和严厉的体罚去挫伤动摇进取的根基——自尊和自信。在这件事上的前后反差,以及此事和"剩饭"事件的对照,母亲看似反常的情态表砚,无不鲜明地揭示出她那大勇大义与大智大慧相统一的母爱的底蕴。这样的母亲,是既想"望子成龙",又能教子成龙的;是既充满母爱又懂得如何去爱的。

作者从记忆中呼唤出的母亲的手所留下难忘印象的这

二三事，十分典型、生动、深刻地完成了以手写心，以手传神，以手见人的形象刻画。一个有血有肉的伟大母亲的形象可以说已矗立在读者的眼前。但在文章的最后，又对母亲的手作了两笔补叙。第一笔补叙仍属记忆中的追怀。写出母亲在那艰辛的岁月中，兴会所至，手持玉笛一管，吹奏雅乐一曲，在自愉中以愉家人的情景。"如此轻盈跳跃在每个音阶上"的那双手，"却又是那般秀美而富才情的了"。这笔补叙，表明母亲是受过充分文化熏陶而富有才情、多才多艺的知识女性，这双或许在艺术上有所造诣的手，现在却在艰辛的生活劳作中日益粗糙起来，这就意味着母亲为了相夫育子，在很大程度上是牺牲了自己的爱好、才华乃至可以取得的成就。母亲的手是乐于奉献、无私的手。第二笔补叙是现今的真实写照。写出不久前作者返台时映入眼中的母亲的手。那手上"添了更多的斑纹，也微有颤抖，那枚结婚戒指竟显得稍许松大了"。迟暮之年的母亲，从手的形象可以看出她辛劳一生已快走到生命的尽头。老年的枯瘦的手已非昔日的"纤纤玉手"可比，但在作者的眼中，这双"从未涂过蔻丹，也未加任何化妆品润饰"的手，是一双"至大完善的手"，由这双平凡的手所表现出的无私的奉献精神，可以使远在天涯的游子找到"恒定的力量"。结笔的由衷的赞美,点化出由母亲的手所传感的伟大的、永恒的人格力量,如同母爱一样,是代代相传,万古长存的。

还应当强调指出的是,本文尽管是以浓墨重彩借母亲的手以写母亲其人,但为了有意识地营造一种散文的形散神不散,随笔的笔随意不随的特殊艺术韵味和感情节律,文章没有开门见山地直趋题面,而是采用类似电影的由远及近,由长距到短焦,最后推出大特写作定格的摇镜头的方式,迂回舒缓,层层显露,步步明晰地把母亲的手推到读者的面前。

全文由梦境与回忆两大部分有机地组接而成。先从似真似幻的梦境入手。写梦又是始于游子思乡的淡远山水画面;继之于返台后再度旅美以来景物依稀人物突出的梦境转换;终止于人物影像里其他亲朋一一隐退"独留母亲一人形象""巍伟如泰山,将梦境突然充沛"。接着便描绘了一幅慈母入梦的充满诗意的画面。再由慈母在原野上手绕二白发放风筝的这一富有象征意味的人物画上,引导人们将视线凝定于母亲的双手,有条不紊,丝丝入情地转入实写记忆中母亲的手。结笔处又作深情回眸,补写一笔而今所见的母亲的手,将梦境中的和记忆中的母亲的手作了总束性的关合。文章运笔有致,开阖自如,放得开,收得紧,以舒缓的节奏起步,移步换景,步步引人入胜,最终一鼓作气地直达顶峰,领略无限风光。

甘作后生梯

读《劫后文存——贾植芳序跋集》

陈思和

作者介绍

陈思和，1954年生于上海，原籍广东番禺。中国当代文学批评家。复旦大学中文系教授、博士生导师，兼任上海市作家协会副主席，中国作家协会全委会委员，中国现代文学学会副会长，中国当代文学学会副会长，中国文艺学学会副会长等。有著作《陈思和自选集》《中国当代文学史教程》《巴金图传》《中国现当代文学名篇十五讲》《人格的发展——巴金传》《中国新文学整体观》等出版。

推荐词

尽管在艰难岁月里贾植芳先生几乎丧失了人生中最宝贵的一切：青春、健康、才华、时间、创造力……但，那些在太平岁月里龟缩于书斋战战兢兢地写着言不由衷的废话的学者们，虽然著作等身，在这样的人格面前不都黯然失色么？

贾植芳先生劫后的文存绝不止于那些序序跋跋，但从这数量可观的篇什中，可以清晰地画出一景熠熠发光的晚霞，让人面对夕阳生出无限的感慨。

先生今年七十有八，倒退十年，也就是他又可以舒舒畅畅地重新握笔著文的年头，已经六十八岁。在经过了大半辈子的坎坷磨难，老人本来可以心安理得地喝喝酒，聊聊天，逢场作戏地在各种交际场合露一下面，保持着被缚过的普罗米修斯们理当享受的崇高声望——尽管在艰难岁月里他几乎丧失了人生中最宝贵的一切：青春、健康、才华、时间、创造力……但，那些在太平岁月里龟缩书斋战战兢兢地写着言不由衷的废话的学者们，虽然著作等身，在这样的人格面前不都黯然失色么？

然而老人仍然握起了笔。他先试尝着重新写小说，这就有了收在《贾植芳小说选》里的《歌声》，很快他放弃了这种创作，改写散文和学术论文。他近年的散文著作已结集为《悲哀的玩具》，由北岳文艺出版社出版。再接下去就是这本《劫后文存》（学林出版社1991年版），这里收入了他自己著作的序跋和为他的朋友、学生著作所写的序跋，共47篇（只有8篇写于四五十年代），这还不是他近年来所写的序跋的全部。

为自己著作所写的序跋中，他言尽了苦尽甘来的惨痛心境。《贾植芳小说选》《热力》《契诃夫手记》都是他过去的著译，当要重新出版时，他面对旧著像是面对了自己苦难的伴侣，每一本书的背后都有一段辛酸。《热力》新版题记中记载了这么一件事：这本散文集是他1948年从国民党监狱释放出来后将旧作编定的，出版时人在亡命途中，印数自然不多。可是1955年他再度被捕，藏有这本书的朋友们不得不把它暗自销毁或被迫上交，它的生命几近绝迹。幸而有位日本友人保存了一本，现在重版的，正是根据这本仅存的小书的复制件。老人由此感叹：人间犹有未烧书！

在为别人著作所写的序跋中，有些是为了纪念亡友而作，如在《余上沅戏剧论集》和《中国孤儿》中译本的序里，作者深情地描述了余上沅和范希衡两位著名教授的风貌,并对他们在"文化大革命"中受迫害而死的悲惨命运寄予了愤怒的同情。其实,余、范都是留美留法的洋博士,与贾植芳在风沙里翻滚一生的经历大相径庭,不过是一个后来成了他的同事,另一个只是他哥哥当年的同学,他们理当有比贾植芳先生更为密切的社会圈子和亲朋至友,但面对他们不幸的遭遇和留下的遗稿,倒是本来与他属于两个文化阶层的贾植芳为他们写出了文情并茂的序文。更令人感动的是他为自己的学生所写的序言,如《一个探索美的人》的作者施昌东,1955年因先生罪案所累,坎坷一生,英年早逝,他身后留下一部长篇小说,写的并不算太成功,但先生则捏着它似捏了一团火,四处求人出版,又写下了悲愤欲绝的长序,把作者作为一个50年代成长起来的知识分子典型,对其生平、性格、道路一一作了鞭辟入里的分析。序文发表时即名重一时,成为近年来不可多得的序跋范文。

先生为之序者,并非部部精品,也未必都能传世。这些书的作者,有的是他的朋友学生,也有的素不相识,这年头出版正经书不易,有的是出于尊重与感激,也有的是慕名而求序,或者希望借先生之名使出书顺利些。这些书涉及范围甚广,有些亦非先生专长,但先生深知其中甘苦。他不但慨然允之,而且直言不讳地声称他这些序跋是为中青年知识分子的著作作"广告""为了对他们的劳动成果给以应有的品评,把他们推向文化学术界,我应义不容辞地为他们破土而出摇旗呐喊"。——这种甘作后生梯的态度也足见先生人品风貌之一斑。

自由主义精神的深沉辩护

胡适散文《追悼志摩》赏析……

谢维强

作者介绍

谢维强,1981年7月湖北大学中文系毕业,文学硕士;2005年获华中师范大学现当代文学博士学位。

推荐词

志摩辞世,胡适哀悼。作为自由主义知识分子之领袖人物的胡适,他这篇散文为之辩护的是徐志摩的失败婚姻,但张扬的是自由主义精神的价值,我们感受最为深刻的就是理性、宽容、平等、信任这些自由主义的基本价值准则。

1931年11月19日,大雨滂沱的齐鲁上空,"半空中起了一团大火,像天上陨了一颗大星似的直掉下地去"。一幕悲剧发生了。中国新月派的代表作家、诗人,杰出的自由主义知识分子徐志摩,与一架撞击大山的飞机一起,燃烧着坠向大地。

徐志摩不仅是一个作家、诗人,更是一个自由主义知识分子。他21岁时就留学美国,后转入英国剑桥大学学习研究政治经济,获硕士学位。因深受英美政治理念、社会制度的熏陶、影响,尤其对民主战士拜伦崇拜有加,他对自由、博爱、平等这些社会价值观十分向往。徐志摩曾设想参与中国的社会活动,在中国实现英国式的民主宪政。为此,他在国内办杂志,到大学教书,发表文章,努力传播自由主义思想,其代表作《再别康桥》,就是这一理想失败后心情失落、惆怅的艺术写照。胡适,20世纪中国自由主义知识分子领袖人物,对与自己有着深情厚谊的同人、同志、朋友的遽然去世,五内俱焚、痛惜万分,为了怀念,为了痛悼,更为了宣示、张扬自由主义精神,他写下了这篇情感真挚、理性冷静、为徐志摩一辩的追悼性散文。

胡适首先从徐志摩生前最惊世骇俗也最为人非议的事情切入,理性地为徐志摩的行为与理想进行辩护,那件事就是徐志摩毅然与发妻张幼仪离婚并与人称"交际花"的陆小曼结婚。徐之发妻张幼仪是大家女子,温柔、贤惠、能干,且婚姻生活并无过错;陆小曼虽然漂亮、浪漫,但是有夫之妇。而徐志摩为了与陆结合,不顾父母、亲朋好友的坚决反对和苦苦劝阻,不顾触犯当时人们公认的婚姻法则和感情法则,且登报公开宣示,社会对他的这种行为当然难以理解。胡适指出:"他(徐志摩)的离婚和他的第二次结婚,是他一生最受社会严厉批评的两件事。现在志摩的棺已盖了,而社会上的议论还未定。"因此,他认为有必要为之一辩。

胡适对此事并未从其本身或是或非作简单的道德判断,他站在一个自由主义者的立场上,从信仰与理想的角度分析徐志摩的思想根源。他指出,徐志摩的人生观"是一种'单纯信仰',这里面只有三个大字:一个是爱,一个是自由,一个是美"。他认为,徐志摩之所以要重新选择婚姻,是"他万分诚恳的相信那两件事都是他实现那'美与爱与自由'的人生的正当步骤"。胡适引用徐志摩给张幼仪的信力图说明,徐重新选择婚姻,不仅仅只是终止没有爱情没有自由的婚姻,而更是将这种选择看做是争取社会进步、实现信仰与理想的自觉行为,徐志摩在给发妻的信中说:"彼此有改良社会之心,彼此有造福人类之心,其先自做榜样,勇决智断,彼此尊重人格,自由离婚,止绝苦痛,始兆幸福,皆在此矣。"这段被胡适引用的话说明,徐志摩的所作所为并非出于个人好恶或喜新厌旧,而是基于其人生理想的深刻思想根源和迥异于世俗的价值取向。

其次,胡适通过两种人生哲学的对比,分析并突出了徐志摩的勇气和执着。他先引用梁启超先生批评、劝诫徐志摩的信中的一段话,其内容典型地代表了当时社会舆论的倾向和评价。一曰徐的所为有以他人之苦痛易自己之快乐之嫌;二曰徐所梦想之神圣境界恐终不可得,徒以烦恼终其身已耳。梁并指出:"呜呼志摩!天下岂有圆满之宇宙?当知吾侪以不求圆满为生活态度,斯可以领略生活之妙味矣。"这种顺随世俗的人生态度无疑具有强大的社会规范力和引导力，且又是出自德高望重的梁氏之口。但胡适又马上引用徐志摩的回信，鲜明地袒露徐在单纯信仰支配下的理性的人生观："我之甘冒世之不韪，竭全力以斗者，非特求免凶惨之苦痛，实求良心之安顿，求人格之确立，求灵魂之救度耳。"并继续引用徐的誓言显示他坚毅执着、无怨无悔的先行者的信念与姿态："我将于茫茫人海中访我唯一灵魂之伴侣；得之，我幸；不得，我命，如此而已。"胡适评论道："这几封信最能表现那个单纯的理想主义者徐志摩。他深信理想的人生必须有爱，必须有自由，必须有美；他深信这种三位一体的人生是可以追求的，至少是可以用纯洁的心血培养出来的。"这番话体现了胡适对徐志摩作为一个深受西方现代思想影响的社会先行者的充分理解和博大的宽容。

徐志摩离婚后与陆小曼结了婚，如愿以偿，但其婚姻生活并不幸福。再婚后的家庭纠纷、陆小曼奢侈成性造成的经济负担、人们的非议与幸灾乐祸、社会的批评，使徐志摩感到"阴沉，黑暗，毒蛇似的蜿蜒，生活逼成了一条甬道在妖魔的脏腑内挣扎，头顶不见一线的天光"，其情状正如梁启超劝诫徐志摩时所预言，"所梦想之神圣境界恐终不可得，徒以烦恼终其身已耳"。但胡适并不因此改变对徐志摩所作所为的评价，相反，他对徐志摩为理想而奋斗的失败表示了极大的尊重和钦佩，他说，"他的失败是一个单纯的理想主义者的失败。他的追求，使我们惭愧，因为我们的信心太小了，从不敢梦想他的梦想。"并十分理解和宽容地指出："他的失败是因为他的信仰太单纯了，而这个现实世界太复杂了，他的单纯信仰禁不起这个现实世界的摧毁。"胡适认为，徐志摩为理想奋斗的价值永存，其成功与否并不能抹杀他的精神和行为放出的光亮。他质问到："到了今日，我们还忍用成败来议论他吗？"

胡适在文中还极力赞扬徐志摩追求理想失败后的坚毅品格，高度评价了徐志摩的个人失败却使整个社会受益的宝贵价值。胡适写道："是的，他不曾低头。他仍旧昂起头来做人，仍旧继续他的歌唱。他的诗作风也更成熟了，意境变深厚了，笔致变淡远了，技术和风格都更进步了。"胡适满怀喜悦地告诉人们，"在这恐怖的压迫下"，诗人仍在吟诵着美化人生、净化人心的诗篇，仍在传播着美、自由、爱和理想。更重要的是，胡适还告诉人们一个可喜的现象，就是诗人这种坚毅的品格所给予社会的积极影响。胡适说："他自己的歌唱有一个时代是几乎消沉了；但他的歌声引起了他的园地外无数的歌喉，嘹亮地唱，哀急地唱，美丽地唱。"胡适的描述显示了这么一幅社会图景，"美与爱与自由"已从徐志摩的个人理想渐渐成为一种社会理想，成为人们追求美好人生的指南。这也说明徐志摩的人生理想以及勇于实践的行为，符合人性的健康发展，熠耀着时代的进取精神，满足了社会转型期中的中国对特立独行自由精神的渴盼。

作为自由主义知识分子之领袖人物的胡适，他这篇散文为之辩护的是徐志摩的失败婚姻，但张扬的是自由主义精神的价值，我们感受最为深刻的就是理性、宽容、平等、信任这些自由主义的基本价值准则。中国自由主义知识分子阶层，崛起于20世纪初，成熟于20世纪40年代，在中国由封建社会向现代社会的转型期间起了重要的启蒙和促进作用。他们广泛深入地开掘东西方优秀的思想资源，构建进步的社会理想，张扬自己的个性品格，力图赋予中国社会更多的现代性，徐志摩就是一位积极的倡导者与实践者。通过胡适的叙述，我们可以从徐志摩为理想婚姻的奋斗历程中感受到自由精神的飞扬；从他与梁启超的对话中体会到独立品格的傲岸；从他的单纯理想失败后的待人处世与艺术创作，欣赏到他大度的宽容与深沉的理性，这些自由主义者的宝贵品质在胡适的笔下得到了最大限度的宣示和张扬。而胡适在文中对徐志摩真挚的同情、博大的宽容、深透的理解、理性的辩护，让我们深切地体会到，这是两个自由主义者之间心灵的全方位对话。他们彼此之间是那么理解，友情是那么深厚，心灵是那么相通，理想是那么一致。文章使我们能回溯七十年的精神通道，重新进入20世纪30年代，认识到我国的现代史上，曾存在并辉煌过的一种精神资源，一种人类的优秀品格，一座令人仰慕的思想高峰，一种宽广的人类情怀。

文如其人。由于胡适的身份、思想、学识、修养，《追悼志摩》一文，具有学者兼诗人的思维特征，构成了该文独特的创作风格。一曰冷静理性的思维方式。胡适精通中国古代哲学，俯仰天地，洞见深邃；他又留学美国，深受民主思想与实证主义影响，信奉治学处世，要"理智诚实"。这一切反映在文章中，就是心态宽容大度、论证冷静理智、文风从容不迫，对徐志摩的婚姻观及其行为，胡适不顺遂众议、随声附和，而是把持理性思维立场，对徐志摩的为人、性格、信仰、理想，作全面综合的评价，尤其对徐志摩的婚姻观，在充分引证有关人士观点的前提下，条分缕析，精辟论述，顺理成章地将其提升到个人理想、社会改良的思想价值层面上，引导人们去重新认识徐志摩。他理智地将徐志摩的理想与失败分为两个不同的问题加以分析，指出其理想是正当的、有光亮的，失败是这个世界太复杂，理想禁不起这个复杂世界的摧毁，而失败的阴影并不能掩盖理想的光芒。二曰引据求证的学者风范。在揭示徐志摩忧郁的诗人情怀和艰难的感情历程时，胡适选用了徐志摩本人大量意韵悠长的诗句，使读者的情感能同频度地感受诗人心灵的律动；在揭示徐志摩自由激荡的精神追求和特立独行的思想品格时，胡适不厌其烦引用了众多的"神圣的历史材料"，作为展示徐志摩单纯理想宝贵价值并为之一辩的依据。时人皆称胡适有考据癖，胡本人也自嘲如此，但这恰恰构成了《追悼志摩》一文特有的学术品质，展示了一位大家的学者风范。

胡适又是一位感情丰富的诗人，他的《尝试集》开创了中国新诗的新纪元。在《追悼志摩》一文中，诗人的情感特征同样有着鲜明的体现。他对诗人之死的那一瞬间的倾情描述，让我们感到想象力的飞腾，更让我们感受到诗人逝去的悲壮和作者的痛惜；他所引用的徐志摩的大量诗句，是那么贴切又富有人情地展示了徐志摩的艰难处境和感情世界，又是那么令人感动地拨动了读者的心弦；全文的字里行间，汹涌着一股深沉的感情洪流。尤其是文中最后那句，"我们有了他做朋友，也可以安慰自己说不曾白来了一世。我们忘不了，和我们'在那交会时互放的光亮！'"意味深长。作者的情怀和徐志摩的诗句浑然一体，既精粹地表达了生者与逝者心驰神往的永恒友谊，又再次富有诗意地赞颂了徐志摩的人生价值。掩卷沉思，蓦然想到，作者不仅是一位自由主义学者，还是一位杰出的诗人。

白话美文的模范

读朱自清的散文

余光中

作者介绍

余光中,诗人。1928年10月21日生于江苏南京,祖籍福建永春。1947年入金陵大学外语系(后转入厦门大学),1948年随父母迁香港,次年赴台,就读于台湾大学外文系。1952年毕业。1953年,与覃子豪、钟鼎文等共创"蓝星"诗社。后赴美进修,获爱荷华大学艺术硕士学位。返台后任师大、政大、台大及香港中文大学教授,台湾中山大学文学院院长。

推荐词

我说朱自清本质上是散文家,也就是说,在诗和散文之间,朱的性格与风格近于散文。一般说来,诗主感性,散文主知性(诗重顿悟,散文重理解);诗用暗示与象征,散文用直陈与明说;诗多比兴,散文多赋体;诗往往因小见大,以简驭繁,故浓缩,散文往往有头有尾,一五一十,因果关系交代得明明白白,故庞杂。

1948年,51岁的朱自清以犹盛的中年病逝于北平大医院,火葬于广济寺。当时正值大变局的前夕,朱氏挚友俞平伯日后遭遇的种种,朱氏幸而得免。他遗下的诗、散文、论评,共为26册,约190万字。朱自清是"五四"以来重要的学者兼作家,他的批评兼论古典文学和新文学,他的诗并传新旧两体,但家喻户晓,享誉始终不衰的,却是他的散文。30年来,《背影》《荷塘月色》一类的散文,已经成为中学语文课本的必选之作,朱自清三个字,已经成为白话散文的代名词了。近在今年五月号的《幼狮文艺》上,王滚先生发表了《风格之诞生与生命的承诺》一文,更述称朱自清的散文为"清灵澹远"。朱自清真是新文学的散文大师吗?

朱自清最有名的几篇散文。该是《背影》《荷塘月色》《匆匆》《春》《温州的踪迹》《桨声灯影里的秦淮河》。我们不妨就这几篇代表作，来探讨朱文的高下。

杨振声在《朱自清先生与现代散文》一文里，曾有这样的评语："他文如其人，风华从朴素出来，幽默从忠厚出来，腴厚从平淡出来。"郁达夫在《新文学大系》的《现代散文导论》中说："朱自清虽则是一个诗人，可是他的散文仍能够贮满着那一种诗意，文学研究会的散文作家中，除冰心外，文章之美，要算他了。"

朴素、忠厚、平淡，可以说是朱自清散文的本色，但是风华、幽默、腴厚的一面似乎并不平衡。朱文的风格，论腴厚也许有七八分，论风华不见得怎么突出，至于幽默，则更非他的特色。我认为朱文的心境温厚、节奏舒缓、文字清淡，绝少瑰丽、炽热、悲壮、奇拔的境界，所以咀嚼之余，总有一点中年人的味道。至于郁达夫的评语，尤其是前面的半句，恐怕还是加在徐志摩的身上比较恰当。早在20年代初期，朱自清虽也发表过不少新诗，1923年发表的长诗《毁灭》虽也引起文坛的注意，可是长诗也好，小诗也好，半世纪后看来，没有一首称得上佳作。像下面的这首小诗《细雨》：

东风里

掠过我脸边，

星呀星的细雨，

是春天的绒毛呢。

已经算是较佳的作品了。至于像《别后》的前五行：

我和你分手以后，

的确有了长进了！

大杯的喝酒，

整匣的抽烟，

这都是从前没有的。

不但太散文化，即以散文视之，也是平庸乏味的。相对而言，朱自清的散文里，倒有某些段落，比他的诗更富有诗意，也许我们应该倒过来，说朱自清本质上是散文家，他的诗是出于散文之笔。这情形，和徐志摩正好相反。

我说朱自清本质上是散文家，也就是说，在诗和散文之间，朱的性格与风格近于散文。一般说来，诗主感性，散文主知性（诗重顿悟，散文重理解）；诗用暗示与象征，散文用直陈与明说；诗多比兴，散文多赋体；诗往往因小见大，以简驭繁，故浓缩，散文往往有头有尾，一五一十，因果关系交代得明明白白，故庞杂。

东风不与周郎便，铜雀春深锁二乔。

这当然是诗句。里面尽管也有因果，但因字面并无明显交代，而知性的理性又已化成了感性的形象，所以仍然是诗。如果把因果交代清楚：

假使东风不与周郎方便，铜雀春深就要锁二乔了。

句法上已经像散文，但意境仍然像诗。如果更进一步，把形象也还原为理念：

假使当年周瑜兵败于赤壁，东吴既亡，大乔小乔，就要被掳去铜雀台了。

那就纯然沦为散文了。我说朱自清本质上是散文家，当然不是说朱自清没有诗的一面，只是说他的文笔理路清晰，因果关系往往交代得过分明白，略欠诗的含蓄与余韵。且以《温州的踪迹》第三篇《白水漈》为例：

> 几个朋友伴我游白水漈。
>
> 这也是个瀑布;但是太薄了,又太细了。有时闪着些许的白光;等你定睛看去,却又没有——只剩一片飞烟而已。从前有所谓雾谷,大概就是这样了。所以如此,全由于岩石中间突然空了一段;水到那里,无可凭依,凌虚飞下,便扯得又薄又细了。当那空处,最是奇迹。白光嬗为飞烟,已是影子;有时却连影子也不见。有时微风吹过来,用纤手挽着那影子,它便袅袅的成了一个软弧:但她的手才松,它又像橡皮带儿似的,立刻伏伏贴贴地缩回来了。我所以猜疑,或者另有双不可知的巧手,要将这些影子织成一个幻网——微风想夺了她的,她怎么肯呢?
>
> 幻网里也许织着诱惑;我的依恋便是个老大的证据。

这是朱自清有名的《白水漈》。这一段拟人格的写景文字,该是朱自清最好的美文,至少比那篇浪得盛名的《荷塘月色》高出许多。仅以文字而言,可谓圆熟流利,句法自然,节奏爽口,虚字也都用得妥帖得体。并无朱文常有的那种"南人北腔"的生硬之感。瑕疵仍然不免。"瀑布"而以

"个"为单位,未免太抽象太随便。"扯得又薄又细"一句,"扯"字用得太粗太重,和上下文的典雅不相称。"橡皮带儿"的明喻也嫌俗气。这些都是小疵,但更大的,甚至是致命的毛病,却在交代过分清楚,太认真了,破坏了直觉的美感。最后的一句:"幻网里也许织着诱惑;我的依恋便是个老大的证据。"画蛇添足,是一大败笔。写景的美文,而要求证因果关系,已经有点"实心眼儿",何况是个"老大的证据",就煞风景了。不过这句话还有一层毛病:如果说在求证的过程中"诱惑"是因,"依恋"是果,何以"也许"之因竟产生"老大的证据"之果呢?照后半句的肯定语气看来,前半句应该是"幻网里定是织着诱惑"才对。

交代太清楚,分析太切实,在论文里是美德,在美文、小品文、抒情散文里,却是有碍想象分散感性经验的坏习惯。试看《荷塘月色》的第三段:

> 路上只我一个人,背着手踱着。这一片天地好像是我的;我也像超出了平常的自己,到了另一个世界里。我爱热闹,也爱冷静;爱群居,也爱独处。像今晚上,

一个人在这苍茫的月下，什么都可以想，什么都可以不想，便觉是个自由的人。白天里一定要做的事，一定要说的话，现在都可不理。这是独处的妙处；我且受用这无边的荷香月色好了。

这一段无论在文字上或思想上，都平庸无趣。里面的道理，一般中学生都说得出来，而排比的句法，刻板的节奏，更显得交代太明、转折太露，一无可取，删去这一段，于《荷塘月色》并无损失。朱自清忠厚而拘谨的个性，在为人和教学方面固然是一个优点，但在抒情散文里，过分落实，却有碍想象之飞跃、情感之激昂，"放不开"。朱文的譬喻虽多，却未见如何出色。且以溢美过甚的《荷塘月色》为例，看看朱文如何用喻：

（一）叶子出水很高，像亭亭的舞女的裙。

（二）层层的叶子中间、零星地点缀着些白花……正如一粒粒的明珠，又如碧空里的星星，又如刚出浴的美人。

（三）微风过处，送来缕缕清香，仿佛远处高楼上渺茫的歌声似的。

（四）这时候叶子与花也有一丝的颤动，像闪电般，霎时传过荷塘的那边去了。

（五）叶子本是肩并肩密密地挨着，这便宛然有了一道凝碧的波痕。

（六）月光如流水一般，静静地泻在这一片叶子和花上。

（七）叶子和花仿佛在牛乳中洗过一样；又像笼着轻纱的梦。

（八）丛生的灌木，落下参差的斑驳的黑影，峭楞楞如鬼一般。

（九）光与影有着和谐的旋律，如梵女阿玲上奏着的名曲。

（十）树色一例是阴阴的，乍看像一团烟雾。

（十一）树缝里也漏着一两点灯光，没精打采的，是渴睡人的眼。

十一句中一共用了十四个譬喻，对一篇千把字的小品文说来，用喻不可谓之不密。细读之余，当可发现这譬喻大半浮泛、轻易、阴柔，在想象上都不出色。也许第三句的譬喻有韵味，第八句的能够寓美于丑，算上小小的例外吧。第九句用小提琴所奏的西洋名曲来喻极富中国韵味的荷塘月色，很不恰当。十四个譬喻之中，竟有十三个是明喻，要用"像""如""仿佛""宛然"之类的字眼来点明"喻体"和"喻依"的关系。在想象文学之中，明喻不一定不如隐喻，可是隐喻的手法毕竟要曲折、含蓄一些。朱文之浅白，这也是一个原因。唯一的例外是以睡眼状灯光的隐喻，但是并不精警，不美。

朱自清散文里的意象，除了好用明喻而趋于浅显外，还有一个特点，便是好用女性意象。前引《荷塘月色》的一二两句里，便有两个这样的例子。这样的女性意象实在不高明，往往还有反作用，会引起庸俗的联想。"舞女的裙"一类的意象对今日的读者的想象，恐怕只有负效果了吧。"美人出浴"的意象尤其糟，简直令人联想到月份牌、广告画之类的俗艳场面；至于说白莲又像明珠，又像星，又像出浴的美人，则不但一物三喻，形象太杂，焦点不准，而且三种形象都太俗滥，得来似太轻易。用喻草率，又不能发挥主题的含意，这样的譬喻只是一种装饰而已。朱氏另一篇小品《春》的末段有这么一句，"春天像小姑娘，花枝招展的，笑着，走着。"这句活的文字不但肤浅、浮泛，里面的明喻也不贴切。一般说来，小姑娘是朴素天真的，不宜状为"花枝招展"。《温州的踪迹》第二篇《绿》里，有更多的女性意象。像《荷塘月色》一样，这篇小品美文也用了许多譬喻，十四个明喻里，至少有下面这些女性意象：

> 她松松地皱缬着，像少妇拖着的裙幅；她轻轻地摆弄着，像跳动的初恋的处女的心；她滑滑的明亮着，像涂了"明油"一般，有鸡蛋清那样软，那样嫩，令人想着所曾触过的最嫩的皮肤……那醉人的绿呀！我若能裁你以为带，我将赠给那轻盈的舞女：她必能临风飘举了。我若能挹你以为眼，我将赠给那善歌的盲妹：她必明眸善睐了。我舍不得你；我怎舍得你呢？我用手拍着你，抚摩着你，如同一个十二三岁的小姑娘。我又掬你入口，便是吻着她了。

类似的譬喻在《桨声灯影里的秦淮河》中也有不少：

> 那晚月儿已瘦削了两三分。她晚妆才罢，盈盈地上了柳梢头……岸上原有三株两株的垂杨树，那柔细的枝

条浴着月光，就像一支支美人的臂膊，交互的缠着，挽着；又像是月儿披着的发。而月儿也偶然从它们的交叉处偷偷窥看我们，大有小姑娘怕羞的样子……电灯的光射到水上，蜿蜒曲折，闪闪不息，正如跳舞着的仙女的臂膊。

小姑娘，处女，舞女，歌姝，少妇，美人，仙女……朱自清一写到风景，这些浅俗轻率的女性形象必然出现笔底，来装饰他的想象世界：而这些"意恋"的对象，不是出浴，便是起舞，总是那几个公式化的动作，令人厌倦。朱氏的田园意象大半是女性的、软性的。他的譬喻大半是明喻，一五一十，明来明去，交代得过分负责："甲如此，乙如彼，丙仿佛什么什么似的，而丁呢，又好像这般这般一样。"这种程度的技巧，节奏能慢不能快，描写则静态多于动态。朱自清的写景文，常是一幅工笔画。

这种肤浅的而天真的"女性拟人格"笔法，在20年代中国作家之间曾经流行一时，甚至到70年代的台湾和香港，也还有一些后知后觉的作者在效颦。这一类作者幻想这就是抒情写景的美文，其实只成了半生不熟的童话。那时的散文如此，诗也不免：冰心、刘大白、俞平伯、康白情、汪静之等步泰戈尔后尘的诗文，都有这种"装小"的味道。早期新文学有异于50年代以来的现代文学，这也是一大原因。前者爱装小，作品近于做作的童话童诗，后者的心态近于成人，不再那么满足于"卡通文艺"了。在意象上，也可以说是视觉经验上，早期的新文学是软性的，爱用女性的拟人格来形容田园景色。现代文学最忌讳的正是这种软性、女性的田园风格、纯情路线。70年代的台湾和香港，工业化已经颇为普遍，一位真正的现代作家，在视觉经验上，不该只见杨柳而不见起重机。到了70年代，一位读者如果仍然沉迷于冰心与朱自清的世界，就意味着他的心态仍停留在农业时代，以为只有田园经验才是美的，所以始终不能接受工业时代。这种读者的"美感胃纳"，只能吸收软的和甜的东西，但现代文学的口味却是兼容酸甜咸辣的。现代诗人郑愁予，在一般读者的心目中似乎是"纯情"的，其实他的诗颇具知性、繁复性和工业意象。《夜歌》的首段便以一个工业意象为中心：

> 这时，我们的港是静了
> 高架起重机的长鼻指着天

恰似匹匹采食的巨象

而满天欲坠的星斗如果实

读者也许要说:"这一段的两个譬喻不也是明喻吗?何以就比朱自清高明呢?"不错,郑愁予用的也只是明喻,但是那两个明喻却是从第二行的隐喻引申而来的,同时,两个明喻既非拟人,更非女性。不但新鲜生动,而且富于亚热带勃发的生机,很能就地(港为基隆)取材。

朱自清的散文有一个矛盾而有趣的现象:一面好用女性意象,另一方面又摆不脱自己拘谨而清苦的身份。每一位作家在自己的作品里都扮演一个角色。或演志士,或演浪子,或演隐者,或演情人,所谓风格,其实也就是"艺术人格",而"艺术人格"愈饱满,对读者的吸引力也愈大。一般认为风格即人格,我不尽信此说。我认为作家在作品中表现的风格(亦即我所谓的"艺术人格"),往往是他真正人格的夸大、修饰、升华,甚至是补偿。无论如何,"艺术人格"应是实际人格的理想化:琐碎的变成完整,不足的变成充分,隐晦的变成鲜明。读者最向往的"艺术人格",应是饱满而充足的;作家充满自信,读者才会相信。且以《赤壁赋》为例。在前赋之中，苏子与客纵论人生，以水月为喻，诠释生命的变即是常，说服了他的朋友。在后赋之中，苏轼能够"摄衣而上，履巉岩，披蒙茸，踞虎豹，登虬龙，攀栖鹘之危巢，俯冯夷之幽宫，盖二客不能从焉"。两赋之中，苏轼不是扮演智者，便是扮演勇者，豪放而惆怅的个性摄住了读者的心神，使读者无可抗拒地跟着他走。假如在前赋里，是客说服了苏轼，而后赋里是二客一路攀危登高，而苏轼"不能从焉"，也就是说，假使作者扮演的角色由智勇变成疑怯，"艺术人格"一变，读者仰慕追随的心情也必定荡然无存。

朱自清在散文里自塑的形象，是一位平凡的丈夫和拘谨的教师。这种风格在现实生活里也许很好，但出现在"艺术人格"里却不见得动人。《荷塘月色》的第一段，作者把自己的身份和赏月的场合交代得一清二楚。最后的一句半是："妻在屋里拍着闰儿，迷迷糊糊地哼着眠歌。我悄悄披了大衫，带上门出去。"全文的最后一句则是："这样想着，猛一抬头，不觉已是自己的门前；轻轻地推门进去，什么声息也没有，妻已睡熟好久了。"这一起一始，给读者的鲜明印象是：作者是一个丈夫、父亲。这位丈夫赏月不带太太，提到太太的时候也不称她名字,只同一个家常便饭的"妻"字。这样的开场和结尾,既无破空而来之喜,又乏好处收笔之姿,未免太"柴米油盐"了一点。此外,本文的末段,从"采莲是江南的旧俗,似乎很早就有,而六朝时为盛"到"于是又记起《西洲曲》里的句子:采莲南塘秋,莲花过人头;低头弄莲子,莲子清如水"为止,约占全文五分之一的篇幅,都是引经据典,仍然不脱语文教员五步一注十步一解的趣味。这种趣味宜于治学,但在一篇小品文中并不适宜。

《桨声灯影里的秦淮河》一文的后半段,描写作者在河上遇到游唱的歌妓,向他和俞平伯兜揽生意,一时窘得两位老夫子"踧踖不安",欲就还推,终于还是调头摇手拒绝了人家。当时的情形一定很尴尬。其实古典文人面对此情此景当可从容应付,不学李白"载妓随波任去留",也可效白居易之既赏琵琶,复哀旧妓,既反映社会,复感叹人生。若是新派作家,就更放得下了,要么就坦然点唱,要么就一笑而去,也何至手足无措、进退失据?但在《桨》文里,歌妓的七板子去后,朱自清就和俞平伯正正经经讨论起自己错综复杂的矛盾心理来了。一讨论就是一千字:一面觉得狎妓不道德,一面又觉得不听歌不甘心,最后又觉得即使停船听歌,

也不能算是狎妓,而拒绝了这些歌妓,又怕"使她们的希望受了伤"。朱自清说:

> 一个平常的人像我的,谁愿凭了理性之力去丑化未来呢?我宁愿自己骗着了。不过我的社会感性是很敏锐的;我的思力能拆穿道德律的西洋镜,而我的感情却终于被它压服着。我于是有所顾忌了,尤其是在众目昭彰的时候。道德律的力,本来是民众赋予的;在民众的面前,自然更显出它的威严了。

这种冗长而繁琐的分析,说理枯燥,文字累赘,插在写景抒情的美文里,总觉得理胜于情,颇为生硬。《前赤壁赋》早也在游河的写景美文里纵谈哲理,却出于生动而现成的譬喻;逝水圆月,正是眼前情景,信手拈来,何等自然,而文字之美,音调之妙,说理之圆融轻盈,更是今人所难企及。浦江清在《朱自清先生传略》中盛誉《桨》文为"白话美术文的模范"。王瑶在《朱自清先生的诗和散文》中说此文"正是像鲁迅先生说的漂亮缜密的写法,尽了对旧文学示威的任务"。两说都失之夸张,也可见新文学一般的论者所见多浅,又多么容易满足。就凭《桨声灯影里的秦淮河》与

《荷塘月色》一类的散文，能向《赤壁赋》《醉翁亭记》《归去来辞》等古文杰作"示威"吗？

前面戏称朱、俞二位做"老夫子"，其实是不对的。《桨》文发表时，朱自清不过26岁；《荷》文发表时，也只得30岁。由于作者自塑的家长加师长的形象，这些散文给人的印象，却似乎出于中年人的笔下。然而一路读下去，"少年老成"或"中年沉潜"的调子却又不能贯彻始终。例如在《桨》文里，作者刚谢绝了歌舫，论完了道德，在归航途中，不知不觉又陷入了女性意象里去了："右岸的河房里，都大开了窗户，里面亮着晃晃的电灯，电灯的光射到水上，蜿蜒曲折，闪闪不息，正如跳舞着的仙女的臂膀。我们的船已在她的臂脯里了。"在《荷》文里，作者把妻留在家里，一人出户赏月，但心中浮现的形象却尽是亭亭的舞女、出浴的美人。在《绿》文里，作者面对瀑布，也满是少妇和处女的影子，而最露骨的表现是："我用手拍着你，抚摩着你，如同一个十一二岁的小姑娘。我又掬你入口，便是吻着她了。我送你一个名字，我从此叫你'女儿绿'，好么？"用异性的联想来影射风景，有时失却控制，但在20年代的新文学里似乎是颇为时髦的笔法。这种笔法，在中国古典和西方文学里是罕见的。也许在朱自清当时算是一大"解放",一小"突破",今日读来,却嫌它庸俗而肤浅,令人有点难为情。朱自清散文的滑稽与矛盾就在这里:满纸取喻不是舞女便是歌姝,一旦面临实际的歌妓,却又手足无措。足见众多女性的意象,不是机械化的美感反应,便是压抑了的欲望之浮现。

朱文的另一瑕疵便是伤感滥情(sentimentalism),这当然也只是早期新文学病态之一例。当时的诗文常爱滥发感叹,《绿》里就有这样的句子:"那醉人的绿呀!仿佛一张极大极大的荷叶铺着,满是奇异的绿呀。我想张开两臂抱住她:但这是怎样一个妄想呀。"其后尚许多呢呢呀呀的句子,恕我不能全录。《背影》一文久有散文佳作之誉,其实不无瑕疵,其一便是失之伤感。短短千把字的小品里,作者便流了四次眼泪,也未免太多了一点。时至今日,一个20岁的大男孩是不是还要父亲这么照顾,而面临离别,是不是会这么容易流泪,我很怀疑。我认为,今日的少年应该多读一点坚毅豪壮的作品,不必再三诵读这么哀伤的文章。

最后我想谈谈朱自清的文字。大致说来,他的文字朴实清畅,不尚矜持,誉者已多,无须赘述,但是缺点亦复不少，败笔在所难免。朱自清在白话的创作上是一位纯粹论者，他主张"在写白话文的时候，对于说话，不得不作一番洗练工夫……渣滓洗去了，炼得比平常说话精粹了，然而还是说话（这就是说，一些字眼还是口头的字眼，一些语调还是口头的语调，不然，写下来就不成其为白话文了）；依据这种说话写下来的，才是理想的白话文"。这是朱氏在《精读指导举隅》一书中评论《我所知道的康桥》时所发的一番议论。① 接下去朱氏又说："如果白话文里有了非白话的（就是口头没有这样说法的）成分，这就体例说是不纯粹，就效果说，将引起读者念与听的时候的不快之憾……白话文里用入文言的字眼，实在是不很适当的足以减少效果的办法……在初期的白话文差不多都有；因为一般作者文言的教养素深，而又没有要写纯粹的白话文的自觉。但是，理想的白话文是纯粹的，现在与将来的白话文的写作是要把写得纯粹作目标的。"最后，朱氏稍稍让步，说文言要入白话文，须以"引用原文"为条件，例如在"从前董仲舒有句话说道：

---

① 一说为叶绍钧之论，唯香港中学之中国文学课本置于朱自清之下。《精读指导举隅》与《略读指导举隅》等书，是朱、叶合著，故难分彼此。不过两人在白话文的纯粹观上，大体是一致的，评叶即所以评朱。

'正其义不谋其利,明其道不计其功'"一句之中,董仲舒的原文是引用,所以是"合法"的。

这种白话文的纯粹观,直到今日,仍为不少散文作家所崇奉,可是我要指出,这种纯粹观以笔就口,口所不出,笔亦不容,实在是画地为牢,大大削弱了新散文的力量。文言的优点,例如对仗的匀称、平仄的和谐、辞藻的丰美、句法的精练,都被放逐在白话文外,也就难怪某些"纯粹白话"的作品,句法有多累赘,辞藻有多寒碜,节奏有多单调乏味了。14年前,在《风·鸦·鹑》一文里,我就说过,如果认定文言已死,白话万能,则"啭""吠""唳""呦""嘶"等字眼一概放逐,只能说"鸟叫""狗叫""鹤叫""鹿叫""马叫",岂不单调死人?

早期的新文学的幼稚肤浅,有一部分是来自语言,来自张口见喉、虚字连篇的"大白话"。文学革命把"之乎者也"革掉了。却引来了大量的"的了着哩"。这些新文艺腔的虚字,如果恰如其分,出现在话剧和小说的对话里,当然是生动自如的,但是学者和作家意犹未尽,不但在所有作品里大量使用,甚至在论文里也一再滥施。遂令原应简洁的文章，沦为浪费唇舌的叽里咕噜。朱自清、叶绍钧等纯粹论者还嫌这不够，认为"现在与将来的白话文"应该更求纯粹。他们所谓的纯粹，便是笔下向口头尽量看齐。其实，白话文可以分成两类，一类是拿来朗诵或宣读用的，那当然不妨尽量口语化；另一类是拿来阅读的，那就不必担心是否能够立刻入于耳而会于心。散文创作属于第二类，实在不应受制于纯粹论。

朱自清在白话文上既信奉纯粹论，他的散文便往往流于浅白、累赘，有时还有点欧化倾向，甚至文白夹杂。试看下面的几个例子：

（一）有些新的词汇新的语式得给予时间让它们或教它们上口。这些新的词汇和语式，给予了充足的时间，自然就会上口；可是如果加以诵读教学的帮助，需要的时间会少些。（《诵读教学与"文学的国语"》）

（二）我所以张皇失措而觉着恐怖者，因为那骄傲我的，践踏我的，不是别人，只是一个十来岁的"白种的"孩子！（《白种人——上帝之骄子》）

（三）桥砖是深褐色，表明它的历史的长久。

(《桨声灯影里的秦淮河》)

（四）我的心立刻放下，如释了重负一般。（同上）

（五）大中桥外，本来还有一座复成桥，是船夫口中的我们的游踪尽处。（同上）

（六）弯弯的杨柳的稀疏的倩影（《荷塘月色》）

这些例句全有毛病。例一的句法欧化而夹缠，两个"它们"，两个"给予时间"，都是可怕的欧化；后面那句"加以某某的帮助"也有点生硬。例二的"所以……而……者"原是文言句法，插入口语的"觉着"，乃沦为文白夹杂、声调也很刺耳。其实"者"字是多余的。例三用抽象名词"长久"做"表明"的受词，乃欧化文法。"他昨天不来。令我不快"是中文；"他昨天的不来，引起了我的不快"便是欧化。例三原可写成"桥砖深褐色，显示悠久的历史"，或者"桥砖深褐，显然历史已久"。例四前后重复，后半硬把四字成语捶薄、拉长，反为不美。例五的后半段，欧化得十分混杂，毛病很大。两个形容片语和句末名词之间，关系交代不清；船还没到的地方，就说是"游踪"，也有语病。如果改为"船夫原说游到那边为止"或者"船夫说，那是我们游河的尽头"，就顺利易懂了。例六之病一目了然：一路乱"的"下去，谁形容谁，也看不清。一连串三四个形容词，漫无秩序地堆在一个名词上面，句法僵硬，节奏刻板，是早期新文学造句的一大毛病。福罗贝尔所云："形容词乃名词之死敌"，值得一切作家玩味。除了三五位真有自觉的高手之外，绝大部分的作家都不免这种缺陷。朱自清也欠缺这种自觉。

于是桨声汩——汩，我们开始领略那晃荡着蔷薇色的历史的秦淮河的滋味了。

这正是《桨声灯影里的秦淮河》首段的末句。仔细分析，才发现朱自清和俞平伯领略的"滋味"是"秦淮河的滋味"。而秦淮河正晃荡着一样东西，那便是"历史"。什么样的"历史"呢？"蔷薇色的历史"。这真是莫须有的繁琐，自讨苦吃。但是这样的句子，不但繁琐，恐怕还有点暧昧，因为它可能不止一种读法。我们可以读成：我们开始领略那"晃荡着蔷薇色的历史"的"秦淮河"的"滋味"了。也可以读成：我们开始领略那"晃荡着蔷薇色"的"历史的秦淮河"的"滋味"了。总之是繁琐而不曲折,很是困人。

我与父亲不相见已二年余了。

《背影》开篇第一句就不稳妥。以父亲为主题,但开篇就先说"我",至少在潜意识上有"夺主"之嫌。"我与父亲不相见",不但"平视"父亲,而且"文"得不必要。"二年余"也太文,太哑。朱自清倡导的纯粹白话,在此至少是一败笔。换了今日的散文家,大概会写成:

不见父亲已经两年多了。

不但洗净了文白夹杂,而且化解了西洋语法所赖的主词"我",句子更像中文,语气也不那么僭越了。典型的中文句子,主词如果是"我",往往省去了,反而显得浑无形迹,灵活而干净。

床前明月光,
疑是地上霜。
举头望明月,
低头思故乡。

用新文学欧化句法来写,大概会变成:

> 床前明月的光啊,
> 我疑是地上的霜呢!
> 我举头望着那明月,
> 我低头想着故乡哩!

这样子的欧化在朱文中常可见到。请看《桨》的最后几句:

> 黑暗重复落在我们面前,我们看见傍岸的空船上一星两星的,枯燥无力又摇摇不定的灯光。我们的梦醒了,我们知道就要上岸了;我们心里充满了幻灭的情思。

短短的两句话里,竟连用了五个"我们",多用代名词,正是欧化的现象。读者如有兴趣,不妨去数一数"桨"文里究竟有多少"我们"和"它们"。前引这两句话里,第二句实在平凡无力:用这么抽象的自白句结束一篇行情散文,可谓余韵尽失,拙于收笔。第一句中,"我们看见傍岸的空船上一星两星的,枯燥无力又摇摇不定的灯光",

是一个"前饰句";动词"看见"和受词"灯光"之间,夹了"傍岸的空船上(的)""一星两星的""枯燥无力(的)""摇摇不定的"四个形容词,因为所有的形容词都放在名词前面,我称之为"前饰句"。早期的新文学作家里,至少有一半陷在冗长繁琐的"前饰句"中,不能自拔。朱自清的情形还不严重。如果上述之句改成"我们看见傍岸的空船上一星两星的灯光,枯燥无力,摇摇不定",则"前饰的"(pre-descriptive)形容词里至少有两个因换位而变质,成了"后饰的"(post-descriptive)形容词了。中文句法负担不起太多的前饰形容词,古文里多是后饰句,绝少前饰句。《史记》的句子:

> 广为人长,猿臂。其善射亦天性也。

到了新文学早期作家笔下,很可能变成一个冗长的前饰句:

> 李广是一个高个子的臂长如猿的天性善于射箭的英雄。

典型的中文句法,原很松动、自由,富于弹性,一旦欧化成为前饰句,就变得僵硬、死板、公式化了。散文如此,诗更严重。在新诗人中,论中文的蹩脚、句法的累赘,很少人比得上艾青。他的诗句几乎全是前饰句。类似下列的句子。在他的诗里俯拾皆是:

> 我呆呆地看檐头的写着我不认得的"天伦叙乐"的匾,
> 我摸着新换上的衣服的丝的和贝壳的纽扣,
> 我看着母亲怀里的不熟识的妹妹,
> 我坐着油漆过的安了火钵的坑凳,
> 我吃着碾了三番的白米的饭。

朱自清在《诵读教学》一文里说:"欧化是中国现代文化的一般动向,写作的欧化是跟一般文化配合着的。欧化自然难免有时候过分,但是这八九年来在写作方面的欧化似乎已经能够适可而止了。"他对于中文的欧化,似乎乐观而姑息。以他在文坛的地位而有这种论调,是不幸的。在另一篇文章里,他似乎还支持鲁迅的欧化主张,说鲁迅"赞成语言的欧化而反对刘半农先生'归真返璞'的主张。他说欧化文法侵入中国白话的大原因不是好奇,乃是必要。要话说得精密,固有的白话不够用,就只得采取外国的句法。这些句法比较难懂,不像茶泡饭似的可以一口吞下去,但补偿这缺点的是精密。"鲁迅先生的论调可以说以偏概全，似是而非。欧化得来的那一点"精密"的幻觉，能否补偿随之而来的累赘与繁琐，大有问题；而所谓"精密"是否真是精密，也尚待讨论。就算欧化果能带来精密，这种精密究竟应该限于论述文，或是也宜于抒情文，仍须慎加考虑。同时，所谓欧化也有善性恶性之分。"善性欧化"在高手笔下，或许能增加中文的弹性，但是"恶性欧化"是必然会损害中文的。"善性欧化"是欧而化之，"恶性欧化"是欧而不化。这一层利害关系，早期文学作家，包括朱自清，都很少仔细分辨。到了艾青，"恶性欧化"之病已经根深。

"秦淮河里的船，比北京万生园、颐和园的船好，比西湖的船好，比扬州瘦西湖的船也好。"这种流水账的句法，是浅白散漫，不是什么腴厚不腴厚。船在"河里"也有语病，平常是说"河上"的。就凭了这样的句子，《桨声灯影里的秦淮河》能称为"白话美术文的模范"吗？就凭了这样的一二十篇散文，朱自清能称为散文大家吗？我的判断是否定的。只能说，朱自清是20年代一位优秀的散文家：他的风格温厚，诚恳，沉静，这一点看来容易，许多作家却难以达到。他的观察颇为精细，宜于静态的描述，可是想象不够充沛，所以写景之文近于工笔，欠缺开阖吞吐之势。他的节奏慢，调门平，情绪稳，境界是和风细雨，不是苏海韩潮。他的章法有条不紊，堪称扎实，可是大致平起平落，顺序发展，很少采用逆序和旁敲侧击柳暗花明的手法。他的句法变化少，有时嫌太俚俗繁琐，且带点欧化。他的譬喻过分明显，形象的取材过分狭隘，至于感性，则仍停留在农业时代，太软太旧。他的创作岁月，无论写诗或是散文，都很短暂，产量不丰，变化不多。 用古文大家的水准和分量来衡量，朱自清还够不上大师。置于近30年来新一代散文家之列，他的背影也已经不高大了，在散文艺术的各方面，都有新秀跨越了前贤。朱自清仍是一位重要的作家。可是作家的重要性原有"历史的"和"艺术的"两种。例如胡适之于新文学，重要性大半是历史的开创，不是艺术的成就。朱自清的艺术成就当然高些，但事过境迁，他的历史意义已经重于艺术价值了。他的神龛，无论多高多低，都应该设在二三十年代，且留在那里。今日的文坛上，仍有不少新文学的老信徒，数十年如一日那样在追着他的背影，那真是认庙不认神了。一般人对文学的兴趣，原来也只是逛逛庙，至于神灵不灵，就不想追究了。

省略比强调更重要

以《背影》为例谈方法问题

孙绍振

作者介绍

孙绍振,1936年生,1960年毕业于北京大学中文系,先后在北京大学中文系、华侨大学中文系、福建师范大学中文系任教。有专著《文学创作论》《论变异》《美的结构》《当代文学的艺术探险》《审美价值结构和情感逻辑》《怎样写小说》《孙绍振如是说》《你会幽默吗?》《挑剔文坛》等出版。

推荐词

一种启示,文章的好处不但在于他强调了什么,而且在于他省略了什么。这一点对于欣赏有好处,对于写作更有好处。只有知道要省略什么,不写什么才能有自己的个性,才能找到自己,有了自己的特殊的感觉和情感,才会知道应该写什么,强化什么淡化什么。

一、方法问题：寻求一致性还是矛盾性

1. 社会学的方法，例如，讲《荷塘月色》，说是"四·一二"大屠杀以后知识分子的苦闷，不能同流合污，又不能直接投身革命的矛盾心情。

这个说法，不能说错，但是，也不能说有多对，因为：

第一，这与作品有些关系，并不是作品的真正内容，作品写的是"独处"的"自由"、孤独的美好；这里的自由不是政治概念，而是伦理概念。

第二，这样说，不能说明作品的艺术特点，例如，本文对于诗意的追求。文章内部的不平衡，哪些地方特别好，哪些地方比较一般。

第三，如果满足于作品与现实的一致，那么，作为一种普遍的方法，是不是行得通？如拿来分析冰心的诗就无从下手。

第四，例如，拿来分析《背影》，就更难办了。《背影》反映了什么样的社会现实呢？

第五，方法问题，这种说法的特点，是寻求作品内容与社会现实之间的一致性的，这里就有一个原则问题了，从方法论来看，究竟是分析作品与现实之间的矛盾性还是寻求作品与现实之间的统一性？

由此可见：

1. 光是寻求作品社会意义是不够的，不能成为一种科学的、深刻的方法。

2. 即使找到了社会现实意义，也并不能满足教学要求。因为《背影》的艺术特点，是不能从这种方法中得到解释的。

3. 从理论上来说，所谓分析就是分析矛盾。

a. 从文学创作来说，就是现实与艺术的矛盾、差异，而不是统一、等同，如果统一等同了，就没有艺术可言了，艺术就成了对于现实的照抄，作家就没有创造的功劳了。

b. 从艺术本身来说，不同形式的不同规范，同一形式的不同风格创造，都是以差异为特点的，也就是以矛盾分析为基础，而不是能从统一性中获得的。

4. 最重要的是，从分析矛盾的操作性来说，

a. 矛盾是内在的,尤其是经典性作品,往往是天衣无缝的,因而,关键不在于要求分析矛盾而在于揭示矛盾。而矛盾是潜在的,不是浮在表面上的。

b. 从方法的操作性来说,不能满足于一篇一篇孤立地讲作品,应该把作品放在一系列的作品的比较中来观察差异,以便找出矛盾的切入口。如果是单篇地分析,没有现成的作品可比,就要用一种方法,叫做还原法,(用现象学的还原)来找出作品与对象之间的矛盾。

c. 通常使用的方法的缺点是,满足于作品与表现对象的统一性。空喊分析,而不能揭示矛盾。孤立地阐释单篇,就是能够进入分析层次,不在与相似的、同类的、异类的作品的差异中揭示矛盾,就是勉强"分析",也是浅层次的。

二、可比性:同中求异和异中求同

我们往往只是被动地注意作者写了什么,而没有去主动地想象他没有写什么。

鲁迅说过:写作的方法,不但在作者已经写出的东西中,所有写出来的东西,都只是显示了:应该这么写,而要真正懂得写作的门道，还要懂得，不应该那么写，不懂得不应该那么写就不能真正懂得应该这么写。

这个问题可以从几个层次上来阐释：

1. 从最浅的层次上来说，就是文本"细读"。美国的新批评流派推崇的是，不研究作家的生平和思想，只讲究作品（文本）。我们自发地运用的基本上就是这个方法，但是人家那么做并不是十分完善的。加之我们对人家的优点也没有什么理解，有的甚至连新批评的细读都不知道。

2. 从更高层次上来说，我们感到新批评也有个毛病，就是往往拘泥于文字的隐喻、含蓄啦之类的，归根到底，也只是把目光集中在人家已经写出来的东西上面，而没有注意到，文章的妙处，每每是文章省略了的、回避了的地方，应该把回避的和渲染的、弱化的和强化的结合起来，才能找到深刻的切入矛盾的起点。

在这二者中，特别是弱化的和回避的，是深刻理解文章的关键。

3. 这不仅仅限于对作者在一篇文章中艺术手法的选择，为什么这样写不那样写，而且在于在一系列文章中，为什么这一篇文章中这样写，而不是另外一篇文章的方法，不管是同一作者还是不同作者，都是很值得研究的。

4. 这就要求教师有一种起码的讲究，就是科学的抽象能力，从操作来说，就是提高可比性，把本来不可比的，提高层次，成为可比的。最基本的，就是异中求同和同中求异的抽象能力。只有具备了这种能力，即在相同的文章中发现其不同的东西，在不同的文章中发现了相同的东西，才能进入具体分析的境界。否则就只能在形象的表面甚至外面徘徊。

结论：有了这种能力，教师就有了主动性，就有了研究能力；没有这种能力，就没有主动性，也就没有研究能力。这就是对教师的素质的挑战，缺乏这样的素质，就不能在阅读过程中化被动的阅读为主动的阅读。

抽象的理论是枯燥的，为了把问题说得清楚一点，以一个文本来进行细胞形态的解剖。

就《背影》而言，我们采用了发展了的、有别于新批评的"细读"法。

第一，注意不写什么，弱化什么，省略什么，割舍什么。

第二，"还原"：把未经作者加工的原生的现象想象出来和作者艺术加工过的作品加以比较，这和现象学的"还原"原则有一致之处，不是被动地接受文学形象的现成样子，而是想象把目前现成的观念或者解释"悬搁"起来，想象出、推导出本来，在原初状态，它应该是个什么样子。

这样就可以提出问题，不是一般的问题而是创作论上的问题：

为什么不写人的正面而写背影？

如果回答，因为背影最突出，因为背影最为感人，这是同语反复。因为我要问的是为什么背影最为感人，而你说，因为它很感人，所以它就感人，这不但等于什么也没有说，而且还把对于思考的要求降低了。

从现象到现象的滑行，而且还很满足，就造成了麻木。

我们中学乃至大学老师往往就被这种表面的思想习惯所蒙蔽了。这是一种自我蒙蔽，舒舒服服地把自己思考的自由给剥夺了，一点点被强制的痛苦都没有。

用法国思想家福柯的话来说，就是现成的话语，它有一种力量，障蔽着我们的创造性的思维。这种话语有一种权力的性质。让你在无意识里受它的统治。所谓素质的提高就是要有意识地打破它的统治。恢复思想的创造力。用西方文论家的语言来说，就是"去蔽"。

对于教学和研究来说，就是科学的抽象力、具体分析的能力,也就是原创性。

关于思考和研究的方法,至少有七点可讲:

第一,《背影》没有写主人公的面容,没有强调言语和表情。

第二,光是有了这一点,还不够深刻,还要比较;关键在于寻求矛盾、差异。

矛盾差异不是自然地突出在你面前的,芜杂和混乱的现象把它掩盖了。

为什么会产生纷乱、芜杂?因为没有联系,或者叫做无序。

为什么没有联系?因为,各自独立,没有在一点上统一起来。

没有联系的东西,如果在一点上统一了,就可以比较了。

第三, 找到同一性,异中求同,就是一个人的抽象力的最起码的表现,有了抽象力就可以提高可比性。

可比性有两类:

第四,一是同类之比,最容易,如《荔枝蜜》,就可以拿来与秦良玉的"采得百花成蜜后,为谁辛苦为谁甜"来比。可是,可比性很少有现成的:写父亲的经典几乎没有。如果硬要比一比的话,可以拿罗中立的《父亲》油画来比。那是一张脸,布满了沧桑。这是两个完全不同的父亲,作者对父亲的感情也是不一样的。这种不一样就是个性,就是时代烙印,就是艺术品的生命。

同类之比,往往有现成的可比性,难度是比较小的。

第五,二是异类之比。

不同类的只要提高一个层次就可以比较了。

如《荔枝蜜》本来好像和《背影》是没有可比性的,但是把抽象性的层次提高,把具体性的成分排除掉,就可以与《背影》相比:都是写无条件的奉献精神的。有了一点相通,就可以进入比较深入的分析:一个是写对社会无条件的奉献,一个是写对儿子的无条件的奉献。

不管多么不同,只要在一点上求得相通就可以比较了。世界上很少现成可比的东西,也没有绝对不可比的东西。

第六,科学的抽象,要跨越的第一个障碍是事物和感性的差异;感性是具体的,但是表面的、肤浅的,因而要进入抽象的层次,抽象是看不见、摸不着的,但是,它是深刻的。要从肤浅的层次进入深刻的层次,就是要把不同的、感性的东西舍弃掉,把共同的、抽象的东西概括出来。科学抽象的最起码的要求是从感性之异中求得理性的抽象之同。

比如,西瓜、飞机、书本,从感性上来说,是不同的,但从理性上来说,它是相同的,它们都是商品。从感性上来说,细菌、砂子、电视机,是相去甚远的,但是从抽象角度来说,它们都是物质,是属于同一范畴。

就文学作品来说,和《背影》现成相同的作品没有,就采取异中求同的办法。

但是,能不能从感性上不同的作品中,提出理性上共同的东西,这就是对于异中求同的能力和魄力的考验。比如,《背影》不同于冰心的《笑》,冰心就写了三个笑,三种不同的笑,但是同样写爱的价值。在写人的局部方面是相同的。还有一点,冰心写的是,孩子和妇女、母爱的温情。和朱自清所写的,在亲情上,在人与人之爱上,是相通的。

但是,这样的异中求同的层次是比较低的。

光指出这两篇文章有相同之处,并没有解决什么问题;还要在这个切入点上深入下去。

第七,这就进入到第二个,也就是更为高级的,同中求异的层次。

写笑比较容易成功,而写《背影》相对比较难。

为什么?因为这是抒情散文,通常是讲究诗意的,而诗意是讲究美化的。面容上的笑是比较容易美化的,而背影却是不容易美化的。通常写母爱的文章多如牛毛,而写父爱的却异常罕见。朱先生的难度比较大。因而取得成功的程度、经典性也超过了《笑》。

三、情感有无特征

1. 父亲对儿子的深厚的情感的特点是:在开头不但没得到理解,反而被误解,觉得可笑。

这种方法,在章法上叫做欲扬先抑。这没有什么特别的创造。

杨朔的《荔枝蜜》,就是这样的写法。

这里的工夫,在于朱先生写得不做作,很从容,没有过分地强调和夸张。

2. 后来儿子被感动了,这就有了特点:

A. 被感动的原因不是像杨朔那样一种崇高伟大的精神,也没有刻意营造强烈的诗意。

B. 文章,虽然总体上说,也是抒情的、诗意的,但是关键的动作，导致儿子感动到自我谴责的，却并不是那么崇高，至少不是那么美妙的动作。这些个动作，很是笨拙。并不是很有必要的；因为儿子去买橘子，可以更利索，而父亲的动作既没有更高的实用性，从表面上看，也没有诗意。

C. 所用的语言和手法，并不是诗意的描绘。不像在《荷塘月色》中（注意，这是在用异类相比的方法）那样，用了那么多的排比句法，那么多的美丽的比喻，还用了很复杂的诗意的技巧，比如：通感（光和影的旋律，像小提琴上奏出的名曲，花香像远处高楼上渺茫的歌声似的）。

但是《背影》基本上是叙述，也许可以称之为"白描"。

D. 然而就是这些没有用处的动作，却使作者和读者感动了。

没有诗意的变成了很有诗意的，没有实用的价值变成了很有情感（审美）价值的，这从美学理论上说，就是审美价值和实用价值之间的错位，或者要有较高的审美价值，也就是艺术性，就得要情感超越实用理性。

E. 更加重要的是：当作者被感动得流下了眼泪时，父亲自己却没有感到自己有什么了不得之处。

四、横向和纵向的比较

在我们讲授的过程中,已经广泛地运用了比较的方法,如和《荷塘月色》的比较,二者都是追求诗情的,是异中求同的层次。

同中求异的层次,则是指出《荷塘月色》是追求大自然环境的美化,对自我感情的美化:甚至连独处的孤独都是一种自由的美。

《背影》则是亲情的美化,不过表面上是某种程度上的"丑化",然后过渡到相当程度上的美化和诗化。

这种比较的方法不仅仅适用于朱先生的作品,可以说是适用于一切文学文本。

用还原的方法包括历史的还原,进入了历史语境,就使本来没有联系的作品发生了联系,有了可比性。在同样的历史时期,当然有可比性,有的文本具有现成的可比性,如《桨声灯影里的秦淮河》和《荷塘月色》同样是没有直接的社会政治情绪,着重于个人情怀的,又都有一种对于异性的吸引力的拒斥,但又抑制不住潜在的"骚动"。也有一些是没有现成的可比性的,如《背影》和朱先生早期的一些作品《梅雨潭的绿》之类。这就要提高抽象度,使其在更高的层次获得可比性。如两篇作品都抒情，但《背影》的最佳处在叙述，而《梅雨潭的绿》则在排比的直接抒情。从时间上来说，是横向的比较。还有一种纵向的，也就是历史的比较。如，朱先生早期的作品比较华彩，而到了晚年却力求朴素，把情感转向比较深沉的内涵了。这就提供了另一种境界，懂得多种境界及其发展转化，对于我们的写作和欣赏无疑提供了更开阔的天地，写作起来，就有了更多的选择。

五、还原方法的具体运用

《荷塘月色》中最关键的一句是"那时最热闹的要算是树上的蝉声和水里的蛙鸣，不过，热闹是他们的，我什么也没有"。

这就明明白白地告诉读者，他并没有把荷塘月色全都写进去，只是写了和他情感相通的一个方面。否则就不能取得《荷塘月色》的和谐和意境。

从《背影》中也可以看出作者的省略、作者的回避（如有一个材料说，他在家乡参加工作，工资却被爸爸拿去了，而不愉快，才促成了他写这一篇表示忏悔的文章）。从文章中看，写到父亲与他的矛盾的语句有"触他之怒""待我不如往日""我的不好",但都含含糊糊,被省略了,被淡化了。

从这里,可以得到一种启示,文章的好处不但在于他强调了什么,而且在于他省略了什么。这一点对于欣赏有好处,对于写作更有好处。只有知道要省略什么、不写什么才能有自己的个性,才能找到自己,有了自己的特殊的感觉和情感,才会知道应该写什么,强化什么淡化什么。

中国当代文学的历史记忆

以《王蒙自传》为例

张志忠

作者介绍

张志忠,1953年生,山西文水人。先后就读于山西大学、北京大学,分别获文学学士学位、文学硕士学位。

推荐词

随着时间的延伸,中国当代文学渐渐有了自己的历史长度,有了自己的不算很短也不算很长的心灵记忆。对于曾经和共和国一起成长的一代人来说,那些亲身经历的、温热犹存的往事,忽然就变得迷离恍惚起来,许多时候,在半梦半醒之间,油然产生"白头宫女在,闲坐说玄宗"的感叹。"

近些年来,中国当代文学的史料和传记,逐渐丰富起来,为他人立传的如老鬼的《母亲杨沫》、贾漫的《诗人贺敬之》,作为传记的别一种资料的日记如张光年的《回春日记》、张贤亮的《我的菩提树》、郭小川的《1957年日记》,作为当代中国文化的独特创造的郭小川的《检讨书》,以及根据曾经落难的杜高的档案资料编撰的《一纸苍凉》,曾经畅销一时并且形成了一个文化热点的查建英的《80年代访谈录》,20世纪50年代后期北京大学中文系的几位莘莘学子回顾当年凭着少年意气和极"左"思潮推涌而写作《中国现代诗歌史》的《回忆一次写作》,都给我们提供了还原历史现场的游踪小径,都让我们对时代和作家、政治和文学有了许多新的发现、新的感叹。在自传体写作的系列中,则是前有刘白羽的《心灵的历程》,中有韦君宜的《思痛录》,近有王蒙的洋洋三大卷的《王蒙自传》。不知道是否可以说，当代文学的历史记忆，正在逐渐成形。

我非常看重这种历史记忆的形成，高度评价其文学意义和历史学意义。

随着时间的延伸，中国当代文学渐渐有了自己的历史长度，有了自己的不算很短也不算很长的心灵记忆。对于曾经和共和国一起成长的一代人来说，那些亲身经历的、温热犹存的往事，忽然就变得迷离恍惚起来，许多时候，在半梦半醒之间，油然产生"白头宫女在，闲坐说玄宗"的感叹。对于八九十年代以后成长起来的学人，在时代氛围大变之后的21世纪，如何进入历史，如何去解读和面对上一代人的刻骨铭心的既往，二者之间应该如何沟通呢？我在教学中经常的体会是，面对屈原和李白，面对莎士比亚和托尔斯泰，从"50后"到"80后"，大家的资源和理解有一个共同的平台，就是层层累积的历史文选和研究成果，年龄的长幼，只是意味着你接近这些材料、处理这些材料的时间有差别，闻道有先后，但是并没有明显的代际差异。面对迄今近60年的中国当代社会进程和中国当代文学史，我们却会发现，每一代人的历史记忆，亲历者和后来人之间，在场者和缺席者之间，接受和理解上都会有很大的偏差。20世纪的中国，确实如李敖所言，十年一大变，五年一小变，古今中外，鲜有此间风景，无怪乎当年的胡适先生感叹，"五四"过后没有几年，便觉得自己成了上三代人物了。时代的变化频仍，表明经历风雨沧桑的中国，仍然充满了活力，充满了憧憬，但是，在历史的一次次"断裂"、一次次"告别"、一次次"打倒"或者"PASS"的喧嚣中，却也留下许多需要回补的缺口。前面我所列举的各种文本，则是在弥合中国当代文学的可感知性可理解性上，做出了很大的贡献。

下面我就以《王蒙自传》为例子，讨论这种历史记忆的可贵和价值所在。

一、一个总比别人"多一块儿"的人

在中国当代文学60年的图景中，王蒙是一个异数，是一个总比别人"多一块儿"的人。正是这一点，造就了一个奇特的作家，一个创作力和生命力异常旺盛的作家，一个经常把自己推向风口浪尖上的作家。从《王蒙自传》中，我们得以更为强烈地感知这一特征。

比如说，在50年代崭露头角的那一批青年作家中，他是少有的"党的工作者"，是"职业革命家"，他对生活的把握，对当时同样是满腔热情地批判官僚主义的同代人，多了一种沉潜其中的深刻体验，刘世吾这样的人物形象，在贴标签的同时（以刘世吾谐音流于事务），又多了他的革命经历和内心自剖，因此而成为少有的圆型人物，具有了文学典型的意义。

这种"多一块儿"，造成了他的精神气质，不满足，不停顿，总是处于活跃的变动不居之中，总是难以在那一个关节点上停留下来，止步不前。王蒙的人生历程中，不乏外来的眷顾，譬如说，"百花时代"毛泽东的一再关注，80年代胡乔木和周扬的从不同角度投来的赏识的目光。在更多的时候，这种"多一块儿"，却是自己找的，自己和自己过不去，作为十四岁就加入北平地下党，有着眩惑的资历，刚刚十九岁就当上十八级干部，多少人为之眼热，他却可以放着官场仕途不以为计，要去搞什么文学；经历了"三年困难时期"，刚刚走出了变相劳改的困境，在北京师范学院落足，有了一个那年那月少有的读书和教书的好地方，他却不肯安于现状，主动要求远走新疆，说是豪情依旧也罢，说是自我放逐也罢，再次走上一条前景为之的人生道路。到90年代，如果说，为王朔声辩，还可以理解为一个遭受着公开批判的作家惺惺相惜，关心呵护一个早就被视作文坛另类却又难以公开进行大规模批判的作家的生存,那么,独自一人跳出来与"人文精神"倡导者进行顽强的辩论,用王蒙自己喜欢使用的话来说,纯粹是"吃饱了撑的",无论从友情,还是从声望来说,都有些得不偿失,但是,恰恰是这一不依不饶的追问,为这场文坛论争开阔了问题意识和讨论境界,增添了不同的声音,丰富了其内涵。这里的"多一块儿",偏偏又是得自王蒙独有的经历,他在80年代出访苏联东欧诸国和欧美国家的感受和思考。和很多同代人一样,当年对于王蒙在"人文精神"论争中的表现,曾经感到疑惑和不满,不知道他内心的潜台词,《王蒙自传》让我对这一话题有了新的理解。"多一块儿"就是不一样。

二、在革命与叙事之间

在20世纪90年代以来的市场化浪潮和相伴随的世俗化、欲望膨胀的社会背景下,革命被告别,被质疑,与之相应的是,一批年轻的"新左派"正在成为一种值得关注的文化现象。我在这里不拟对这种新的思想论争进行评价,而是要说王蒙在自传里所表达的,作为一个"温情的革命者"的独特姿态。

此前,我曾经在论文中阐述过王蒙的作品中表现出来的革命、青春、文学（尤其是主观抒情性很强的诗歌）和爱情的四位一体。通读《王蒙自传》，这一点得到了印证和加强。而且，从自述中，我们也可以看到，在王蒙的经历中，文学叙事和革命实践的纠缠扭结。

如南帆指出的那样，王蒙自己以及他笔下的"少共"，走向革命，并不是通常所说，是因为缺衣少食，因为阶级仇恨，奋起反抗。这里又"多出一块儿"，盖是因为，家庭的冷战氛围和亲情匮乏，让这颗敏感多思的少年之心本能地寻找一种替代和补偿。在虚构的世界里，他倾向文学，读巴金，读冰心，更吸引他的则是法捷耶夫的《青年近卫军》，该书可以称为一代青少年的革命教科书的苏联小说（在王蒙笔下反复称赞的是其第一版，而不是根据斯大林的意见越改越差的修订版），在现实中，他是在革命的同志中间感受到了家庭所没有给予他的友谊和温暖。两者都有一个共同的指向，就是革命。两者互为因果，促使王蒙的觉醒和选择。这就是我所说的革命与叙事的关系。

由此，也唤起了我的阅读记忆。50年代前期出生的我，也曾经有过将文学叙事和毛泽东所倡导的"做革命的接班人"互为表里的心灵记忆。而且，和王蒙的那种"多一块儿"的心态，在革命和叙事之间产生隐隐裂痕相比较，我可能是"很傻很天真"的，在对《林海雪原》《青春之歌》《红日》等"红色经典"的照单全收中，将二者完全混为一谈。王蒙接受的革命叙述，是30年代到50年代初期的苏联革命文学，比如，他的《组织部新来的年轻人》中的林震，走进区委组织部，面见刘世吾，他的口袋里就装着一部当年的畅销书《拖拉机站站长和总农艺师》。对苏联文学的青睐，对苏联文学中的浪漫主义和抒情色彩的偏爱，使他对自己所参加的革命实践产生很大疑惑，对现实中的那种凡俗和琐碎、机关化和体制化，产生内在的不满足，与此同时，苏联文学阅读中所体验到的那种对青春和爱情的尽兴书写，使王蒙感觉到当时流行的本土的革命叙事相形见绌，他心有不甘，乃至萌生自己动手进行写作的念头，可以说是顺理成章，一气呵成，这也就是林震和赵慧文之间那种说不明道不清的情感的内蕴。但是，这样一来，王蒙就不但和当时的中国现实产生了裂隙，也和当时的中国文学产生了裂隙。文学的阅读作为先导，促使他走向了革命。但是，问题的复杂性在于，不仅仅是像人们通常说的那样，革命吞噬了自己的儿子，问题的另一面是，革命也招致了来自内部的质疑和追问。王蒙可以说就是50年代中期出现的这样的质询者。在80年代，所谓共和国的第二度青春期，在王蒙"春光唱彻才无憾"的自许中，在"文学是一种燃烧"的担承中，在《布礼》中却出现了一个灰色的影子，对钟亦诚的九死无悔和执着信念，进行深度的质疑。再到《狂欢的季节》，革命的激情喷涌和浪漫蒂克，终于在"文化大革命"狂潮中消退，逐渐让位于养猫、喂鸡、烹饪的意外乐趣，让位于日常生活的平庸和琐碎，虽然仍然是心有所未甘，但是，当革命已经失去激情的时候，它的推动力何在？

不过，在骨子里，革命情怀仍然是王蒙的精神支柱。回看时下，阿伦特的《论革命》、托克维尔的《大革命与旧制度》，成为中国学界批判革命的新的理论资源，王蒙却再次表现出他的独特性所在。他依从自己的经验和自己的思考，坚持了一种"温和的革命者"的立场。这从王蒙的80年代以来的心路历程中可以看得非常清楚，他一直在革命和文学、社会关怀和自我超越间游移辗转，在时代的大动荡大摇摆中，力求取得一种协调和平衡，也就是他所言，既可能会是左右逢源，也会遇到左右夹击，既可能会扶摇直上，从容进退，也可能会是高处不胜寒，低处也不胜寒。无论如何，这种姿态，既汲取了王蒙对近代以来激进主义的反省和修正，又使得作家自己在"九命七羊"的迂回曲折中，有一种灵活应对、游刃有余的智慧。

三、在心史和信史之间

王蒙是一个主观姿态极强的作家。如他所言，他的许多小说，首先是诗篇。在《王蒙自传》中，对于内心世界的倾泻，成为其中分量最重的部分，也让我们对作家的创作心态有了更多的理解。古语说，肺腑而能语，医家面如土。王蒙的夫子自道，关于《歌神》与艾特马托夫作品的相关性，关于《球星奇遇记》与王蒙出任文化部长所产生的荒诞感的契合，都让我们大跌眼镜。当年有多少人为了《球星奇遇记》而感到困惑，简单地将其定位为王蒙对通俗文学的探索，却不曾领会一位不会踢球的人在被封为球星后阴差阳错的命运喜剧的底蕴何在。

作为当代中国的在场者，作为当代中国文学弄潮儿和见证人，王蒙在梳理自己的生命历程和心灵轨迹的同时，他的笔下也为我们留下了时代的云烟、文坛的沉浮。比如说，1957年的"反右斗争"中，是哪一级组织将曾经受到毛泽东保护和称赞的王蒙划为右派，就很值得捉摸，匪夷所思的是，正是王蒙的自我批判中的过度交代无限上纲，使自己陷入困境，为自己罗织了罪名。王蒙一再强调，尽管反右斗争出现那么多的差错，但是，新时期文学中官场出现的"横刀夺爱"、打击情敌的卑劣动机，却未必是历史的真实。是的，从道德上把被清算的对手搞垮搞臭，既是终南捷径，又容易赢得读者和观众的同情之泪，但是，历史的道德化、政治评判尺度向民间好恶尺度的暗转，在不同的情境下，在自视为在政治上是格格不入的对立面那里，都是屡试不爽的。当年在清算陈企霞的时候，就是从他的情人那里打开突破口，从而一举将顽强抵抗的陈企霞打垮，当《天云山传奇》和《芙蓉镇》也以这种手段塑造新时代的反派人物，我们不是也可以引申出更深入的思考吗？

还有王蒙对许多文坛和政坛人物的近距离的观察和描绘。胡乔木对高尔基的评价，不是随大流地称赞其《母亲》，而是肯定他的《克里木·萨姆金的一生》，就颇令人玩味，原来，我们认为是高度政治化了的胡乔木，他的审美趣味却远远高出于我们这些文学中人。周扬、夏衍、丁玲、韦君宜、冯牧、张光年等，也都以各自的音容笑貌令人眼热心动。从《季节》系列和《青狐》,到三卷本的《王蒙自传》,王蒙以相互参照和印证的方式,写出了当代中国文学进程的一个侧影,功莫大焉。

当然,对历史的追忆,总是有个人视点,也有回溯往事时有意无意的改写和偏移。王蒙对刘宾雁写作报告文学《人妖之间》的评述,就曾经遭到读者的质疑,是一篇报告文学引导了王守信的最终结局,还是先有判决,后有刘宾雁的报告文学?还有,在追忆往事的时候,王蒙在材料选取和情感评价上,对一些人,个人的爱憎色彩未免过于溢于言表,这又和他主张的"费厄泼赖应该实行",应该"宽容"云云,形成不相吻合的一面。因此,就形成了本文所言,心史有余,信史不足,坦诚有余,宽容不足。这些,都是我们的评价,对于王蒙来说,这些都不是最重要的,在他的情感洋洋洒洒地铺排的时候,一个真性情的作家形象也跃然纸上。这比那种一心要掩饰和拔高自己,把所有的笔下人物都夸成一朵花的写手来说,显然更具有人间烟火气,更贴近心灵的真实。

试说"中国的奥勃洛莫夫"

从《王蒙自传》谈到倪吾诚形象的典型意义

严家炎

作者介绍

严家炎,1933年生,上海人,笔名严睿、稼兮。1958年北京大学副博士研究生肄业。北京大学教授、博士生导师。北京市文学艺术界联合会副主席。1989年任中国现代文学研究会会长。1997年任全国丁玲研究会名誉会长。专业：20世纪中国文学史研究。

推荐词

王蒙说：写下这些我无地自容。也许这是王蒙的白痴，也许这是忤逆，是弥天的罪，是胡作非为，哪有一个人五人六能这样书写自己的父母，完全背弃了避讳的准则。是的，书写面对的是真相，必须说出的是真相，负责的也是真相到底真不真。我爱我的父亲，我爱我的母亲，我必须说到他们过着的是什么样的生活，我必须说到从旧中国到新世纪，中国人过的是什么样的生活。不论我个人背负着怎样的罪孽，怎样的羞耻和苦痛，我必须诚实和庄严地面对与说出。我愿承担一切此岸的与彼岸的，人间的与道义的，阴间的与历史的责任。如果说出这些会五雷轰顶，就轰我一个人吧。

读长篇小说《活动变人形》是在二十多年以前。那时吸引我注意并引发过许多思考的，是王蒙创造的倪吾诚这一富有深度的形象——我把他称作"中国的奥勃洛莫夫"，很想花时间写点什么，但这个愿望一直没有实现。《王蒙自传》的出版与生活原型王锦第的露面，触发了我的兴趣，促使我来勉力了却这个埋藏已久的心愿——虽然我完全无意于把艺术形象与生活原型等同起来。

我在20世纪50年代前半期阅读冈察洛夫的长篇小说《奥勃洛莫夫》。接着又读了革命民主主义者杜勃罗留波夫的论文《什么是奥勃洛莫夫性格？》。冈察洛夫用一种平静的不动声色的态度，极有耐心地去写一个并不喜欢的甚至是厌恶的人物，写出自己对生活的发现，这让评论家杜勃罗留波夫非常欣赏。杜勃罗留波夫认为，"奥勃洛莫夫现象"是农奴制经济占重要地位的"俄罗斯生活的产物"，是一种"时代的征兆"。而奥勃洛莫夫性格的主要特征,就是"彻头彻尾的惰性"。他可以整整一上午就躺在沙发上转许多不着边际的悬空的念头,却不肯花几分钟来做一件实实在在的事情。他教训自己身边的仆人察哈尔说:"难道我也得奔跑,也得做事?我难道是少了吃的?……托福上帝,我有生以来,还从来没有自己在脚上穿过袜子呢!"在奥勃洛莫夫家中,像察哈尔这样的仆人,就有三百个。奥勃洛莫夫是个绅士,是农奴主贵族家庭的少爷和老爷。"他从很小年纪起,就养成懒汉的习气了,因为有人服侍他,有人给他做事。"他只"喜欢幻想,而到了这幻想必须和现实接触的时候,他就害怕得要命"。因此,他"什么都不能干,不会干"。读书、翻译,都是开了一个头就又扔下,有始无终。婚恋,他曾经抱着胆怯的心情求奥尔迦做他的妻子,然而当奥尔迦说"你早应该这样做了",并且希望他在婚前把产业安排好时,他又退缩了,甚至不敢再在奥尔迦前露面。后来奥尔迦终于认识到自己完全看错了奥勃洛莫夫,因而改变主意,同另一个名叫斯托尔兹的富有进取精神的青年结了婚。在俄罗斯文学中,与奥勃洛莫夫同类的人物形象此前已经出现了不止一两个,像彼巧林、奥涅庚、罗亭、别尔托夫等,而奥勃洛莫夫应该说是其中最完整、最朴实、内涵也最丰富的一个典型。奥勃洛莫夫的出现，促进了俄国文学与俄国历史的发展。

如果说冈察洛夫用自己的艺术形象宣告了俄国农奴制灭亡的毫不足惜，从而推进了俄罗斯社会的转型，那么，王蒙通过小说中的倪吾诚形象和《王蒙自传》中的父亲王锦第这一人物，深刻揭示了中国社会在转型中所面对的种种令人难以想象的艰难与痛苦。中国社会的转型与俄罗斯社会当初的转型，基础和条件都有很大的不同。《王蒙自传》和《活动变人形》中都曾引述河北省南皮县县志记载的一首民谣：

>羊巴巴蛋，
>
>上脚搓，
>
>俺是你兄弟，
>
>你是俺哥。
>
>打壶酒，
>
>咱俩喝。
>
>喝醉了，
>
>打老婆。
>
>打死（读sa）老婆怎么过？

> 有钱的，
>
> 再说个。
>
> 没钱的，
>
> 背上鼓子唱秧歌。

这种"羊巴巴蛋上脚搓""打死老婆再说个"的极度贫穷、愚昧、落后、野蛮的生活，读着不能不让人感受到一种心灵的震撼。但这却是近代中国（不仅是北方）农村百姓所过的真实的日子！王锦第或倪吾诚所降生的故乡，不过又多了满眼望去都是白花花的盐碱地，于是更穷而已。农民如此，地主怎样？王锦第说：家乡的地主最希望的是让孩子早早吸上鸦片，或者教唆手淫，让他们早早成亲，这样就可以一辈子不离开乡土，不会受新思潮尤其是革命潮流的影响成为"乱党"了。小说中的倪吾诚，就受母亲之骗吸食鸦片，幸亏一年后发现两腿罗圈才惊醒挣脱出来。其实，也不只是王锦第老家的地主们这样做，即使在北京，一些大户人家、一些旧官僚、大地主家庭又何尝不这样做。话剧《北京人》里不是有个曾文清吗，他原先对生活还是有点想法的，但吸上了鸦片，后来再想离家出走，也不成了，就像鸟儿被剪了羽毛，飞不远了，出走了十天八天还得回来，实际上成了废物一个。老太爷曾皓，最关心的就是保护好那口十几年里已经油漆了上百次的棺材，供他死后享用。剧作家曹禺说，他是观察了好几个大家庭（包括孙毓棠的外祖父家）才在《北京人》里这样写的。可见，地主作为一个阶级，是在腐烂，是在无可挽救地败落，虽然同时也在分化。这就是旧中国的令人痛苦的现实。王锦第或倪吾诚个人总算走出了龙堂村或小说中的陶村，上了大学，还到国外留了三年学，这已是好大的幸运了。但他身上好像还有鬼魂在纠缠似的，使他终于一事无成。

王锦第或倪吾诚之所以成为"中国的奥勃洛莫夫"，认真分析起来，恐怕有多重原因，也有多重意义。

首先，王锦第或倪吾诚作为当地首富的独生子，而且又是遗腹子，也像奥勃洛莫夫那样，在地主家庭的娇生惯养中，培养了一种杜勃罗留波夫称作"彻头彻尾的惰性"的毛病。王锦第毕竟是"锦绣门第"的末代子孙。"他从很小年纪起，就养成懒汉习气了，因为有人服侍他，有人给他做事。"于是他衣来伸手，饭来张口，造成自己"什么都不能干，不会干"。——这些原来形容奥勃洛莫夫的话，都可以搬用到王锦第或倪吾诚身上。他养成了懒惰的习性。这种习性甚至影响到后来校内的学习,使他容易记住某些表层的东西,放松对事物内在机理的注意。他聪明,然而并不习惯于深入思考。并且还制造出一些说法来为自己的惰性辩护,说什么自己是"起了个五更,赶了个晚集"啦,自己并不懒惰只是客观条件压住了他潜能的发挥啦,等等。而惰性大了,也必然会产生它的伴生物,就是爱幻想。王锦第虽然没有像奥勃洛莫夫那样终生都待在地主家庭里,却已经像他一样成了一个永远生活在幻想中的人物。在现实中,他这不会干,那不会干;在幻想中,他却是巨人,能够做到一切。直到年近60岁时他还说:他的"人生的黄金时代还没有开始"(《半生多事》,第10页)。大约在20世纪60年代初,据说北大哲学系曾先后给王锦第派过两个学术助手,希望能帮助他出成果,后来却都是不了了之,无果而终。王锦第这种经常以幻想代替现实的病态心理,就构成了他一生既是悲剧更是喜剧的奇怪特点。在这个意义上,倪吾诚形象也就成为懒惰、好幻想、一事无成的代表,成为这方面的一个典型符号。

王锦第或倪吾诚之所以成为"中国的奥勃洛莫夫",另一个重要原因,是文化上接受了某些传统的迂腐观念的影响，尽管他本人并不自觉。王锦第或倪吾诚长大了是反传统的，但他毕竟出生于诗礼传家的环境中，从小受周围文化气氛的熏陶，不知不觉中又承袭了传统读书人的那套文化观念，认定什么是清高，什么是低俗。比方说，王锦第喜好清谈而蔑视实务，也轻视商人。他虽然当过高级商业学校的校长，然而自己最不会经商，也看不起经商。他宁肯自己进当铺当手表，当礼帽，但不肯开店赚钱。正像《王蒙自传》中所说的："他对俗务和他最缺少的银钱一万个瞧不起。他说过只要他的潜力发挥出来了，钱算得了什么？""他极喜欢花钱，却拒绝考虑如何挣钱与还债，更不要说节约与储蓄。"（《半生多事》，第12页）这种公子哥儿习气，常常把他自己家里弄得弹尽粮绝，几乎断炊。在小说《活动变人形》中，作者通过赵尚同之口说："像你这个样儿如果生活在欧洲、北美、苏俄、日本，不是得活活饿死吗？"中国儒家的文化观念是轻商的。"士农工商"，商在四民中居于末等。儒家讲究"君子喻于义，小人喻于利"，认为看重"利"的是"小人"，君子好像是耻于言"利"的。这种看法把"义"与"利"简单对立起来，其实是有很大片面性和副作用的。如果有人见利忘义，我们当然必须反对。

但"义"与"利"也是可以统一起来的。不能笼统地耻于谈"利"或不屑于谈"利"。通过自己诚实的劳动得来的"利",有什么不对?有什么不好?如果耻于言"利",最后就可能把"义"也架空而成为一句空话。春秋战国时代诸子百家中,法家就比较务实,商鞅在秦国很注意实行用"利"作为杠杆来调动各家各户积极性的政策,规定"民有二男以上不分异者,倍其赋",老百姓非常欢迎,仅仅十年就让秦国富强起来,做到了"道不拾遗,山无盗贼,家给人足"(《史记·商君列传》),还出现了吕不韦这样的大商人。汉朝初年也曾出现不少富商巨贾,但稍后独尊儒术,贬抑商业。文、景两代统治者对商人很不放心,下令将富商、侠客及其他"危险人物",集中迁徙到五陵原上加以管制监督。武帝时更实行盐铁官营,限制商业、手工业的活动。这就跟法家的政策大不相同。所以,即使说传统文化,对经商的态度也是很不一样的。看不起商人,其实并不能体现出什么"清高"。王锦第所接受的,就是这类陈腐或迂腐之见。从这个意义上来说,小说中的倪吾诚形象又是背负着古老文化幽灵的一个代表。

除了上述家庭背景和文化背景这两方面的原因外,使倪吾诚或王锦第成为"中国的奥勃洛莫夫"的更重要原因,应该说来自他本身的人生态度与思想性格。这是多重原因中一个决定性的原因。

倪吾诚或其原型王锦第,都热爱新文化,崇拜欧美,对旧中国的贫穷落后痛心疾首。他也很爱自己的孩子,尽力向他们介绍西方现代生活方式,教育子女不得驼背,天天洗澡,学会吃西餐,注意社交礼貌,这些虽属肤浅,总还算是有益的。他给孩子送礼物,也体现出他性格可爱的方面。问题出在他的生活态度中多了一些轻浮气,少了一份责任感,失去脚踏实地成就事业之志,却听任个人欲望无限蒸腾膨胀。以他对待家庭的态度为例,实在不能算是负责任的。按照小说的描述,倪吾诚与妻子姜静宜的婚姻,是由男女双方经过"相亲"而定下来的,两人同在县城中学读书,两家也都同意结为亲家,婚后一段时间过得相当快乐和谐,倪吾诚还依靠姜家的帮助实现了出国留学的梦想。然而,一旦愿望实现,情况就发生变化。倪吾诚留学回国后不久,逐渐见异思迁,爱结交年轻貌美新派洋派的女性,很舍得在这方面花钱,而对妻儿和全家人的生活开销却不能固定提供,有时甚至整月不给一文钱。自己也常常不回家。他还常用高人一等的"贵族议论贱民的神气"来评论静宜和孩子长针眼一类琐事。这些当然会引发家庭关系的紧张和冲突。有意思的是,在这种情况下,倪吾诚居然想出了安抚妻子的办法:塞给她一颗平时用来领工资的图章,好像自己愿意交出财权,引得姜静宜和全家一时皆大欢喜。直到妻子真到学校去领工资,才发现这是一场戏弄她的骗局(原来领工资的图章早已更换了)。终于激发出姜静宜的极度愤怒,把倪吾诚既让妻子怀孕又要求与她离婚的丑事在宴席上当众公开,使赵尚同在气愤中掴了倪吾诚三个耳光。小说借多声部叙事手法,让性格刻画与情节铺叙变得极为精彩,把倪吾诚侈谈"人道"却愚弄和欺侮弱者、过河拆桥、自私轻浮的人生态度揭示得淋漓尽致。作为小说,《活动变人形》当然会有想象和虚构的成分,作者在《王蒙自传》中就作过声明:"倪吾诚自杀的情节并非父亲的经历。"虽然如此,我们仍应该说:这部作品十分真实地再现了王蒙童年生活中那些"最最沉重的经验"(《半生多事》,第16页)。倪吾诚形象很大程度上可以与生活原型王锦第的作为两相重合。作者在小说的尾声部分也曾喃喃自语:这部书"也许不叫小说,应该叫历史"。王蒙在自传中谈到王锦第时说:"父亲受了龙堂的野蛮、沧州的野蛮的害,他自己也毫不留情地害着人。"(《半生多事》,第27页)又颇带象征意味地说:"他已经没有能力去思索了。正像他这个人,他有伟岸的身躯,几种外语的应付,然而他的腿是罗圈的与细瘦的。"言外之意,他是畸形的,并不能站稳自己的脚跟。在近代接受西方个体本位价值观念的众多新型知识分子中,有的人能够同时吸收传统道德中积极的内容和西方的法治观念,加强自身修养,正确地处理个体与集体、与社会、与他人的关系;有的人却误解这种思想,将个体本位观念等同于自私自利、仿佛可以任意损害他人利益,因而步入了歧途。小说中的倪吾诚形象,正是从一个特定方面或者说从反面,显示了自己的典型意义。它同样体现了中国现代化转型过程的艰难与痛苦。

写到这里,我突然想起三年前与任继愈先生的一次谈话(查日记,是在2005年7月7日)。那时《王蒙自传》第一部《半生多事》尚未出版。任继愈先生却和我主动谈到了王蒙的父亲王锦第,大约觉得这是个有点趣味的话题。任先生说:"王锦第是1952年院系调整时合并到北京大学哲学系的,人很聪明,留过学,去过解放区,喜好清谈,但说起话来有时让人感到大而无当,不着边际。好像他的打算很多,却从未见到有什么成果出来。为人想必很懒散，派助手给他也不起作用。"我那时根据《活动变人形》中倪吾诚留给我的印象，接茬聊了几句。那次谈话记在日记中的，却只有很简单的大意。第二年读到正式出版的《王蒙自传》第一部《半生多事》，觉得完全可以与任继愈先生的谈话相互印证。

这次再与小说《活动变人形》对照着读，就觉得许多地方令人深思。尤其《半生多事》第14页上王蒙说的那段极为沉痛的话，使我震动。王蒙在提到"父亲的最后一招是真正南皮潞灌龙堂的土特产"之后，这样说：

> 写下这些我无地自容。也许这是王蒙的白痴，也许这是忤逆，是弥天的罪，是胡作非为，哪有一个人五人六能这样书写自己的父母，完全背弃了避讳的准则。是的，书写面对的是真相，必须说出的是真相，负责的也是真相到底真不真。我爱我的父亲，我爱我的母亲，我必须说到他们过着的是什么样的生活，我必须说到从旧中国到新世纪，中国人过的是什么样的生活。不论我个人背负着怎样的罪孽，怎样的羞耻和苦痛，我必须诚实和庄严地面对与说出。我愿承担一切此岸的与彼岸的，

人间的与道义的，阴间的与历史的责任。如果说出这些会五雷轰顶，就轰我一个人吧。

我作为一个读者，完全支持王蒙这番对历史负责、敢于说出真相的态度，认为这是我们国家和人民真正有希望的所在。

敢问谜在何方?

梁衡散文《觅渡,觅渡,渡何处?》简析

张 恒

作者介绍

张恒,退休前为山西大学中文系教授。

推荐词

在梁衡笔下,自然景观的描绘可谓曲尽其妙;而他遣词之讲究,用语之精致更可谓呕心沥血。但是,他所更加呕心沥血地致力的,却绝不仅仅是一种表层美的铺陈与渲染,而是一种更深入肌理的求索和洞察,一种对水光山色中蕴贮的性灵的点化和对人类生存意义的昭示。

对于梁衡的散文，应该说笔者还是比较熟悉的。80年代，梁衡作为中央一份大报的记者驻节山西，公务之余，涉足文苑，不久就因《晋祠》一文入选中学课本而声名鹊起。后又有《夏感》一文也选入中学课本。其时，我与梁衡已有文字之交，遂欣然为之命笔，赞赏此文。再后，梁衡奉调北京，又蒙错爱，有《只求新去处》与《名山大川感思录》两本散文集见赠。于是，在纵览其全貌后，又撰一文对梁衡的散文作了一番总体评价。

那时，我最叹服的是梁衡散文的美，尤其是他所表现的山水的美。

在梁衡笔下，自然景观的描绘可谓曲尽其妙；而他遣词之讲究，用语之精致更可谓呕心沥血。但是，他所更加呕心沥血地致力的，却绝不仅仅是一种表层美的铺陈与渲染，而是一种更深入腠理的求索和洞察，一种对水光山色中蕴贮的性灵的点化和对人类生存意义的昭示。于是，在他旖旎缱绻的摹写中，苏州园林宛然成了一本"立体的书"，"清、奇、古、怪"的吴县四柏，也成了中国古人四种文化性格的喻体；而泰山，则成了人"与天对话"的所在，那岱顶的巨石就仿佛"上天在他的大门口为人类准备"的"进见的丹墀"；武夷山呢？又成了一个可以"使人升华，教人回归"，纯得能令人产生"宗教式向往"的"让人销魂铄骨的""暂栖身心的港湾"。就连中共中央高级党校的一片绿树，也成了"思绪的凝聚"，"它们盘地而起,如塔如钟，贮满深思，然后又渐渐收拢枝叶，束起长矛似的尖顶，带着一种神圣的启示直向云天刺去"。在这里，山水——已经是被一颗充满诗意的心所濡染的山水，更是被一颗睿智的心所过滤的山水。那出神入化之中所飞进的星星点点理性之光，所荡漾的明明灭灭的精神风采，不仅可以使人获得一种清新别致的审美愉悦，而且更可以给人一种醍醐灌顶式的思想启迪。

于是，我将我的那篇评析梁衡散文的拙文定名为"用哲人式的诗心透视山水的美"。

于是，我借用30年代散文大家许地山关于散文应具有"人生宝、智慧宝、美丽宝"的"三宝"说立论，认为"美丽宝"是散文外在的美，"智慧宝"是散文内在的灵气，"人生宝"则是散文作家从自己描写对象中所研阅出来的一种体认，一种品悟，一种识见过人的独特诠释。散文作家，真正做到"三宝"皆具并非易事，倘若要做到又要达到相当境界，更是难乎其难。而梁衡却实在可以称得上是这方面的佼佼者。

我的评析绝无溢美之意。而当我近日拜读了梁衡的散文新作《觅渡，觅渡，渡何处？》后，则对自己的立论，似乎更感到一种坦然和踏实。

《觅渡，觅渡，渡何处？》是一篇写瞿秋白故里也是缅怀这位革命家事迹的散文。为了这篇散文，梁衡第一次瞻仰了常州瞿秋白纪念馆后，又连续去过两次。为了这篇散文，他六个年头"看不清摸不透，无从写起但又放不下笔"。但是，当这篇散文终于面世后，梁衡开宗明义所阐述的，仍然是"瞿秋白实在是一个谜"。

瞿秋白，让梁衡解读了六年。那么,我们应该如何解读梁衡的解读呢？

瞿秋白是一个谜，敢问谜在何方？

梁衡说，瞿秋白"一开始就不是一个舞枪弄刀的人"，他"苍白的面容",是"多么秀气"。他的文学、篆刻、医术当时均属一流,而短短几年五百万字的译著更证明了他的俄文水平的举世无匹。就是说,只要他随便拔下"一根汗毛",无论从哪一方面"悉心培植",都可以名满天下。然而,他却从事了似乎与他的才华相距遥遥的事业,以"书生之肩,挑起了统帅全党的重担,发出了武装斗争的吼声"。后来,他始为右倾主义者所排挤,继为国民党反动派所捕获。在生死关头,出身于士绅之家的他却没有变节投降,而是"以柔弱之躯演出了一场泰山崩于前而不动的英雄戏",用俄文唱着《国际歌》,以36岁的盛年而从容赴难。那么,是什么样的力量在支持着他呢?信仰的力量固然不能忽视,但难以解释的是为什么出身工人的向忠发、顾顺章一旦被捕辄顿成叛徒。因此,只有通过中华传统文化的更高层面,也许我们才能真正找到瞿秋白视死如归的答案。

1283年,47岁的文天祥断然拒绝元世祖忽必烈的亲自劝降,英勇就义。他在遗书中写道:"孔曰成仁,孟曰取义,惟其义尽,所以仁至。读圣贤书,所学何事,而今而后,庶几无愧。"1402年,45岁的明代大儒、建文重臣方孝孺被攻破南京的燕王朱棣俘虏,朱棣亲自召见,请其草登基诏书。

方却戴孝上殿,恸哭詈骂,奋笔写下"燕贼篡位"四个大字,慨然就死。后人谓之"忠耿之臣,视刀锯鼎镬甘之如饴;百世而下,凛然犹有生气"。文天祥、方孝孺何以如此"凛然",就是因为他们"读圣贤书"。是圣贤的遗训以及由此而奠定的中国伦理精神的不断熏陶,使他们深深懂得"君子喻于义,小人喻于利",懂得"三军可以夺帅,匹夫不可夺志",深深懂得应将"杀身成仁""舍生取义"作为人生的最高信条。因此他们才能这样威武不屈,以身殉节。瞿秋白所承袭的,正是这种可贵的伦理精神。正是这种精神与自觉皈依的革命信仰融为一体,他才能获得"像轨道的延伸一样坚定"的"理性的力量",从而"振臂一呼,跃向黑暗""毅然举全身而自燃",义无反顾,义薄云天,写下了壮丽而又壮烈的不朽篇章。这一点,也是向忠发、顾顺章之辈永远无法企及的。

梁衡又说,瞿秋白的牺牲,本已"惊天地动鬼神",画下了"功彪史册"的"完整的句号"。然而,他却偏偏"抢着写了一篇《多余的话》"。在这个世上有多少人都在挖空心思为自己涂脂抹粉,隐恶扬善,而恰恰是本可令后人仰之弥高的他,却要在临死之前,将自己的灵魂作了一番毫无遮拦的剖析。他剖析个人的"渺小"和"愧对党的领袖"之称,他剖析在政治责任和文学爱好之间的自相矛盾,他剖析自己的"多重色彩"。当别人看到"他是一个光明的结论"之时,他却"非要说一说这光明之前的暗淡,或者光明后面的阴影"。这,让一般人看来可"真是多余"。那么,这又该如何解释呢?恐怕,我们还得通过中华传统文化的更高层面去探究其原因。

晋代名臣陶侃,年轻时为"监鱼吏",曾利用职权送几条鱼给母亲,母亲将鱼封了退回,并责备他"以官物遗亲,是不廉而干法"。后陶侃终生不忘母训,清风两袖,饮誉朝野。他在逝世前辞官回乡,仍将牛马舟车等公产一一点清,亲自加封,自己却别无长物。宋代词人晏殊,七岁时获神童之名。后被荐破格与千名进士一道参加殿试。考题拿到手后,他主动报告"这题十天前曾作过,请另拟!"一时传为美谈。陶侃、晏殊何以如此诚实,同样是与他们恪守古代圣贤所倡导的道德原则分不开的。中国社会对于志士仁人的要求向以"修身为本",而"修其身"必先"正其心","正其心"必先"诚其意";"君子坦荡荡,小人常戚戚",不断地反躬自省,方可"内圣外王",人人皆成尧舜。瞿秋白所履行的，正是这种高尚的道德原则。这种原则与革命志士的襟怀坦白合而为一，他才能无情地操起解剖刀似的犀利之笔，如实地录下自己的煎熬、自己的痛苦，将自己"行将定格的人生价值"又推到一个新的高度。

瞿秋白是一个谜,敢问谜在何方?

谜就在他的脚下。

因为，瞿秋白已经用他走过的路雄辩地证明，这位英年死难的革命家，首先是一个继承着中华古代先圣先贤高贵传统的君子，是一个中华宏大的人文精神所塑造的精英，是一个凝聚着我国伦理精华和道德精髓的伟丈夫。这位伟丈夫是从故居觅渡河出发而踏上革命之路的。这条路对于他，原本就是一条不协调的路，不和谐的路，不平衡的路。然而，当他终于被新兴阶级的哲学所武装，坚信"光明和火焰从地心里钻出来的时候"，中国古老的文明铸就于他的仁心义胆，就会为他的新生活蓬勃出无限的生机,而使这条不协调、不和谐、不平衡的路终于化成一条无悔的路、不归的路，一条捧出身心奉献于神圣祭坛的自觉的牺牲之路。也许正由于此，瞿秋白在中国共产党的英雄谱上，才更加显得卓然不群、光彩四射，而"像一幅永远读不完的名画"，令后人肃然起敬而又扼腕长叹。与瞿秋白交谊甚笃的鲁迅先生，曾以"人生得一知己足矣,斯世当以同怀视之"一联相赠。先生如此敬重瞿秋白，恐怕道理也在于此。

这，就是我对梁衡这篇散文的粗陋的解读。

散文创作，贵在求新，贵在求奇。"傍人藩篱，拾人咳唾"是绝无出息的。为此，明人谢榛曾提供了一条宝贵的经验，"凡构思当于难处用工，艰涩一通，新奇迭出"。而为了通"艰涩"，出"新奇"，就不仅需要作家具备过人的慧识，还需要作家能够"钻坚求通，钩深取极"即具备勤于钻探的恒心，精于钩沉的毅力以及在艺术上追求至极至美的韧性战斗精神。为一篇散文而构思六年，可以说，梁衡是一丝不苟地实践了这一点的。

在创作上，梁衡尝自比为"苦行僧"。谓之"越写越怕，越写越苦"。所以，他每写一篇作品都像"登楼梯一样"；每写一篇作品都要"将自己置之死地""经历一次蝉蜕皮式的痛苦"。有鉴于此，他曾写过一首打油诗："创作苦，朝朝暮暮，梦魂萦绕，牵肠又挂肚。创作苦，崎岖小道，山重水复，时时疑无路。创作苦，沙海征途，又得蜃楼，割爱一笔涂。"吃苦正是为了求新、求奇。创作，本来就是艺术家的炼狱,没有如此这般苦的洗礼,怎么能铸就一颗哲人式的诗心?又怎么能用这样的心去透视美,创造美,从而使自己的作品成为真正的美丽之宝,智慧之宝,人生之宝呢?

真正殚思竭虑到这样的境地,我想,梁衡的成功就绝不是偶然的。

仓颉的灵感不灭,美丽的中文不老

读余光中《听听那冷雨》兼谈其散文的诗性表述

钱 虹

作者介绍

钱虹,笔名金巩。南京市人。1982年毕业于华东师范大学中文系,后在该校获文学硕士、文学博士学位。2002年调同济大学任文法学院副教授、教授。著有专著《女人·女权·女性文学——中华女性的文学世界》《缪斯的魅力》,与他人合著《香港文学史》《中国当代文学作品自学辅导》《台港文学名家名作鉴赏》,编著《庐隐选集》《庐隐集外集》《庐隐散文选集》《香港女作家婚恋小说选》等。

推荐词

《听听那冷雨》是一篇非常独特的抒情散文。之所以独特,首先在于它是一曲充满诗的韵律、节奏与灵气的文学乐章。把它拆开来,每一句都是经得起推敲咀嚼的诗行;合起来,就组装成一篇深广幽远的抒情散文。

《听听那冷雨》是被誉为"右手写诗左手写散文,成就之高一时无两"(梁实秋语)的余光中先生的散文代表作之一。此文不仅几乎成为各种版本的作者文集中散文卷必不可少的"看家菜",而且已成为海峡两岸多家中国现代文学作品选集中的"拿手戏",甚至近年还被选入全国性高等学校文科类教科书,成为文学院诸专业学生必修的"精读篇目"之一。海峡两岸的众多选家如此英雄所见略同,这不能不引起我们对《听听那冷雨》的足够的重视与关注。

一

在作者为数众多的散文小品中,《听听那冷雨》是一篇非常独特的抒情散文。之所以独特,首先在于它是一曲充满诗的韵律、节奏与灵气的文学乐章。把它拆开来,每一句都是经得起推敲咀嚼的诗行;合起来,就组装成一篇深广幽远的抒情散文。关于这篇散文的描写特点,有的教科书上是这样写的:"作者通过对台湾春寒料峭中漫长雨季的细腻感受的描写,真切地勾画出一个在冷雨中孑然独行的白发游子的形象,委婉地传达出一个漂泊他乡者浓重的孤独感和思乡之情。"除了第二句中"白发游子的形象"不免有点牵强附会外(作者写作此文正当不惑之年,尚不至于已白了少年头吧?),这样的归纳似乎也说得过去。然而,问题的关键是,作者如何将台北的春雨跟"漂泊他乡者浓重的孤独感和思乡之情"联系起来?笔者认为,恰恰在于作为诗人的作者,深谙汉语尤其是汉诗的语义具有象征、隐喻、双关等修辞丰富微妙的多重性特点,换句话说,作者是以吟诗的方式来构思这篇散文的。作者曾在《剪掉散文的辫子》一文中说过:"一位诗人对于文字的敏感,当然远胜于散文家。"而散文家,尤其是从不写诗的人与诗人最大的区别,就在于诗人能将一个平平常常、普普通通的字眼,嵌入文中而成为寓意深刻、不同凡响的意象。先说一个"冷"字。"听听那冷雨",雨的声音可听,那雨的冷暖也是可听的么?这在形式逻辑上是不合情理的悖论,但在特定的汉语语言环境尤其是在诗的意境中，却成了传递作者的思想情感、具有多重象征色彩的意象，它带给读者的心理暗示不仅仅是雨的状态，也是人的感觉，还隐喻着作者所处的时代与环境。该文起首一句"惊蛰刚过，春寒加剧"，"冷"字加上"寒"字，恰如其分地表现了作者处于彼时彼地精神上忧郁阴冷而又无法摆脱的真切感受，"连思想都是潮润润的"。该文最初发表时文末附：1974年春分之夜。这就不仅记载了本文的具体写作时间，而且点明了作者彼时彼地的创作心境：从1949年至1974年，意味着海峡两岸阻隔已整整二十五年，"四分之一的世纪，即使有雨，也隔着千山万山，千伞万伞。二十五年，一切都断了"，隔断了的不仅是海峡两岸的政治、经济、文化和人员的自由往来，更在于年复一年地隔绝了来鸿去雁的书信、亲人故旧的音讯和大陆故土的真实消息。作者在文中说，唯一不断的，"只有气候，只有气象报告还牵连在一起"。这真是唯一不断的么？气象报告相牵连显然只是明言，明言之内更有隐情，这隐情就是离别二十五载的游子对大陆故土"剪不断，理还乱"的思念之情，"雨里风里，走入霏霏令人更想入非非"。一个"想"字，将这一隐情的谜底揭晓。于是，紧接着气象报告之后的几句就辞通意顺了:"大寒流从那块土地上弥天卷来,这种酷冷吾与古大陆分担。不能扑进她怀里,被她的裙边扫一扫吧也算是安慰孺慕之情""这样想时,严寒里竟有一点温暖的感觉了"。倘若没有这"千山万山,千伞万伞"隔不断的"想"字作为心理铺垫,"酷冷"如何能在刹那间变得"温暖"?这从字面上、哪怕是气象学上是很难解释得通的。

二

《听听那冷雨》与作者为数众多的散文小品遒劲刚健、雄奇瑰丽以及幽默风趣的艺术风格不同的是,它显得低回委婉、沉郁缠绵,甚至还有一种一唱三叹、余意绕梁、不绝于缕的幽远深长的况味。它通篇写冷雨,写乡愁,写无可奈何的离怨,写绵长凄清的回忆,却丝毫未给读者留下阴霾重重、沉闷冗长的阅读印象,这主要得益于作者充分调动诗歌创作的深厚积累与艺术手段,将其化入文中对事物进行多方位的形象描绘。最明显的,是"有声"的乐感。60年代初,余光中先生在台湾第一个喊出了"散文革命"的口号,他尖锐地批评了三种留着辫子的落伍于现代文学运动的散文:一是食洋不化的假洋鬼子和食古不化的迂腐学究的散文;

二是伤感滥情、一味堆砌形容词的花花公子的散文；三是专门生产清汤挂面、毫无滋味的洗衣妇的散文。他提出散文作品的标准，应是"有声、有色、有光"。这使我们想起了"五四"时代的闻一多。这位新月派诗人针对"五四"新诗在挣脱格律的藩篱之后出现过于散漫、淡而无味的倾向而提倡诗的"三美"：音乐的美、绘画的美、建筑的美（《诗的格律》），其中也将"有声"（音乐的美）放在首位。虽然对散文的要求非诗可比，但"有声"至少强化了文字的音乐感却是无疑的。汉语语言本身就有不少修辞手段以增强其音乐感，如双声，如叠字等。《听听那冷雨》的作者深谙其中的奥妙，他在散文中有意识地利用了汉语特有的修辞手段，努力开拓散文具有诗一般的"可歌性"，即不仅娱人以目、感人于心，还特别讲究诵之于口、悦之于耳。为此，作者十分注意语词的音韵之美，化古求新，更兼创意。几乎在每一个自然段中，都嵌入了一系列叠字或双声词，从首段中的"料料峭峭""淋淋漓漓""淅淅沥沥""凄凄切切"，到末段中的"干干爽爽""回回旋旋"，粗粗算来，竟有二三十个之多（其中还不包括"看看""听听"等多次重复的单叠字）。至于"淅沥淅沥淅沥""清清爽爽新新""轻轻重重轻轻""细细琐琐屑屑""忐忐忑忑忐忑忑",一连串的叠字叠句,自然令人想起李清照的《声声慢》,然而作者为加强本文语言的"有声"并非仅仅师承而更注重创新,如"雨气空濛而迷幻,细细嗅嗅,清清爽爽新新",出神入化地使此句具有如诗如歌的音乐效果。当然,文中的叠字也有个别的稍嫌生硬拗口,如"咀咀嚼嚼""间间歇歇",后者若换成"停停歇歇"或许更顺口些?

当然,本文的音乐感还并不仅仅表现为叠字、双声等修辞手段,更在于不少句子本身就是或婉转回旋或铿锵有力的歌词式诗化散句,如"气象台百读不厌门外汉百思不解的百科全书""雨在他的伞上这城市百万人的伞上雨衣上屋上天线上雨下在基隆港在防波堤海峡的船上,清明这季雨""雨是一种单调而耐听的音乐是室内乐是室外乐,户内听听,户外听听,冷冷,那音乐"。类似不加逗点的长句与两三字的短句参差相间,在文中构成了抑扬顿挫的音乐旋律。烘托作为一种艺术手段,目的在于使所要表现的事物鲜明而突出。"听听那冷雨",如何表现出听雨的效果呢?在本文中给人印象最深的,是描绘从细雨到豪雨落在屋顶上的各种音响,以烘托"细雨"的不同氛围与心理感受。从听雨珠"各种敲击音与滑音密织成网,谁的千指百指在按摩耳轮";到"听台风台雨在古屋顶上一夜盲奏""整个海在他的蜗壳上哗哗泄过";再到"滔天的暴雨滂滂沛沛扑来""弹动瓦屋的惊悸腾腾欲掀起",这一切音响这一切描绘,将作者从"春雨绵绵听到秋雨潇潇,从少年听到中年"的"听雨"心境和怀旧情愫,化作了一支"属于中国"的"古老的音乐"。因此,说《听听那冷雨》是一首抒发作者难以消解的中国情结的"敲打乐",一支"钟整个大陆的爱"的咏叹调。是一点也不为过的。而且"那古老的音乐,属于中国"。

三

其次为"有色"的辞采。作者早在60年代构建"现代散文"的理想时就提出"弹性、密度、质料"三要素。"弹性"强调的是对各种语言,包括古文、西语在内的"将彼俘来,自由驱使"(鲁迅语),不拘一格,兼容并蓄;"密度"突出"对于美感要求的分量",作者形象地将其形容为"左右逢源,五步一楼,十步一阁,步步莲花,字字珠宝";"质料"是关乎遣词造句的艺术功力,"对于文字特别敏感的作家,必须有他专用的字汇;他的衣服是定做的,不是现成的"。具体而言，即散文虽以现代白话为书写手段，"看来好写，但要写好却很难"，这里涉及的不光是作者的才学渊博、性情真率与否，更要有遣词造句方面的独特创造和艺术表现力，也就是我们常说的文采斐然。前面说过，作者在本文中充分调动其诗歌创作的深厚积累与艺术手段，对事物进行多方位的形象描绘的同时，还将多重含义丰富的意象嵌入文中，构筑优美的艺术意境。这些意象通过比喻、对照、联想等等多种表现手法，将自然界的雨与浓浓的中国文化情结渲染得多姿多彩、风光十足。

先看比喻。人常说比喻是蹩脚的，然而在作者的笔下，比喻则显得摇曳多姿。明喻如"天，蓝似安格罗·萨克逊人的眼睛；地，红如印第安人的肌肤"，美国西部的天地景致立刻在眼前变得鲜艳夺目，仿佛触手可及；还有"急雨声如瀑布，密雪声比碎玉"，竹楼上听雨的共鸣确实有点惊心动魄。隐喻如"想这样子的台北凄凄切切完全是黑白片的味道，想整个中国整部中国的历史无非是一张黑白的片子"，"雨，该是一滴湿漉漉的灵魂"等句，则让人在读意味深长、闪烁着思想火花的哲理诗。而只用喻体指代本体的借喻，在本文中也多次出现，如"温柔的灰美人来了，她冰凉的纤手在屋顶拂着无数的黑键啊灰键","灰美人"的借喻使人眼前一亮,犹如聆听一则美丽的童话,它可比干巴巴的"冷雨淋湿了屋顶的黑瓦灰瓦"生动形象多了;还有"二十年来,不住在厦门,住在厦门街",以"厦门"指代大陆;"厦门街"喻示台北,一字之差,却是不同地理概念,相隔的则是"整整四分之一的世纪"。

对照亦是对比,本文中的汉字"雨"的象形特点与"rain""pluie"等外国拼音文字的两相比较,以及美国"落基山簇簇耀目的雪峰,很少飘云牵雾"的单调,与台湾溪头"树密雾浓,蓊郁的水汽从谷底冉冉升起,时稠时稀,蒸腾多姿、幻化无定"的微妙,形成多么鲜明的反差,字里行间,阐发的是对中国文字、中国山水之美的独特感悟与引以为豪。

联想是作者艺术想象力的翅膀,插上它便可无拘无束地翱翔在散文的苍穹。身兼诗人的作者,在文中的联想既奇特又别致,既丰富又精妙。从"杏花、春雨、江南"六个方块汉字,跳跃性地闪现出辞书中的"雨"部,"美丽的霜雪云霞,骇人的雷电霹雳""古神州的天颜千变万化悉在望中"。从"在日式的古屋里听雨",听时回忆的触角早已伸向江南,"江南的雨下得满地是江湖下在桥上和船上,也下在四川在秧田和蛙塘下肥了嘉陵江下湿布谷咕咕的啼声"。诸如此类的奇思妙想中,蕴含着多么深厚的文化积淀与深广的时空内容!

四

最后谈谈"有光"的神韵。所谓"有光",其实也只是一种比喻,即具有艺术上的闪光之处。一篇好的散文,在辞能达意并给人以美感的同时,还要有一定的艺术创造性。作者的表现手段应当丰富多样,艺术想象力应当出神入化,以达到"心有灵犀一点通"的艺术境界。例如"通感"就是各种艺术中运用的综合手法之一。作者在本文中调集了诗歌创作中较为常见的多种感觉方式,如听觉、视觉、嗅觉、味觉、触觉等感觉的沟通交融,将少年时代的回忆、古典诗画的意境与现实生活中的感受融为一体,化抽象的文字为形象的图画,化枯燥乏味为有声有色。一般人描写雨多以自然雨景或雨中物品,如雨伞、蓑衣为常见,而《听听那冷雨》的作者却别出心裁地从天上的雨走进汉字"雨"的象形文字的独特构造,并加以奇妙的借题发挥:"凭空写一个'雨'

字,点点滴滴,滂滂沱沱,淅沥淅沥淅沥,一切云情雨意,就宛然其中了。视觉上的这种美感,岂是什么rain也好pluie也好所能满足?"由"写"一下子转到"听",调动了视觉与听觉的感受。还有,"听听,那冷雨。看看,那冷雨。嗅嗅闻闻,那冷雨。舔舔吧那冷雨。"这几个五官专用的动词放在一起,就不仅仅是听觉和视觉的感受了,还聚集了嗅觉和味觉的"联觉"反应。敢于在散文中创造性地使用前人未曾用过甚至不敢用的新词妙语,化腐朽为神奇,这正是《听听那冷雨》最为突出的闪光点。因为这雨来自仓颉创造了美丽的方块汉字的"古大陆",正如离乡多年的海外游子,突然见到朝思暮想的故乡的泥土会忍不住与之亲吻一样,"雨不但可嗅,可亲,更可以听"。于是,"听听那冷雨",逻辑学家不可思议、甚至目瞪口呆的悖论,却在作者的笔下通过艺术的通感而不解自通。

文学是语言的艺术。余光中先生从50年代始即醉心于现代诗的创作实践,他在解释散文创作"三要素"中的"弹性"时说,"弹性""是指散文对于各种文体各种语气兼容并包融合之间的高度适应能力;是采用各种其他文类的手法及西方句式、古典句法与方言俚语的生动口吻,将其重新熔铸后产生的一种活力"。在本文中,作者充分显示了谙熟中文西语的艺术功力,不仅努力开拓散文具有诗一般的"可歌性",还在散文的句式上,洋为中用,古为今用,长短参差,"弹性"十足。例如"也许是植物的潜意识和梦吧,那腥气""那些奇岩怪石,相叠互倚,砌一场惊心动魄的雕塑展览,给太阳和千里的风看",都是典型的西式倒装句,这些西式倒装句与文中的诗化散句参差相间,充分展示了作者敢于在散文中摈弃陈词、锻铸新语的创造精神。"听听,那冷雨""听听那冷雨"。类似的短句在本文的起承转合中一唱三叹,萦回往复,产生了一种"大珠小珠落玉盘"的听觉效果。

不仅如此,更奇妙的是,作者以文字与音乐和诗画结缘,对各种音响效果的形象描绘,"合意象与声响成为主体的感性,更因文意贯穿其间而有了深度"。比如,"雨来了,最轻的敲打乐敲打这城市,苍茫的屋顶,远远近近,一张张敲过去,古老的琴,那细细密密的节奏,单调里自有一种柔婉与亲切,滴滴点点滴滴,似幻似真,若孩时在摇篮里,一曲耳熟的童谣摇摇欲睡,母亲吟哦鼻音与喉音。或是在江南的泽国水乡,一大筐绿油油的桑叶被啃于千百头蚕,细细琐琐屑屑,口器与口器咀咀嚼嚼"。其中不但"有声"(母亲哼的摇篮曲与蚕啮桑叶之音),而且"有色""有光(画)":肥嫩的桑叶是"绿油油的",白白胖胖的蚕宝宝蠕动于其间,一幅色调多么鲜活生动的江南四月蚕花图!所以,"有声、有色、有光"其实往往是浑然一体、密不可分的。文中最典型的要数描绘70年代的台北水泥公寓取代了有瓦的古屋而引起作者的感叹:"现在雨下下来下在水泥的屋顶和墙上,没有音韵的雨季。树也砍光了,那月桂,那枫树,柳树和擎天的巨椰,雨来的时候不再有丛叶嘈嘈切切,闪动湿湿的绿光迎接。鸟声减了啾啾,蛙声沉了阁阁,秋天的虫吟也减了卿卿。"这一段描写中,真可谓音响丰富,色光俱全,把雨的音韵、树的绿光、动物的鸣声全都纳入笔端,汇成一部雨中台北的"MTV"。

"听听那冷雨"。这雨,可真的是——"冷雨"。

有情有韵　动人心目

余光中幽默散文《催魂铃》赏析

古远清

作者介绍

古远清，1941年生，广东梅县人。1964年毕业于武汉大学中文系。中南财经政法大学教授，台港澳暨海外华文学研究所所长，国际炎黄文化研究会副主席，华中师范大学博导评委，中南财经政法大学中文系世界华文文学研究所所长。有著作《中国大陆当代文学理论批评史》《台湾当代文学理论批评史》《香港当代文学批评史》《诗歌修辞学》《诗歌分类学》《海峡两岸诗论新潮》等出版。

推荐词

这是一篇辞采丰美的幽默散文。

这是一篇辞采丰美的幽默散文。"催魂铃",其典出自《封神演义》。"演义"写一位手执怪铃的邪道之士,当在战场上快败下阵时,便取出铃铛吓唬对方。对方只要一听到颤颤的一串铃声,便魂飞魄散,随即倒卧地上。这催魂铃之厉害,于此可见一斑。

　　余光中巧用这个典故贬电话,在开头一段写电话铃有如催魂铃:"那一叠连声的催促,凡有耳神经的人,没有谁不惊然惊魂,一跃而起的。"这是用夸张手法写电话铃的"恐吓"作用。这夸张之所以能为人们接受,是因为电话铃响多了,的确干扰人们的工作。尤其是一位作家,骤起的铃声极容易打断思路。大概是作者经常受电话骚扰,便积蓄了一大堆怨气向电话发泄,像是真的在向电信局"投诉",向电话发明者"控诉",摆事实,列"罪状",煞有介事,读后令人捧腹。

余光中不仅有幽默的实践,而且有一整套的幽默理论。在《幽默的境界》中,他认为幽默是"荒谬的解药"。"凡是过分不合情理,过分违背自然,都构成荒谬。"大家知道,电话的发明和使用,给人带来节省时间的许多方便,是社会进步的象征。如不是这样,余光中的书房里也不会安电话。但这电话,在他家里不是一人专用,而是全家共用,处于"一对五票的劣势",再加上用时必限时接听,限时作答,这就过分违反自然,便成了荒谬。顺着这荒谬的逻辑演绎下去,于是便有"电话之多,分布之广,就像工业文明派到家家户户去卧底的奸细";就像"肘边永远伏着一枚不定时的炸弹""那高亢而密集的声浪,锲而不舍,就像一排排嚣张的惊叹号一样,滔滔向你卷来"。这里的五彩缤纷、六音俱至的意象,也像一排排嚣张的浪花滔滔向读者袭来。作者用军事作战用语"奸细""炸弹"去"咒"电话,是庄词谐用,大词小用,因而取得一种特有的荒谬的"解药"效果。这不能当做一般的俏皮话看待,作者后面说到匪徒可以用电话害人,电话有时的确可以起到"奸细"或"炸弹"的作用。

余光中还指出:幽默的另一作用是"反膨胀""好像

一帖泻药，把一个胖子泻成瘦子那样"。鉴于有人把电话的作用无限"膨胀"，因而余光中特反其道而行之，历数它的"罪状"，说"王维的辋川别墅里，要是装了一架电话，他那些静绝清绝的五言绝句，只怕是一句也吟不出来了"。这种奇思怪想，是典型的余光中式的。尤其是三个"绝"字联用，更叫人拍案叫绝。不满足于此，作者又说古代如果有了电话，一个电话就可以把刘十九召来，那我们就读不到白居易的"晚来天欲雪，能饮一杯无？"那样动人的诗句了。作者由此又怀念起古人鱼雁往返的诸多好处，还在结尾说希望人们今后少给他打电话，多给他写作为"心声之献酬"的书信。这样一来，真把过分膨胀了的电话"胖子"一下泻成"瘦子"了。

幽默不等同于讽刺。在《催魂铃》中，幽默针对的并不是电话本身，而是电话所产生的负效应。余光中怀念书简"可以随时展读，从容观赏"的好处，确实是来源于严肃——这正像电脑换笔，不少读者、编者仍喜欢作家的手稿，而不喜欢毫无感情色彩的电脑打字一样。故余光中赞赏"最温柔的艺术"，不能和撤销电话乃至消灭电话的偏激看法混为一谈。如果真有人以为余光中拒绝使用电话，那他对作者的幽默反应便不是吸铁石而成一块木头了。那作者对电话说了那么多俏皮话也就无异于"枉抛珍珠付群猪"了。

好的幽默家均两手出击：一手揶揄别人，一手嘲弄自己。《催魂铃》在嘲别人方面，获得了极好的艺术效果。如文中写的那个古人殷洪乔，简直像道具一样，被作者连续呼唤数次"使用"：一会儿用反讽手法写他"不甘随俗浮沉"，一会儿借用"洪乔之误"外加"周末之阻"为书信的迟复辩解，一会儿又把殷洪乔当邮差的普通名词用，说自己像"现代的殷洪乔"，成了"五个女人的接线生"。殷洪乔既然上过《世说新语》，成了任诞趣谭，他当然也可在《催魂铃》中为自己解构电话服务。不仅古人可以用来为我服务，就是家中的五位女人，也可以借她们打电话时哼哼唧唧、喃喃喋喋的声音为自己受电话干扰出气。由于自己是心甘情愿当五个女人的"接线生"的，所以嘲弄时并没有火气、怨气、辣气，显出作者幽默的心理是那样宽厚开放和从容潇洒，乃至"开放"到将女儿的男友男同学也株连了。不说他们打电话而说"纷纷出动"，不说他们找人而说"辗转召来'他'要找的那个女儿"。真是灵光一闪，绣口一开，被嘲者不但不会感到委曲，反而会报以一阵过瘾的笑声。

至于写"谁没有从浴室里气急败坏地裸奔出来,一手提裤,一手去抢听筒",这是一种嘲人兼嘲己的写法。一个堂堂的大学教授,自称经常在"文化中心"工作的名人,不惜破坏自己道貌岸然的形象,说明作者不但会幽默别人,也会幽默自己。这种释然自嘲,泰然自贬的做法,为的是达到"损己娱人,参加别人来反躬自笑"的艺术效果。

幽默是一种讲究"含不尽之意见于言外"的艺术。能给读者留有余地咀嚼,艺术魅力也就越高。如后面写有人认为电话至少有不延误时间的好处,作者只用了淡然一句"这我当然承认",也就足够堵别人的嘴。有了这一句,尤其是在文末署的写于"愚人节",有悟性的读者便能马上领略到这篇散文并不真是反对电话的使用,反对享受现代物质文明的生活。这是用不着多加解释的。解释本是幽默的致命伤。如果作者补上一句"万勿误会,希望朋友们有急事仍给我一声铃,而不要给我一封信",那前面再语妙天下也会使人扫兴。

从《幽默的境界》一文中所引的"像钱默存所说的那样,欣然独笑"中,可看出作者对钱钟书非常熟悉。正是钱默存的《围城》,中间有一段对电话的议论:

（方鸿渐）说："我决不跟你通电话。我最恨朋友间通电话，宁可写信。"

唐小姐："我也有这一样感觉。做了朋友应当彼此爱见面，通个电话算接触过了，可是面没有见，所说的话又不能像信那样留着反复看几遍。电话是偷懒人的拜访，吝啬人的通信，最不够朋友！并且，你注意到么？一个人的声音往往在电话里变得认不出来，变得难听。"

"唐小姐，你说得痛快。我住在周家，房门口就是一架电话，每天吵得头痛。常常最不合理的时候，像半夜清早还有电话来，真讨厌！亏得'电视'没普遍利用，否则更不得了，你在澡盆里、被窝里都有人来窥看了。教育愈普遍，而写信的人愈少，并非商业上的要务，大家还是怕写信，宁可打电话。我想这因为写信容易出丑，地位很高，讲话很体面的人往往动笔不来。可是，电话可以省掉面目可憎者的拜访，文理不通者的写信，也算是功德无量的发明。"

可以肯定，余光中读过这段文字，并受到过钱钟书的启发。或者可以这样假设，是钱氏这段文字催生出余光中的

《催魂铃》（《围城》还有一处把电话比作"盗魂铃"）。但余光中并不是因袭钱钟书，他只不过利用《围城》主人公舌翻谐趣所获得动人效果的余势，飞腾直上：从三四百字发展成四千余字；从"吝啬文人的通信"演绎出一大段"电话动口，书信动手"优劣的比较；还有在钱氏著作中没有的殷洪乔和窃窃私语、叨叨独白等一类的拟声描写，从而获得读者更热烈的反应和更为由衷的赞叹。故这篇散文留给读者的，绝不是余氏模仿钱氏的苦涩感，而是后来居上的荣誉感。"长江后浪催前浪，翻新自有后来人。"余氏借鉴钱钟书又超过钱钟书，这完全符合"青出于蓝胜于蓝"的规律。

一首诗写得不好，人们会批评说："这不是诗，简直是散文。"哭，让散文家陪斩。可没有人批评把散文写得像诗——如有这样的"批评"，作者还巴不得，因为这抢了诗人的风头。余光中本来是诗人，他写散文，也常常以诗为文。像这篇《催魂铃》，便用了许多诗歌的笔法，如"多少叮咛与嘱咐，就此付给了鱼虾"。这本身就是诗。又如说"被铃声惊碎了的静谧"，这"惊碎"两个字和"推椅跳接"的"跳"字一样，均可当诗眼读。"催魂的铃声一响，没有人不条件反射地一弹而起"，这个"弹"字比"跃"字更形象生动。作者在推敲字句上狠下了一番工夫。至于写女儿打电话的"哼哼唧唧,喃喃喋喋"声,不禁会使人联想到白居易在《琵琶行》中写琵琶女的精湛演技。所不同的是,余光中写的不是音乐声而是打电话声。这打电话声在某种意义上来说比演奏声更难写。然而余光中做到了:他不仅用象声词而且用贴切巧妙的比喻加以模拟,虽是散文却有诗的节奏和意境,这便是诗文同胎的现象了。此外,《催魂铃》还先后引用了白居易、李商隐、杜甫、陈子昂以及《古诗十九首》《文选》中的诗句,也是以诗为文的写法。

"余学"研究专家黄维梁曾称余光中为"语言大师"。这毫不过誉。以《催魂铃》而论,其语言精新博丽,郁趣多姿。不少段落有文言的简洁浑成,如"欲盖弥彰,似抑实扬,却又间歇不定,笑填无常""长空万古,渺渺星辉",似成语又不完全是成语。如不是有深厚的古典文学修养,是写不出这样简练的句子来的。再如"古人鱼雁往还,今人铃声相迫",字数相等,结构相同,俨然是对偶句。"开会时主席滔滔的报告,演讲时名人的侃侃大言",还有"进则可以辉照一代文坛,退则可以怡悦二三知己",一看就知道脱胎于文言:它有文言的工整,但没有文言的死板,没迁就对偶而损害内容的表达。至于"别有用心""唯唯诺诺"的贬词褒用，同样给人提供了思索的机趣。此外，作者还在文中适当穿插了一些欧化句法，如"注定我一夕数惊，不，数十惊"，这里中间插上否定词，是为了强调。至于"像一个现代的殷洪乔，我成了五个女人的接线生"，则属倒装句。这种欧化属善性西化，是"五四"以来许多前行代作家用过的，因而一般读者均可接受。

《催魂铃》从题目到内容，均用了传统语言，但这传统语言不是因袭，而是经过了加工改造。如把电话比为"催魂铃"与《封神演义》中写的作为武器用的"催魂铃"有出入。再如余光中不时利用言简意赅的成语，随手拈掇，使文字分外精神，如"天网恢恢""咄咄逼人""登堂入室"。有时作者又将成语加以改造，让那些因长期沿用而结构定型化的成语获得新的生命，如将"迅雷不及掩耳"改为"迅铃不及掩耳"，把"君子动口，小人动手"改为"电话动口，写信动手"，这正好和作品的幽默风格相一致。

余光中是学贯中西的学者。在他的散文创作中，既继承发扬了中国古典文学的传统和优点，又吸收了西方文学的长处，他将中西文学熔于一炉。如《催魂铃》谈到不负责任的邮差时，既举阿根廷的例子，又拿中国的殷洪乔作陪衬。还有谈到书信时，"中国人说它是'心声之献酬'，西洋人说它是'最温柔的艺术'"；在谈到情书时代一去不返时，说"不要提亚伯拉德和哀绿绮思，即使近如徐志摩和郁达夫的多情，恐也难得"。这种一中一西对照的写法，使作品既有民族文学的传统特色，又具有当代性和开放性。以电话这种现代物质文明作文章的议论中心，就使作者无法停留在杜鹃的鸣声与猿啼之类的感叹上，而必须加上王维时代没有的那"凛凛不绝于耳的电话铃声"，才能使自己的作品叶茂根深而不狭窄封闭，不像朱自清的散文那样只见杨柳不见起重机，只停留在田园经验上而始终不能接受工业时代的洗礼。

总之，《催魂铃》写一位"文化中心"的作家对电话似烦似恼、似真似假的感受，以及那时古时今、时东时西的意象，使文章奇趣迭出，使《催魂铃》显得儒雅风流，飘逸出华夏文化特有的芳香，成为当代中国散文史上描写电话极少人能超越的有情有韵、动人心目的佳构。

天下最怕伤害的是孩子

赵翼如散文《单身母亲手记》赏析

吴周文

作者介绍

吴周文,江苏如东人。1964年毕业于江苏扬州师院。江苏扬州师院中文系教授,中国散文学会副会长,中国作家协会会员。

推荐词

父爱与母爱,是人伦中的至亲,是人性中的至性。对成长中的幼童、青少年两者不可或缺,孩子只有在父母亲情的哺育下才能符合人性地、健康地成长。如作者所说,"父母是一只鸟儿的左右两翼,是安放童心的两轮马车"。

笔者曾问赵翼如：为何写《单身母亲手记》？她爽直地说："天底下最不能伤害的是孩子。"在小学作文课上，老师布置她儿子写一封给爸爸的信，他苦恼极了。在他出生之前父母便离异了，父亲看儿子仅有几次，对于从小就缺少父爱的儿子来说，有的只是恨，如何能够写得出这封信呢？百般无奈的母亲，不希望儿子对父亲心存怨恨，只好把几年前的手记（本意是等儿子长大了再给他的）说给他听，以抚慰一颗受伤害的幼小心灵。——这就是这篇散文写作与发表的相关背景。

《手记》抒写了儿子渴求父爱的故事。从他自己有了思想的时候起，他就感到自己与一般孩子有着天壤之别，便感到自己的痛苦与迷茫。比起许多小朋友来，家里少了爸爸那棵"大树"。"我家只有一棵大树，那就是妈妈。我是一只不快乐的小鸟，只能在一棵树上跳来跳去。"唯其生命最初的痛觉,他以幼儿思维与行为的方式,寻找他的"爸爸"。或天真幻想,他指着漫画《父与子》上那和儿子打滚的父亲,认其做自己的"爸爸"。或触景伤情,他看《狮子王》的影片,每次见到小辛巴与父亲的影子对话便"放声大哭"。或愚昧可笑,他用手拦住来访的妈妈的客人,"求你快来做我的爸爸吧!"甚至在音乐厅里,也想把"那个指挥"带回自己的家去"做爸爸"。作品写父子相见,把儿子的这种"爸爸情结"刻画得淋漓尽致,把儿子的渴求渲染到了极致。对于儿子来说,父亲的意外出现,是他时时憧憬处处寻觅的父爱的失而复得。他开始见到父亲的时候,陌生、拘谨、胆战,只怯怯地喊一声"伯伯"。后来父亲引逗他玩耍,当他终于明白眼前的"伯伯",是他出生以来就苦苦寻找的爸爸的时候,他就投入父亲的怀抱,一起玩"洒水枪"、打水仗,忘情地疯,发疯地喊"爸爸",在餐厅里大嚼大喝父亲赐予的大虾与西瓜汁,他完全沉醉在父爱之中。然而父亲毕竟是要离开他的。父亲的离去,对儿子来说是父爱的得而复失,而且是短暂的得、长久的失。"躲猫猫"的游戏中父亲忽然"丢失"了,儿子心里倏地掀起惊涛骇浪,像发疯似的呼喊着"爸爸",追觅他的背影。他想永远拥有一个疼他爱他的爸爸,所以不顾一切地在马路上奔跑冲撞,差一点在汽车轮下送了小命。他要永远地找回他的梦与渴望,他居然不惜自己小小的生命;为此,他比父子游乐时更为疯狂、更为歇斯底里。短暂的父爱的满足与幸福,带给他的却是刻骨铭心的痛苦,对一个只有三岁多、稚嫩的心灵来说,无疑不堪承受,无疑在他以后的人生中只能是"带血的记忆"。显而易见,这个故事与其说是叙写儿子渴求父爱的故事,毋宁说是叙写父亲伤害儿子的故事。

父爱与母爱,是人伦中的至亲,是人性中的至性。对成长中的幼童、青少年两者不可或缺,孩子只有在父母亲情的哺育下才能符合人性地、健康地成长。如作者所说,"父母是一只鸟儿的左右两翼,是安放童心的两轮马车"。相反,一个家庭里父(母)亲的缺席与父(母)爱的缺失,必然会使孩子的思想受到扭曲、个性受到压抑,必然会对孩子的心灵造成深深的伤害。如从这一方面看,这篇散文叙写的主要内容,正是父亲如何伤害了自己无邪的儿子。虽然夫妻离散,纵有千怨万恨,而孩子却是无辜的。因为少看、甚至不看孩子,才使孩子在自己的生活中时时、处处找"爸爸",备尝失去"爸爸"的痛苦。唯其难得看望一次,又匆匆骗着抛开孩子，逼得他惊天动地地嘶喊、寻找。毋庸置疑，这些已经在事实上造成了对孩子不可弥补、不能代偿的伤害。父母对孩子的爱，是温馨而持久的给予，是亲情给予的依赖与信任，这种爱能使孩子接受后产生自身成长的爱的力量，是其克服软弱、焦虑、孤独等人性弱点的力量。正如美国学者埃·弗罗姆所说："爱是人类的一种积极力量，这是一种把隔离人及其同伴的大墙摧毁的力量，也是一种把一个人与其他的人结合在一起的力量。"父亲的爱对于儿女更具特殊的、不可代替其角色的意义："固然父亲代表不了自然世界，可是他代表人类生存的另一个不同的方面；那就是思想的世界、人造物的世界、治安的世界、戒律的世界、走东闯西与冒险的世界。父亲是儿女的教育者，是儿女走向世界的指路人。"作者之所以有勇气将《手记》公示于众（她公开了自己的一些隐秘），是因为她鉴于教育自己儿子的经验，郑重地提了一个带有普泛性的社会问题：父亲必须尽自己做父亲的责任与道义，给自己的儿女以父爱，尤其在单亲家庭里，更要给已经受到伤害的儿女加倍地补偿父爱。她以儿子的痛苦与自己的悲悯向人世间呼吁：给那些单亲孩子以"两轮马车"！

  作品浓烈的感染力在于，作品成功地刻画了一个天真幼稚、活泼可爱的儿童形象，可谓栩栩如生、立于纸面。无须猎奇，也无须装腔作势卖弄技巧，仅是质朴地、本色地记录孩子的一举一动、只言片语，就将孩子渴求父爱的心理流程叙写得生动形象，逼真可信。究其原因，是缘于作品系一位母亲的"手记""由旧稿串成一个故事"。也就是说，"父子相见"的中心情节以及穿插其中的"爸爸情结"的若干细节，这些本来就是母亲眼中的原生状态的生活片断，只是随时记录下来而已。虽然因"串成故事"的需要对原始材料作了整理，但完完全全地保存了小主人公生活细节的真实性，保存了题材的原汁原味。《写作》教材中陈陈相因地大讲围绕主题选材、反复提炼题材云云，其实令青年学生、文学青年走进写作误区。完全照此"理论"，常常会使鲜活的题材"提纯"掉本来的原汁原味，所剩下的则是为表现预设主题而被理念化的干瘪材料。在这里，《手记》为我们提供了可以记取与借鉴的创作经验。作品感染力的另一个方面，在于作者母亲爱子真情澎湃、流泻于全文的字里行间。从表面看，故事本身是写儿子寻觅父亲的率真与纯情；而从内里看，却是抒写一位母亲对儿子的一颗拳拳爱心。所抒写的关于儿子寻父的种种细节，是抒写母爱的载体，这中间无不表现着缠绵的怜悯、无尽的同情、深婉的理解与悉心的支持，觅其所觅、恨其所恨、痛其所痛，千衷百感溢于言表。如果说这篇散文中儿子渴求父爱是主旋律，那么，作者抒写爱子之情则是另一个主旋律，而且是第一主旋律。儿子寻父的真情与妈妈怜子的真情交融交织在一起，二者互为表里、相辅相成地融汇为一首优美动人的交响乐章。读者既触摸到一个孩子精赤裸裸的童心，又触摸到一位母亲真情歌哭的灵魂，让我们走进天荒地老、人性本真的大海，任凭澎湃的诗情洗涤心胸而回归到人性的"自然"，回归到人性的自我。

《手记》是一篇非虚构的纪实作品，同时又是一篇具有浓郁抒情氛围的美文。如前所述，一方面固然缘于作者内在激情的自然喷发，另一不可忽视的方面，是作者采用了属于"自我"风格的叙事策略。显而易见，作品在主体故事的叙述中间，自始至终贯串着议论，时有时无，时断时续，不断生发的议论成为叙事的一种笔法、一种节奏、一种作风，而明确地说，它是属于全文的叙事策略。作品的叙事有两个部分组成：一是叙述"父子见面"的中心事件，自然由很多细节组成一个完整的故事；二是叙述中心事件之外的、儿子平素"寻父"的生活片断，并以这些零散的细节作为中心故事的补充与渲染（如缺少后者，则中心故事及儿子寻父恋父的思想感情就会表现得肤浅、单薄）。于是，盘空而生的议论，在叙事上承担着把游离、零散的细节有机地嵌入中心故事的功能，此是策略之一。其二，作者的一些议论是性情使然，是其炽热爱心的外化，必须一吐为快。这些议论伴随着细节描写，无处不在点染着叙事背后的诗情，这样把叙述与抒情熔为一炉；议论既是叙事的停顿，又是在叙事基础上将内心的诗情升华。如果把前前后后的议论联在一起看，全文的议论则是显在的诗情流动线索，而且成为作者的艺术抒情的节奏。在说到叙事策略时，法国著名文艺理论家布封曾指出："为了写得好，必须充分地掌握题材；必须对题材有足够的思索，以便清楚地看出思想的层次，把思想构成一个连贯体，一个绵续不断的链条。"（《论文笔》，《布封文钞》第8页）赵翼如《手记》的叙事自然、明快、洒脱，但另一面又有着"绵续不断的链条"的严谨，她叙事策略的成功正集中表现在这里。

以天地自然之心体察万物

刘亮程散文《狗这一辈子》赏析

陈 协

作者介绍

陈协，1965年生，1987年毕业于苏州大学汉语言文学专业。南京财经大学新闻学院副教授、中文教研室副主任。主要承担"大学语文""应用写作""公共文秘写作""汉语写作""唐诗宋词鉴赏"等课程的教学。

推荐词

刘亮程笔下的动物世界，与以往的同类题材的散文作品相比，至少有两大最明显的不同：一是他所描摹的动物，都是与"宠物"无涉的"本色"的动物，如牛、狗、马、猫、蚂蚁等我们寻常可见的动物；二是其描述角度的切入与意义掘进的方式也迥异于同类题材的惯常传统。在他的笔下，动物的命运与人的沧桑被奇妙地叠化在一起，从而在读者的面前，展现了人类透视自身命运的又一个独特的窗口。

读完刘亮程的《一个人的村庄》《风中的院门》两个散文集，不由得对作家所描绘的奇谲多姿的动物世界惊悚不已。平心而论，在散文创作中涉及动物题材似乎并非罕见，但我以往读出的大多是筋骨酥麻、轻灵飘忽的"闲适"情调。而刘亮程笔下的动物世界，与以往的同类题材的散文作品相比，至少有两大最明显的不同：一是他所描摹的动物，都是与"宠物"无涉的"本色"的动物，如牛、狗、马、猫、蚂蚁等我们寻常可见的动物；二是其描述角度的切入与意义掘进的方式也迥异于同类题材的惯常传统。在他的笔下，动物的命运与人的沧桑被奇妙地叠化在一起，从而在读者的面前展现了人类透视自身命运的又一个独特的窗口。

刘亮程似乎是当今散文界的一个异类人物。新疆沙湾县黄沙梁的漫天黄沙，伴随着他度过了二十多年的农民生涯。

贫瘠荒凉、"人畜共居"的西部乡村生活的浸淫，或许阻碍了作家获取新鲜事物的能力，但同时也使其远离了尘嚣物欲的蛊惑，因而可以长久而专注地去认识身边的事物，从而使生活中所发生的一切真正"从容"地走入自己的内心。这种漫长的生活体验，赋予了作家以身边琐事作为思维起点烛照外部世界的独特视野，也赋予了作家以此展现自然万物博大与深远的"一颗朴素细微的心灵"，因而也奠定了"在任何一件事物上都有可能找到整个世界"的勇气与信心。在日日所见的与人关系最为密切的寻常动物的身上，作家找到了"生活的全部感知"——以天地自然之心去体悟自然万物，从而也以自己独特的方式，回答了人应当如何"诗意地栖居在大地上"这一艰涩的哲学命题。

《狗这一辈子》是其散文集《一个人的村庄》的第一篇作品。我私下猜度，刘亮程将其作为一部散文集的首篇，显然是有意而为之的，也是意味深长的。开篇作家就如此写道：

> 一条狗能活到老，真是件不容易的事。太厉害不行，太懦弱不行，不解人意、太解人意了均不行。总之，稍一马虎便会被人炖了肉剥了皮。狗本是看家守院

的，更多时候却连自己都看守不住。

活到一把子年纪，狗命便相对安全了。狗一老，再无人谋它脱毛的皮，更无人敢问津它多病的身体，这时的狗很像一位历经沧桑的老人，世界已拿它没有办法，只好撒手，交给时间和命。

"狗"活一辈子确实不易：一方面得有"狗"的"本性"，同时又得具备仰主人鼻息行事的异化的"人性"，以至于"太厉害""太懦弱""不解人意""太解人意"都"不行"（"太厉害"则将超出主人自由驾驭的范围；"太懦弱"则失却看家护院的基本职能；"不解人意"必然拂主人心愿；"太解人意"就会对主人全部心思洞若观火，人的自尊又岂能容忍"狗"的才智与己并驾齐驱？）。读这样的文字，我们从中能感受到的，除了作为纯粹的自然生物物象意义上的"狗"的生存处境之外，由此联想到的恐怕也就不仅仅是"狗"的命运问题了。作家以充满睿智而又带着一份从容的笔触，在为"狗"的生存体验作总结的同时，无不关合"人"自身的处境，在"狗"的身上，真切地折射出"直立行走的无毛动物"——"人"同样具有的冷峻的生存体验。紧接着作家又娓娓道出"狗这一辈子"的艰难处境与尴尬命运：狗的使命是看家护院，"人的门被狗把持，仿佛狗的家"，但狗却断不是真正的主人，而是主人与外部世界沟通的一种独特工具，这就需要"狗"在遇到不同的上门对象（主人不想见的客人与非见不可的贵人）前来叩门时表现出截然不同的态度，并"承担"本应由"人"来承担的责任（或是被拒之门外的客人谩骂，或是因怠慢了贵客而被主人呵斥），尽管如此，狗仍不能失却看家护院所必须具有的"咬人"本性，否则"一条狗若因主人错怪便赌气不咬人，睁一眼，闭一眼，那它的狗命也就不长了"。"狗"以如此的方式与"人"一同"活在珍贵的人间"，立身行事标准之苛酷，其生存的不易与无所适从也就足见一斑了。于是作家在文中幽幽诉说道："狗这一辈子像梦一样飘忽，没人知道狗是带着什么使命来到人世。"其实"人"命运又何尝不是"像梦一样飘忽"呢？古人在无力面对现实之时常有"入于儒，出于道，逃于佛"的选择，与其说这是一种"顿悟"之后的应对，倒不如说是肉体与精神无从"安妥"、无从皈依而导致的一种灵魂的"飘忽"，因而在一而再的自我否定之中，蕴涵着人生顿挫的巨大沉痛。

散文作为最能体现人之心性的文本形式，无论是金戈铁马气吞万里如虎的激情飞扬，还是小桥流水曲径通幽的闲情絮语，作家都必须获得能够自由言说的广阔的心灵空间。在过去的散文创作中，尽管对散文所具有的天马行空、来去飘忽这一文本样式有着统一的认识，但这种认识由于过多地受外部政治气候的干扰，因而缺乏主体应有的清醒、理性的思考，作家也很少获得过心灵自由言说的舒缓空间，凡事都要从"社会"着眼，从"人"入手的固定模式，极大地阻碍了真实情感的自由迸发，因而其笔下的"物"就沦为抒发所谓情感的一个道具，所谓的"物的人化"也往往缺乏可资依傍的真实"物性"的支撑，其结果是使需要以真实"物性"作为支撑的所谓的"人化"沦为囿于一己狭隘理念而发的一种"伪抒情"。例如，杨朔在散文《荔枝蜜》的结尾"梦见自己变成一只小蜜蜂"的"奇特"想象就成为简单、纯粹"道德"范畴的一种意念，这显然是"人化"的臆想逼迫所产生的直接结果。较之于"庄生梦蝶"的旨趣，简直有天壤之别，既不真实，也不可信，从而变得十分的滑稽可笑。秦牧散文在其精神世界的貌似优游之中其实也远未做到心灵放达，"眼中之竹"在经过充满功利色调的"社会意义"层面上的"过滤"之后,"手中之竹"也就大多成了刻意逢迎主流意识形态范畴意义归宿上的东西。在此,"物"的意义的丰富性与完整性被人为割裂。因此,"写什么其实并不重要""大可以随便的"散文,过多地承载了在"社会"与"人"层面上的意义,过多地在"人"是万物主宰和物之精华的人本主义思想上纠缠不清,因而其抒写的空间其实并不开阔,创作的心态也始终处在焦灼不安的状态之中。所以,笔者认为,能否以自由心性去体悟人间万象,并从自然物性中体察一切有生的生命的存在以及与同是自然生命的一个特殊类别的"人"的真实关系,就成为一个关键所在。

刘亮程正是以这种独特的视野,久久地注视着生活在自己身边的每一种生命个体。它们有其自然本色的天性,有属于自己的生存智慧,它们与人类一起构成自然界的一个完整的整体,并成为人类生活中不可或缺的一个组成部分,人类与它们之间的关系,也不应是征服与被征服的关系。从它们的身上,可以反映出人类生存的一个侧面、一个缩影,并从中观照到人类自身的命运。因此,作家在描摹"狗这一辈子"时,并未简单地将"狗"作为驱遣情思的单纯的"物象",而是由衷地表达出对自然万物的理解与尊重。在他的笔下，人与动物之间已没有了明显的高低贵贱之分，因而能自觉地在"人"与"狗"之间不断作理智的角色切换。这种"换位思考"，也就是从"主体"与"对象"之间的角色置换与人性理解的层面上，去探究自然万物丰富自由的生命真谛。有些论者认为刘亮程是"万物有灵论者""信奉佛家悲悯万物的世界观"（尤其是对诸如《城市牛哞》之类的作品的解读，很容易产生这样的认识），而在我看来这种认识其实并不能令人信服。正如作家在《人畜共居的村庄》一文中所说："其实这些活物，都是从人的灵魂中跑出来的。上帝没让它们走远，永远和人待在一起，让人从这些动物身上看清自己。而人的灵魂中，其实还有一大群惊世的巨兽被禁锢着，如藏龙如伏虎。"以动物命运为题材的写作，观照的对象固然是动物，但作家所深究的，在悲天悯物姿态的背后所传导出的，乃是"人"深入骨髓的一些病相：诸如无法或无力正视现实所带来的内心世界的极度脆弱，以及由于这种脆弱所引发的"人性"的负面两极：平庸、软弱、麻木；自私、冷酷乃至凶恶——"人性"中的丑恶的"物性"。

全文的结尾也是意味深长的。在发出"狗这一辈子像梦一样飘忽，没人知道狗是带着什么使命来到人世"的感叹之后，作家依旧以舒缓的笔调，描写入夜以后的"狗语大作"的村庄景象，而此时"肯定有一条老狗，默不作声。它是黑夜的一部分，它在一个村庄转悠到老，是村庄的一部分，它再无人可咬，因而也是人的一部分。这条狗来回地走动，眼中满是人们多年前的陈事旧影"。无论是说"狗"还是道"人"，这都是历经沧桑变幻、阅尽世事后的一种彻悟，也是物我无别而后的一种永恒。

也许是太醉心于表达对曾经生养过自己的"村庄"的独特感受的缘故，"乡村哲学家"刘亮程在架构散文情感世界时，由于过多地受"爱屋及乌"心理的驱使，因而在漫不经心之中也流露出情感的无端乃至虚妄。这在散文《狗这一辈子》中就有所体现。例如：在第二自然段说"尽管一条老狗的见识，肯定会让一个走遍天下的人吃惊"，从上下文的文义沿承上来推断，不仅这样的结论无法成立，而且在语境意义表达上也显得突兀与无端。再例如第三自然段中的描述：一条"老狗"在"遇到早年咬过的人，远远避开，一副内疚的样子。其实人早好了伤疤忘了疼。有头脑的人大都不跟狗计较。有句俗话：狗咬了你你还能去咬狗吗？与狗相咬，除了啃一嘴狗毛你又能占到啥便宜"。按笔者个人的理解，不管当初"咬"得对与错，毕竟是为"主人"而"咬"，因而"老狗"在阅尽世事后表现出那一份自省与愧疚，确实让人浮想联翩、低回不已。但接下来的议论就有些匪夷所思了："狗咬了你你还能去咬狗吗？"这是不是一句俗话暂且不论，"人"与"狗"相咬，似乎有新闻题材上的意义，作家显然是想借此体现幽默诙谐的表达效果，体现一种机智，但用在此处效果似乎恰好适得其反，这与本文所要表达的"狗这一辈子"无多大的关系。因此，删除这一小段议论不仅不影响文意的表达，而且文笔也似乎显得更为"干净"。虽然当今学术界有所谓的"情致所至，语无伦次"的说法，有的学者甚至认为这是散文所具有的一种足以使人低回不已的独特的审美境界，但在笔者看来，纵放情感驱遣万象也总应有"适度"的原则，纵情至"滥"，必将使情感失衡而沦为一己之呓语。

刘亮程散文以一副安天乐命的姿态，摇曳多姿地表达着自己对生命与万物的独特体验。但以笔者个人的阅读体会，隐隐地感觉到他的创作似乎在走另外一个极端：作家在尽情抒写他所心仪的"乡村哲学"并从中获得足够的言说自信的同时，其文本所蕴涵的文化价值选择与走向也有让人感到困惑与不安的趋势。散文中缺乏个性意识固然不行，但个性意识的觉醒与张扬，并不意味着是纯粹的一己之狭隘体验，也并不意味着沦为完全抛开历史形态背景，进行无意识状态下的私语化的写作状态。在刘亮程的许多散文篇什中，时代的概念是模糊不清的，他所描写的往往是一段凝固的历史，在外界的风雨变幻中似乎能"卓然独立"，因而局限在此层面上所作的文化审美，不可避免地带来了许多个人臆想、夸饰的成分。因此，以他人迥异的审美姿态与自由心境走入文坛的作家，在其作品获得成功之后，也在人为地为自己的自由言说制造新的不自由，文化心理也逐渐走向单一化与雷同化的闭锁状态。毕竟并不是在任何时候，都可以纯粹一己之生命体验，去感悟人生的所有智慧与真谛的。因此，"扛着铁锨"也不应成为其永远不变的文化身份。

语言的艺术写意和绘画

贾平凹散文《邻院的少妇》赏析

李生滨

作者介绍

李生滨,1966年生,青海平安人,本科与硕士学业在陕西师范大学完成,2005年6月上海复旦大学博士毕业。河南大学文学院(北京中国现代文学馆)近现代文学方向博士后。

推荐词

贾平凹的语言锤炼、抒情风格和文化韵味、陕南风情、个人毁誉,成就了他散文的独特。意足不求颜色似,风格上的尚简、尚淡、尚拙、尚偶然无意,这种随便与自然,也使贾平凹深得中国散文传统之道,擅长在周围环境和日常细事中静观默察的艺术修养和艺术追求;私淑孙犁,心仪沈从文,又从中国古代的文狐野仙那儿借了不少灵气,行文写意也就神闲气足,别有韵致了。

贾平凹先是以小说名世的，但《丑石》《秦腔》《闲人》，还有一系列写商州的文字问世后，散文得到的好评更多。贾平凹的小说怎么说多少有些跟潮的暗伤，《满月儿》《废都》《怀念狼》，包括近期的《病相报告》均是如此。如果说小说家的大师地位在群雄争霸的新时期文坛难以确立，但贾平凹散文创作的大家地位是毋庸置疑的。贾平凹的语言锤炼、抒情风格和文化韵味、陕南风情、个人毁誉，成就了他散文的独特。意足不求颜色似，风格上的尚简、尚淡、尚拙、尚偶然无意，这种随便与自然，也使贾平凹深得中国散文传统之道，擅长在周围环境和日常细事中静观默察的艺术修养和艺术追求；私淑孙犁，心仪沈从文，又从中国古代的文狐野仙那儿借了不少灵气，行文写意也就神闲气足，别有韵致了。这里我们就颇有小说家笔调、精致简洁的散文《邻院的少妇》来作一番细读和品味。

近来《散文》上连登着"平凹画语",2002年7月号上是《邻院的少妇》。贾平凹的散文亦庄亦谐,《丑石》是庄,《闲人》是谐,《邻院的少妇》以谐写庄。在富有情趣的调侃中写出作者对"少妇"女性之美的真诚赞美和欣赏。语言鬼精的贾平凹用文字寥寥几笔给我们勾勒描绘了一个女人味十足的少妇。其画倒也罢了。其文却是妙趣横生,仔细玩味,令人会心莞尔。其神态、动作、语言和色彩活脱脱地跃然纸上,文约而意丰。

文学是需要想象的,所以一味落实往往会失了水气和灵性。"邻院的少妇",标题如绿水含远山,让你入眼的起初,就有了亲切和向往。然而贾平凹行文的第一句却轻轻一推,"她其实不住在我家隔壁",这否认就像让刚刚要到手的好东西像风筝一样,一下子放飞了出去。就在你心里空落的刹那间,作者又赶紧伸手抓住那放飞的风筝的细线,轻轻一拉:"在一个城市里,是我的熟人,女熟人。"这一推一拉一纵一擒之间,恰好让他笔下的少妇处于一种欣赏、想象和回味的审美距离上。

蓄势蕴意,第二句是作者对描绘对象的写意"定格"。"定格是一种特写,数电视画面表现得最为清楚:挺胸冲刺的健儿，四蹄生风的烈马，展翅高飞的苍鹰，掀天陷日的海浪，乔丹转身跃起上篮的雄姿，刘欢飞扬到最大限度的披发，忽然！——仿佛着了孙悟空的定身法，统统在瞬间凝固。"贾平凹是用文字在瞬间让少妇的形象感光定格："那天她牵着她的孩子来见我，穿着牛仔裤和一件紧身的有着紫红色碎花的上衣，倚在我的书架上和我说话，窗外的阳光正好，一只麻雀又落在窗台上。"用语言呈现在我们面前的虽不是强烈的画面，意蕴却很丰盈。有时再好的真实画面也无法替代那文字的美妙和深挚。一个孩子、一只麻雀、一件上衣还有紫红色碎花、书架（以及下文提到的陶罐和盆花）和窗外的阳光，这一切有意无意都指向作者勾勒描绘的"少妇"。带着孩子，点明了"少妇"的身份，带着孩子来见我，暗示了关系的亲近，使接下来的画像谈话有了亲切的氛围。女人爱打扮，牛仔裤和紧身的上衣，不仅能展示少妇的风韵和线条之美，也表明了少妇作为女人爱美赶时髦的天性。如果一个女孩子穿了牛仔裤，不能说浅俗，但除了时髦，少有能显出少女的天真灿烂或者清纯飘逸。正如红裤子使女孩鲜艳，穿在少妇身上就多了妖冶。合体的牛仔裤，少妇却能穿出情韵来。时髦能张扬女性的美，但稍不留神，往往会流之俗媚。衣饰的漂亮还要颜色的选择，紧身的上衣"有着紫红色碎花"，贾平凹真不愧是语言的丹青高手，丰满而有情韵的少妇着上这样的色彩，就好像黑暗里点亮了蜡烛，那少妇的神情姿态就在贾平凹的笔底活跃而动人心旌了。如果仅止于此，也就是一幅"美人画"了，可是，天才的贾平凹让他的"少妇"倚在书架上和他说话，让其跃然破纸而出的情态映照"窗外的阳光"，让漂亮少妇欲燃的风韵魔鬼般地罩上一层阳光的明丽，又让画面宁静了许多。贾平凹还嫌美中不足，又借中国艺术的心领神会，落上了一枚小小的闲散印章——"一只麻雀又落在窗台上"。这幅写意的画面就无比生动而又和谐了。见到美好的事物，我们总想永远留存下来，有一种自然的冲动要把内心的热爱展现出来，因此也就有了音乐和绘画、摄影、雕塑等等的艺术形式和许许多多的审美创造了。贾平凹也自然借着画像，仔细端详和欣赏"邻院的少妇"，而且在闲言碎语的细描添色中不断丰富少妇的形象和画面的情调色彩。画面上的小儿使我们想起西方艺术中描绘展现女性之美的古希腊女神的油画，那高贵而美丽的女神脚下依偎或天空飞翔的小天使。这"小天使"除了渲染母子图的生动，他对陶罐等东西的好奇，在东方文化的情景意象里牵连着少妇的性情和天真。① 面对"画家"的审视,少妇平静随意的背后有微妙的激动,但表现得却很自然,一边呼叫小儿不要撞翻书桌上的东西,一边是自己的不安分和唠唠叨叨。当然,这唠叨也使"邻院少妇"更加真实而富有生活气息。家养的盆花,商场的家具,"我"身上的恤衫,说她的母亲和婆婆,这远比眼前的情景丰富的少妇日常生活,作了意味深长的背景,渲染出少妇生活的色彩和内容——朴实而温馨、快乐而幸福。虚与实之间,作者把握得那样恰到好处,在生活的真实之上,有作者细致的艺术感性的把捉。散文的虚与实,要化出新意,不能太实,也不能太虚;太实则意蕴浅白,太虚则空泛飘浮。少妇与"我"(作者的虚拟)之间的问答说话是那么随便自然,亲切之中犹有余味。从给孩子他爸也买一件像"我"身上的恤衫,又要我把"她"画漂亮些,少妇有口无心的天然和情态也就浮现在作者的笔下,留在读者的心头。如果雅兴好的读者再退后几步,读着这段文字,靠着想象,就会悠然欣赏一幅"贾平凹

---

① 贾平凹还有一篇《女人和陶瓶》,写"聪明的女人"的灵性和情致。虽没有这篇自然有意趣,却也是贾平凹欣赏女人的心声。还有大家熟悉的那幅"少女抱着陶罐"的油画。

书房闲画（话！）邻院少妇"的美妙情景图：一个几岁的小男孩自顾自地在书房翻动触摸他感兴趣的东西，作为母亲的少妇眼角留意着自己的孩子，自己不安分地摆着姿势，不无兴奋地面对着画像的"贾平凹"东一棒槌、西一榔头地聊着天，忍不住了，还要跑过去看看土头土脑的贾平凹把自己画成了什么样子；装愣充傻的贾平凹又随意涂鸦、心情很好地欣赏着、调侃着少妇的妩媚和天真。

这最长的第一自然段也就三百四十六个字，这段文字不说是妙笔生花，至少也是极尽鬼才之能事。

不知大家有没有看过北方的社火会演出的社火，不是鲁迅《社戏》里演的社戏，虽然作为神社酬神祭鬼的缘起事由和目的是相同的，但社火会的社火，是所有社里的男丁都要装扮成不同的身子（装扮成演出所承担的对象）自娱自乐，看的大多也就是自己的老婆孩子。里面有一个大头罗汉，是最喜气也是最受女人孩子喜欢的。大家在一些民俗画和彩色的泥雕中经常能见到这个形象。那大过身子的乐着笑的大脸盘的头盔套在一个大男孩的头上，大头罗汉只有脸，剩的身子小小的。先就有了几分喜剧的效果，再加上手脚夸张的动作配合，看的人也只有笑着乐了。贾平凹的这篇散文的结构就像一个大头罗汉。这比例超过全文一半的第一段就好比罗汉的头。那美是一种世俗的欢乐。其余的四个自然段也就成了活动的四肢了，配合着脸上的表情，使生动形象的罗汉有了天真的欢乐和夸张的表情。

这篇小文不仅是语言的写意和绘画，简洁中还有紧锣密鼓的情节和生动的对话。像与不像的端详和问答，娇憨的少妇不好意思的谦虚："好像有些太美了"，传达的是一个漂亮少妇的羞涩，没有徐志摩"水莲花不胜凉风的娇羞"，却多了孙犁笔下冀中平原上水乡女子的那一抹淳朴。一番话语激起贾平凹心底的波动，记忆翻出了少妇做姑娘时的模样神情。岁月不掩风情和美好，正如出家的尼姑，灰蓝的袍子愈益显出了美人的清雅和脱俗。这一挥手，衣袂带出了更多风情，"清纯依然清纯，多了许多妩媚和温柔"。平凹的语言能使佛像生色。文字是那么随意，但这第三段的笔头轻轻一转，很有深意。这曲折之旨，既道出了眼前的她做姑娘时就长得很美，又指出结婚后、为小儿母亲的少妇多了妩媚和温柔，这前后的变化男人是无法体会的。那么这样漂亮而成熟的女性之美、少妇之美你就去想象吧！

而这倒数的第二段好像唱家已经唱到极高超美妙的境

界，突然又峰回路转，来了个清音渺渺的低八度的不胜低回。"平日为人画像，画成了都让被画者拿去，但她反复地问我，你满意么，我说满意。她就说，那我就不硬要了，给你留下吧，画成一幅满意的画也不容易。"如此善解人意和不奢求的小女子，让人瞠目结舌。此时的她与"我"心神早已相通了。

得贾平凹心者，邻院的少妇也。

回音婉转，终于醒过神来的贾平凹参禅领悟似的嘀咕："女人最好的年龄段是少妇，做少妇的女人真好。"行文也就戛然而止，让你去回味。贾平凹的这类散文写情都很有节制，深情之中显出几分超然的态度，但情意深挚，看似平淡中意蕴丰厚。

这篇赏析的文字写到这里，我想起了冰心和她的散文《关于女人》，还有许多普通的女性和我生活里关于女性的美好记忆。贾平凹"少妇之美"是散文家的欣赏，是语言的艺术写意和文字的层层描绘。

说句一点也不亵渎女性的话，女人是需要欣赏的，男人是需要教育的。女人永远是生活的美丽。春江花艳时，秋来霜林染，自然造化万物，多少美丽存于天地间。贾平凹的散文用语言丰富了我们的审美眼光,给我们的心灵透进几许温情和美好。

　　文学是语言艺术,许多人眼前有景道不得,不是崔颢题诗在上头,而是心有戚戚却是文字不足。贾平凹靠着不停地写,勤奋地写,练出了他的笔,不仅是眼前景,还有心里那么一点意念感动,他都能捕捉到纸上,且还多了情致韵味和独特的艺术魅力。《邻院的少妇》,很简单的一个生活镜头,在贾平凹笔下是那么曲折有致,把生活的美好以及自己那么一点心意写得淋漓尽致、妙趣横生。

用生命诠释美与自由

读高尔泰散文《敦煌四题》

何希凡

作者介绍

何希凡,1958年生,四川省南部县人,毕业于四川师范学院。西华师范大学文学院教授、硕士生导师。主要研究方向为中国现当代小说文化与心理研究,承担"中国现代文学""中国现当代文学心理研究""鲁迅研究""中国现当代小说研究""中国现当代文学批评史"等课程教学。

推荐词

《敦煌四题》读者或能从中获得对高尔泰人生经历更有血肉的把握,或惊叹其炉火纯青的行文运笔之功,或心折于他对敦煌艺术的妙悟高见,或感喟于他所经历的精神炼狱和生命涅槃。

高尔泰先生是以美学家名世的。20世纪80年代后期，我偶然购得一本他影响甚巨的美学著作《美是自由的象征》，然而惭愧得很，年少无知的我那时仅仅出于好奇匆匆地读了一遍，正如钱钟书先生在《围城》中形容他的主人公方鸿渐那样："兴趣颇广，心得全无。"后来这本书被朋友借走多年，加以近二十年的岁月冲洗，它的具体论述已在我的记忆中淡化了，但高尔泰的名字和他的"美是自由的象征"这个著名的美学命题却已深印在我的脑际心间。这不仅因为"美是自由的象征"如同古今中外许多著名的命题一样具有学术思想的原创性，而且还因为它在美的范畴中注入了审美主体与审美客体之间的生命关系与精神况味，凸显了美学家最具本质意义的美学追问和生命关怀。我相信，凡是具有一定的审美经验并意识到自由之于生命意义的人，都有可能对这个美学命题引起不同程度的共鸣。但我自己以前对高尔泰及其美学思想的体认更多是从其学术贡献着眼的，书斋里出学者、出思想家曾是我长期的思维定势。我没有想到沉寂了多年的高尔泰又开始舞文弄墨了，而且还舞出了他臻于绝唱的文采，弄出了他令人心动神驰的墨花。我有幸于《名作欣赏》2005年首期读到他的《敦煌四题》，深感凌云健笔，老其更成！这是高尔泰的近作，但写的却是他几十年前在敦煌的一段刻骨铭心的生命际遇和醍醐灌顶般的艺术体悟。近作往事拉开了作者为文的历史时空和生命时空，更令其目光澄澈，体察遥深。读者或能从中获得对高尔泰人生经历更有血肉的把握，或惊叹其炉火纯青的行文运笔之功，或心折于他对敦煌艺术的妙悟高见，或感喟于他所经历的精神炼狱和生命涅槃，而我则不由自主地从这一切联想到作者最负盛名的美学命题——"美是自由的象征"。在我看来，美学家的卓越贡献自然离不开他丰富深刻的审美体验、宽广深厚的学术功底以及超群拔萃的心智才情，但高尔泰这个关乎生命状态和精神际遇的美学命题的横空出世，则更离不开他在生命的苦旅中对美发自灵魂深处的痛切呼唤，离不开他在不自由的生存环境与对自由的精神渴望所形成的巨大情感张力中所引发的审美畅想。我认为，高尔泰不是在用笔，更是在用生命的血泪成就他独拔众流的美学创见，而《敦煌四题》则是他用生命诠释美与自由的最为生动有力的佐证。

一、敦煌之缘与敦煌艺术成因的生命叩问

敦煌是上帝于那流沙飞扬、风尘漫漫的荒凉寡趣世界中的一个恢宏杰构，是那匮乏生机的广袤天地间巧置妙藏的一片绿洲，而中华民族的历代先哲巨匠也没有辜负上帝的伟大造化，他们的慧心巧手将这里造就成举世景仰的文化艺术圣地。莫高窟荟萃了中古至近世跨越数代，绵延千载的壁画、彩塑、经卷瑰宝，至今灿烂辉煌，光芒万丈，撩拨着中外游客的心弦！然而，不论游客对敦煌，对莫高窟何等心仪神往，他们的际遇总是大多带有生命情感体验中的偶然性与即时性，而命运似乎注定了高尔泰与敦煌的必然性生命情缘：小时候就"听父亲说敦煌文物"，虽"不甚了了"，但已在幼小的心灵投下了敦煌艺术的灵光！后来又临摹敦煌壁画的印刷品，敦煌艺术与作者的童年即心手交映，这就更非常人所能有的生命际会，以至于"上学以后，爱翻翻有关敦煌的书"，进一步知道它的神奇与魅力。从此，敦煌这方艺术的

天空深镌于作者的童心,使之"心仪已久"。也许读者难免会将这段简短的引言视作散文常见的起笔程式,而我则特别看重这从容散淡的述说中不可或缺的生命之缘。也许我们每个人都会在那如梦如歌的童年巧遇一段值得终生回味的生命之缘,但我们也往往会因一些并无多少价值的现象花絮的炫惑而于不经意间丢失了许多珍贵的东西,待到我们的生命转轨之后,那些珍贵的缘分便从生命的河道上消逝得无影无踪了。但高尔泰的敦煌之缘不会止步于童年的眷怀,当他少小年华便随父亲辗转于苏州、丹阳等地学画时,或许命运也就预伏了他亲诣敦煌的可能,他后来终于走上了探访敦煌艺术的生命长途,用尽全部心智和血泪忠诚地持守着童年的际会,并将其发挥到生命的极致,这岂能是命运的偶然?因此《敦煌四题》就绝非是一段偶然性游程的传神写照,也不仅是高尔泰作为画家的艺术启示录和他作为美学家的一次深刻的学术体认,而是更多地交融着作者在自我生命困顿与精神磨难中所获得的超越性的时空视界和命运感知,以及由此而形成的艺术顿悟与学术提升。

也许第一题"敦煌莫高窟"可以看做是高尔泰对于敦煌艺术的整体性审视。作者由现实回溯往昔,由现代新貌遥想曾经灿烂辉煌而如今繁华不再的历史旧梦。读到下面这段文字，我想凡是关心敦煌文化的人都不能不感慨系之：

> 它曾经是古代欧亚大陆桥——丝绸之路上总管中西交通的重镇。想当年异国商贾云集，周边羌胡来归，毡庐千帐，土屋万户，鸣驼啸马，绿酒红裙，繁华真如一梦。

历史的风貌不论盛衰，它总难以穿越时空的隧道而以本真的面目与后人际会，尽管敦煌城外的沙漠中至今残留着一些古城废墟和木简、农具、钱币、箭镞，但毕竟早已是"折戟沉沙"了，这就注定了今人只能是历史的寻梦者，而寻梦的结果充其量只能呈现出一个在今人的断想、整合中已不再是历史本身的镜像。可见，不论我们今天对把握历史、征服自然有着多么震撼人心的自信，我们也拗不过历史的潮涨潮落，更不可能在整体意义上与代表着宇宙意志的自然强力抗衡。我认为，这就是高尔泰对敦煌历史、文化、艺术聚散演化真谛的深刻觉知。所以他并没有把敦煌莫高窟这个兼具历时性与共时性的历史文化存在作为一个静态景观推到读者眼前，而是一而再、再而三地突出了多种因素的合力创造。当介绍了莫高窟保存的从十六国时期到元代的壁画、彩塑、经卷后,作者首先从历史的纵向演进上凸显了人代代相继的创造,"只有无数人千余年间的代代相继、层层累进,才有这样的宏构巨制的可能"。然而,作者又深知一种伟大的创造绝难产生于文化的封闭状态之中,他尤其看重文化上的横向交融对形成敦煌艺术的决定性作用,其见识也愈见警拔深刻,实能引人深思遐想:

> 如果没有佛教的东来,没有印度文化、波斯文化、马其顿东征带来的希腊文化随着丝绸之路上的商队,在这里和月氏、乌孙、匈奴人留下的本土文化,以及汉庭的西征健儿、移徙流民,被贬黜的官吏和迁谪的文人带过来的中原华夏文化交融汇合,而产生出一种野性的活力,激活了人们创造的潜能,并为之提供了宣泄的渠道,则这种可能性也不会向现实推移。

如果高尔泰仅仅止于看到敦煌艺术创造中的多元文化交融,这在今天"文化研究热"中算不了多么新颖独特的见解,他至多不过把敦煌艺术创造的多种文化成因作了较之非专业人员更为系统周延的清理。他的独具慧眼在于能从这种文化交融中洞见一种极具生命质感的"野性的活力",并认为正是这种"野性的活力,激活了人们创造的潜能,并为之提供了宣泄的渠道"。"野性的活力"是人的生命力在自由状态下的恣意彰显,它可以最大限度地拓展人的创造空间,正如作者曾经说过的:"创造,这是人类自由的主要形式。这种形式,也是审美活动和艺术活动的主要形式。"人类的发展离不开创造,"创造是对于现实世界的超越。是对于已知和被认可世界的超越"。但人如果一旦失去了自由,其创造力也就被封杀了,所以高尔泰说"自由是生命力的升华。它通过认识和驾驭必然性,有意识地按照主体的需要而不断地创造世界"。作者在此文中将这足以俯仰千秋的敦煌艺术的伟大创造最终归因为"野性的活力",这不是突发奇想的臆断,而是他在直面和解读这艺术宝库时至真至切的生命体悟和理性穿透。既然伟大的创造离不开"野性的活力",那么当创造物超越了创造主体所生存的特定历史时空,"野性的活力"也就不会止于单纯人力的作用了。作者在深刻的思辨中进一步拓展了"野性的活力"的范畴,让我们在更为辽阔的视野中把握创造的动因,领悟自由的真谛。对于莫高窟艺术而言,作者认为"历史和自然都参与了它的创造。那荒野神奇而又深藏若虚的自然景观,不是更增添了它摄人心魄的艺术魅力吗?"他甚至还以"当年锃亮闪光俗不可耐的祭器,后来变成了绿锈斑斑古朴凝重的青铜文物"的独到体悟,别有心得地指出:"大自然的破坏力量,在这里变成了创造的力量。鬼斧神工,此之谓乎?"我认为,高尔泰先生对莫高窟艺术创造成因的这些超越常规思维的精辟见解,固然离不开他的学识修养和艺术领悟力,但如果缺少了个体性的独特生命体验,他是不可能迸发出这么多富有思辨意味的智慧火花的。他由"野性的活力"感悟到历史的无序和"多种机缘的巧合"对于艺术创造提供了难得的保证,这与作者自己的生命际遇又是何其相似啊:"想到世事无常,我家破人亡死地生还犹能来此与之相对","历史的无序"深刻地对应着"世事无常",艺术创造的机缘契合着人生难料的际遇,弥漫于宇宙的大自由,也成全了一段难以逆料的生命之缘,作者于首题即用带血带泪的生命体验揭示了自由与艺术、与美的升华之间的必然联系,在高尔泰执着的生命叩问中,我们不仅感到了敦煌艺术真实的"在"和"有",更懂得了它的"何以在,何以有"!

二、置身生命炼狱中的精神突围

如果说第一题已经初步传递了高尔泰当时的现实生存信息，那么第二题的"面壁记"便把这种生存现实引向了更为痛切的倾诉："'文化大革命'改变了人们的生活也改变了人们的形象。所有那些温文尔雅不苟言笑的好好先生，一夜之间变成了凶猛的野兽，只有洞中那些菩萨和佛像，依旧保持着往日的自尊与安详。""被揪斗的人多起来，我这个'死老虎'被撇在一边，常常被派去扫洞子。"我认为，高尔泰并非在这里渲染个人的苦难，而是要着意强调人在一种痛苦的生命体验中所能获得的超越常态的精神感受。钱理群先生说："人不能无止境地沉浸于痛苦的回忆中，要经历思想的飞跃与升华，使苦难真正转化为一种精神资源。"高尔泰正是于苦难中获得了独特的艺术视界："拄着扫帚看到的，同拿着卡片或者画笔看到的，又不相同。""对于卡片来说它们是资料。对于画笔来说它们是范本。对于以戴罪之身，手执箕扫，心无所求，依次从容不迫地看下去的我来说，它们成了心灵史，成了一个思维空间的广延量。"我特别看重这"心灵史"三字的分量，因为有了这带有生命涅槃意味的"心灵史"，才使得作者拥有了超越生命常态的艺术感受和价值评判:"都说唐代艺术最好最美,但我个人最喜欢的还是魏窟。"这种喜好恐怕难以成为艺术界的公论与定评,但高尔泰喜欢魏窟自有他的道理:"唯魏晋瘦削修长,意态生动潇洒。额广,颐窄,五官疏朗。"他尤其对西魏二八五窟沉醉流连,不论是佛教诸天,还是中国的古代诸神,他们"奔腾竞逐于天空。或乘雷电,或踏飞轮。灵幡飘渺,华盖悬空。旌旗舒卷,衣带流虹。潇潇洒洒,满壁生风"。高尔泰在这气韵生动的艺术宏图上读出了潇洒、疏朗、读出了神秘和自由,更读出了精神的力度和气度。

> 像一组组流动的乐音,有笙笛的悠扬,但不柔弱。有鼓乐的喧闹,但不狂野。从容不迫,而又略带凄凉,凄凉中有一种自信,不是宿命的恐惧或悲剧性的崇高,也不是谦卑忍让或无所依归的彷徨。

在此,我们听懂了高尔泰独钟魏窟的心音——自由即美。然而有唐一代的文化艺术毕竟是中华历史长卷中最为灿烂辉煌的一页,作为艺术家,高尔泰是不会回避这一珍贵的历史存在的,他也特别推崇贞观、开元之际以华严、瑰丽、气度恢宏著称的唐窟,因为这些生动无比的艺术创造再现了盛唐睥睨百代的时代风貌。但高尔泰看重的仍然是一种生命力的自由和谐的张扬："不是禁欲的官能压抑，也不是无所敬畏的张狂。佛国的庄严，都化作了人间的温馨，如此大气，又如此隽永。"而对唐窟中的佛教诸神，高尔泰则青睐他们各具的个性：或单纯质朴，或饱经风霜，或圣洁而仁慈，他们都显示了一种征服与超越的精神气度："历经千辛万苦，面对着来日大难，既没有畏惧，也没有抱怨，视未来如过去，不知不觉征服了苦难。"至于佛祖释迦牟尼的造像则更是"姿态单纯自然，脸容恬淡安详，如睡梦觉，如莲花开，视终结如开端，不知不觉征服了死亡"。作者终于欣慰地悟出了"死亡的曲子，如此这般地奏出了生命的凯歌"。艺术的光芒也使作者找到了中西同类艺术品的比照基点，由此而产生的民族自豪感绝非国人中阿Q式空洞虚妄的自尊自大。敦煌艺术是中华民族的，但它又是吸纳、涵容整个世界的，非简单化的美学标准和艺术类比可以辨析其差异："这不是一个可以用阳刚阴柔之类现成概念，或者十字架或太极图之类近似的比喻可以说明的差异，其中隐藏的消息，也为我们打开了一个通向别样世界的门窗。"虽然作者最终还是要从洞中的面壁回到洞外的请罪，但洞中感觉到一种"广阔"和洞外"直觉得四面都是墙壁"的对比性体验,还是使他在极不自由的现实境遇中获得了另一层面的自由超越。佛家常以面壁图破壁,高尔泰在现实世界是无由破壁的,但如果从"心灵史"的层面解读他的洞中面壁,则或许能听到他于那"别样世界"的精神突围中几声令人荡气回肠的破壁之音!

"寂寂三清宫"一题既是作者寻觅自由的精神曲线,又是他呼唤自由的心灵直白。在莫高窟附近的三座寺庙中,工作人员和家属们群居而显热闹的上寺他不恋,有着两位传奇性人物居住的中寺又设立了研究所,唯有那僻远的下寺(三清宫)令作者情有独钟。这无疑是一种令人不可思议的选择:这里曾吊死过人,也曾被土匪打死过人,还有狐仙鬼怪的传说。"有几分神秘,几分恐怖。"但高尔泰不是庸人自扰,在那个人人自危、缺乏安全感的乱世之中,那些如惊弓之鸟的精神战士是多么渴望有一方宁静之土以安妥那颗破碎的灵魂!难怪高尔泰坦诚直白:"我喜欢三清宫的宁静""那是一个属于我个人的世界,离人群愈远,它愈开阔"。在人类社会化的进程中,个体生命本来只有在群体性的社会生存活动中才能更好地实现自我价值,但社会性活动中不可避免的荒谬性又往往给个体生命形成难以承受的精神重压，迫使个体在残酷的社会关系中产生对群体生活的厌倦和疏离，归隐思退往往成为他们的心灵向往，当他们把这种心灵向往变成现实的时候，他们失去的是个体生命得以驰骋飞扬的广大社会空间，但他们却获得了内在灵魂得以休憩疗治的心灵空间，他们失去的是外在生命的热烈辉煌，却拥有了内在精神的宁静自由。高尔泰独居三清宫是寂寞冷清的，但他并不孤独。在这里他可以自由自在地俯瞰疏林外川流不息的河滩，可以凝眸远眺高坡上古代僧人留下的舍利塔，可以沉醉痴迷于三危山的金光烈焰中的千佛跃动、落霞返照中的鸟飞鱼跃，他更能够在老式的煤油罩子灯下读他喜欢的书籍，完成能温暖他心灵的专题，这一切都是群居生活中绝难幸遇的。

然而，一生都在揭示人的异化与复归，呼唤人在现代社会中的自由与解放的高尔泰，他毕竟不是那力主"清静为天下正""无为而无不为"的老庄的信徒，他深知人的思静与独居都是一种被逼无奈的选择。陶渊明"性本爱丘山"而思山水田园之静，但仍然抑压不住"精卫衔微木，将以填沧海，刑天舞干戚，猛志固常在"的精神躁动，闻一多身置属于个人的宁静书斋，歆享着"神秘的静夜""浑圆的和平"，但当听到"炮声轰鸣""死神咆哮"的时候，无论如何也禁不住"心跳"，不稀罕"这墙内尺方的和平"。高尔泰"曾经渴望寂静，梦想着有一个风平浪静的港湾，好安顿遍体鳞伤的身心"，但当深夜到四五六洞去取暖瓶时，仿佛听到"古代的声音就在耳边"，便感到"寂静更加寂静"的重压，"无边的寂静就是坟墓"，寂静可以带给人以心灵的自由，但如果一味沉埋于寂静，也会渐趋精神的死寂。"寂静不等于安宁，轻柔温软的寂静，有一个冷而且硬的内核：它是刹那和永恒的中介，是通向空无的桥梁。"对于彼时彼地的高尔泰来说，即使面对那没有安全感的现实世界，"也比现在这样，变成千年古墓的行尸走肉要好"。于是他进入寂静又走出寂静，再度践行会给自己带来灭顶之灾的精神使命："写人的异化和复归，写美的追求与人的解放，写美是自由的象征，即使自知在玩火，也不能阻断自己同外间世间、同自己的时代、同人类历史的联系。"我们终于看到，进入寂静带给作者以自由，也带给了他以重压，而走出寂静虽然带给他"玩火"的危险，但也带给他"复活的喜悦"。如果说高尔泰写作"寂寂三清宫"一题蕴含着什么艺术机巧的话，我却要借用滨田正秀的话：艺术的真实就是生命的真实。当高尔泰在那生命的炼狱中进行着惨烈悲壮的精神突围的时候，他对自由的呼唤无疑是一种心灵的直白，但他在实现这种心灵直白的进程中，又无疑经历了一段生命的苦旅，一条精神的曲线，行之于文，高尔泰就将生命的真实演绎成了一条令人心动神摇的艺术曲线。

三、面对艺术真容难再的生命承担

全文最后的"花落知多少"一题似乎无一词一语关乎自由，作者心之所系的是敦煌文物的存亡绝续，但其中仍然蕴含着对艺术生命自由的深切牵挂。作者认为："敦煌艺术的昌盛，以唐为最。唐以降，愈往后愈失掉昔年的高华与大气，一代不如一代。"这不是高尔泰的审美偏见，它实际上已涉及美与风格的关系问题。风格具有独创性，不可重复性，其形成的过程尤须以自由的创造为必要条件，而自由的创造空间又联系着一个时代的精神气度。以此观之，有唐一代自然是中华历史上空前绝后的。当然，评价敦煌历史艺术的高下不是作者的终极目的，高尔泰是要努力从艺术的盛衰嬗变中捕捉历史的信息，窥探时代变化的曲线。他将敦煌这个个案，证之于世界艺术的嬗变规律，"中世纪欧洲的艺术，落后于古希腊罗马时代；苏联文学远低于19世纪的俄罗斯"艺术的变迁回荡着历史的脚步，我认为，高尔泰从中到外不厌其烦地缕述这一嬗变规律是有其深意的：不论艺术是随着历史升华还是式微，完整地保存它的既有成果和本真风貌，对于后人研究艺术和历史都是弥足珍贵的，后人没有理由更没有权利对它进行粗暴的主观筛选和任意存毁，敦煌文物不论是高华还是粗俗，都是一种再难复现与复制的历史文化存在。

然而，艺术家的良知与理性是难以成为一种公共性认知的，精英无疑拔萃于大众，但大众到底不尽是精英。高尔泰的心愿并没有化作现实社会对敦煌文物应有的尊重，仅从20世纪20年代以来的近百年间，敦煌文物遭到了一次又一次令人痛心的破坏：行政命令的强力干预，大小官员的豪夺私吞，往来行人的无意间毁损，军阀部队的粗野践踏，艺术家们功过参半的拷贝临摹，商业化旅游带来的生态失衡这一切不仅改变了敦煌文物的艺术真容，更切断了历史文化信息穿越时空的自由释放。对此，已年届古稀的高尔泰先生仍然难禁艺术真情的宣泄和自由灵魂的跳动，字里行间还流淌着少年的激愤与狂放："所谓人算不如天算，我们不妨看得淡些。'六朝文物草连空'，听其自然比较好。要不，二十多年以来，整个中国在滚滚的商潮中失落了那么多的人文精神，我们又当如何？"高尔泰真能看得淡些吗？当他把敦煌文物的被毁与当今人文精神的失落一脉贯通的时候，其中的愤激与无奈是不难掂量的。作为一个把自己的一段最宝贵的生命时光和最凄凉的生命血泪交融于敦煌文物的艺术家，高尔泰的愤激不是隔岸观火的嚎叫，而是他对敦煌艺术乃至对整个中华民族精神走向至真至切的生命承担。

　　读完《敦煌四题》，我自然又想到了余秋雨先生的《莫高窟》，我曾多次心动于余氏对历史文化沧桑的忧愤，也心折于他的艺术真知，而余先生也曾多次谈到自己为文时的"生命状态"，也常常用"生命状态"去评价他所喜欢的艺术家。在《莫高窟》一文中，他也有与高尔泰同样的关于艺术与自由关系的精彩表达："狂欢是天然秩序，释放是天赋的人格，艺术的天国是自由的殿堂。"我想能写出这样的文字肯定是需要生命状态的，但如果与高尔泰的《敦煌四题》相比较，余氏的"生命状态"则更多的是一种思考状态和写作状态，他虽然也造访过敦煌，也对此投入了生命的真诚，但与高尔泰的敦煌之缘相比,他也只能算是敦煌艺术之旅的一个过客,其文虽有苦心孤诣的思索,但也不可避免地着上了明显的书斋气和学院色彩。高尔泰是艺术家也是学者,但他更是生命苦旅的真正践行者和艺术险峰的真正攀登者,所以我觉得他的《敦煌四题》是在书斋里写不出的,他的"美是自由的象征"之所以卓然一家、非同凡响,其奥妙在于他是在用生命诠释美与自由。

对知识分子独立价值缺失的反思

读王小波的散文《花剌子模信使问题》

万秀凤

作者介绍

万秀凤，1962年生。上海师范大学本科（1980年）和文学研究所硕士生（1986年）毕业。上海金融学院人文艺术系副主任，上海金融学院副教授。

推荐词

王小波的文章既不乏杂文针砭社会现象的尖锐和猛劲，又吸收了一般散文注重从个人丰饶的内心世界出发，以流畅、明朗的语言来书写个人的感觉和体验。这种在议论、说理、分析、推论过程中不时掺入感性的发挥，穿插作者的一些人生阅历和亲身体验的写法，既增加了说服力，又使文章亲切有味，这也形成了王小波的文章近似于叙述性散文和杂文的混合体。这种并不纯正的文体是王小波散文的独特之处，也与王小波文理兼修的教育背景和学术生涯有关。王小波本科是学习理科的，到美国后开始学习和研究社会学，这就形成了他的文章具有逻辑关系，文学家的活跃才情和社会学者的批判、质疑眼光。

虽说王小波的文学志向在小说创作不在散文上，但由于他的众多散文皆根植于社会现实，且始终对公共领域的思想问题保持着敏锐的视角，例如他的许多文章以自成一体的语言和表达方式对道德伦理、传统文化、性问题、中国人的生活方式、人的尊严以及知识分子的精神和使命等诸多问题进行了独特的思考和剖析，因而具有广泛的影响。《花剌子模信使问题》即是其中著名的一篇。

　　《花剌子模信使问题》一文借野史中记载的中亚古国花剌子模信使的古怪风俗直指包括学者在内的知识分子在寻求、探索真理和认知世界的过程中自身价值立场和独立话语的缺失，分析、批评了"君王"类的当权者对学者话语权的剥夺。应该说，《花剌子模信使问题》一文的观点谈不上有多少标新立异之处，因为曾经有不少学者对知识分子缺乏独立精神等相关问题进行了诸多的批评，然而王小波在《花剌子模信使问题》中却罗列史实，推陈道理，将正面说理和反讽幽默结合在一起，全文因此充满了无可辩驳的力量。

像王小波不少散文的写法一样，《花剌子模信使问题》起笔便由故事担纲，以中亚古国信使所携带信息的好歹与他们命运直接关联的古怪故事，引出"学者的形象和信使有相像处"这样一个全文论述的核心问题。这里，故事不仅引出议论的话题，而且衍生出文章的形象性和生动性特征。接着王小波指出学者也有"好消息使者"和"坏消息使者"，并以马寅初新人口论的被批、自己和李银河对同性恋研究被迫中断的事实，说明作为"坏消息使者"的学者必无好下场。这些例子进一步确立了学者的角色、遭遇和花剌子模信使几乎相同的基本论题，在此基础上，王小波进一步挑明了事情的真相，得出第一个结论，"对于学者来说，研究的结论会不会累及自身，是个带有根本性的问题。这主要取决于在学者周围有没有花剌子模君王类的人"，指出君王弱智、偏执的品性决定了学者的"报喜不报忧"，以至于"他们（学者）只是仔细提防着自己，不要得出不受欢迎的结论来"，可见，君王类人物是花剌子模信使思维模式的制造者，他们的存在直接导致了学界上空花剌子模思维的产生，并使学者徒有自己的生活、学术体验而不能成为自己话语的主人公，显然，学者是君王花剌子模思维的直接受害者。由此，王小波把关于花剌子模信使问题的思考、分析引向纵深，把批判的锋芒指向了以君王为代表的当权者。有人认为，《花剌子模信使问题》一文："批判不指向权力，只指向被权力操纵的族群。"并进而指出，王小波的"文章没有阐明任何问题，没有得出任何结论"。我以为这是皮相之论。从表面上看，《花剌子模信使问题》很多篇幅都在谈学者的种种问题，诸如自我压抑、缺乏独立精神、瞻前顾后，但文章的批判不仅仅针对学者，而且指向问题的症结所在——当权者的独裁和愚昧吞噬了本应作为主体的个人，包括学者。一方面，王小波毫不留情地批评了学者缺乏独立的价值立场和学术勇气，指出："他们（学者）只是仔细提防着自己，不要得出不受欢迎的结论，由于日夜提防，就进入一种迷迷糊糊的心态，乃是深度压抑所致。与此同时，人人都渴望得到受欢迎的结论，因此连做人也不够自然。"并且在花剌子模思维的影响下，学者容易变得滑头，由此，作者得出第二个结论："花剌子模的信使早晚要变得滑头起来。"另一方面，王小波又不止一次地为学者开脱："学者没有狡猾到这种程度。""学者没有完全变狡猾,这一点我还有把握。"他竭力把少数学者的逢迎和佞人区别开来,包括在谈到冯友兰先生为迎合时尚修改《中国哲学史》时,王小波明确指出:"但是再滑也滑不过佞人。"毋庸置疑,王小波对于"学者往往在求真实和受欢迎之中,苦苦求索一条两全之路"的做法,既有不满,但更多的是理解、同情、苦涩、宽容和恳切。如果说,王小波对学者处境和行为的分析是以正面说理的方式展开的话,那么,对花剌子模思维方式制造者——权力掌控者的抨击则更多地通过反讽推理来实现。全文不少篇幅在分析学者内心软弱、压抑的同时,时常夹枪带棒地对当权者加以反讽推理,例如文章在举"坏消息使者"例子时写道:"当时以为,只要把马老臭批一顿,就可以根绝中国的人口问题,后来才发现,问题不是这么简单。"在轻言慢语中对当时执政者的愚蠢、短视做了尽情地挖苦和嘲讽。再如,在谈到自己的同性恋研究遭到阻碍时,作者写道:"假如禁止我们出书,封闭有关社会学杂志,就可以使中国不再出现同性恋问题,这些措施就有道理。"对当权者的无知、愚昧做了尽情地奚落,可谓绵里藏针,力敌千钧。

然而王小波并未到此为止,而是追根溯源,以孟子为例,指出中国式的"学术必须有效益"的思想"构成了另一种花剌子模",而对于君王来说,"最好的效益就是马上听到好消息",并且,王小波进一步指出花剌子模的思维方式根植于传统的文化心理:"中国古代的统治者都带有花剌子模气质""中国常常就是花剌子模"。在王小波看来,在这样的历史语境和文化心理中,学者承受压力、内心虚弱、无所适从也就成为必然。至此,文章始终围绕着学界存在着花剌子模信使思维来分析原因、层层推进,找出问题的症结之所在,最后作者再反过来推导出花剌子模思维给学术带来的危害,并得出第三个结论,"假设有真的学术和艺术存在的话,在人变得滑头时它会离人世远去",也就是说,真的学术和艺术与虚伪无法共存,这一结论,经过前文的层层分析和推进显得格外有力和发人深省。从以上分析中,我们可以看到,《花剌子模信使问题》是一篇具有丰富思想容量的文章,作者思维缜密,说理透彻,推导出一个又一个结论。同时,为了避免思想容量过大而可能使文章过于沉重和文气滞阻,作者在正面说理的同时,不时插入反讽幽默的语言,使文章在冷峻尖锐中多了一些温润和柔劲,在厚实稳健中添了一份智慧和从容。例如,在谈到自己和李银河对同性恋研究被迫停止的情况时，作者写道："值得庆幸的是北京动物园的老虎当时是不缺肉的。"这貌似轻松、调侃的一笔，蕴涵着作者内心的苦涩和酸痛。又如，在谈到君王的专制、自以为是时，作者写道："假如能和他讲理，他就不是君王，君王总是对的，臣民总是不对。"满是讥讽和恨意。为了更好地说明问题，作者还把君王分成粗暴型和温柔型两种，对于后一种，"凭良心说，我觉得这种怀念有点肉麻，不过，我也承认，忍受思想工作，即使是耐心细致的思想工作，也比喂老虎强"。表面上说，温柔型的君王要好于粗暴型的君王，但事实上作者把两者放在一起比较，就已经说明他们的本质是相同的，都是花剌子模信使思维牢笼的制造者。需要指出的是，王小波的反讽幽默因为有深邃的思想和智慧作底，因而就不会坠入轻薄、油滑之中，不会形成幽默一下、俏皮一下，却仍然全面陷入生活世象之中。也由于王小波的反讽幽默是结合着正面说理，且掌握了一定的度，故显得旨意深远而又令人回味无穷。

《花剌子模信使问题》不仅有理性的、严谨的思考和判断，而且洋溢着作者鲜明的、丰富活跃的感性色彩。王小波围绕着学界存在的花剌子模思维方式，在冷静、理性的分析同时，通过对个人生活经验的叙述来进行自我思想的阐述，换言之，他的文章既不乏杂文针砭社会现象的尖锐和猛劲，又吸收了一般散文注重从个人丰饶的内心世界出发，以流畅、明朗的语言来书写个人的感觉和体验。例如为了更好地说明类似君王的掌控者对学者思想的禁锢，作者以自己和妻子从事的同性恋研究遭封杀的亲身经历加以印证和发挥。又如，在谈到"学者往往在求真实和受欢迎之中，苦苦求索一条两全之路"左右为难的尴尬，作者又以自己的大学老师关于搞现代史要牢记的两个无法兼容的原则加以说明，这种在议论、说理、分析、推论过程中不时掺入感性的发挥，穿插作者的一些人生阅历和亲身体验的写法，既增加了说服力，又使文章亲切有味，这也形成了王小波的文章近似于叙述性散文和杂文的混合体。这种并不纯正的文体是王小波散文的独特之处，也与王小波文理兼修的教育背景和学术生涯有关。王小波本科是学习理科的，到美国后开始学习和研究社会学，这就形成了他的文章具有逻辑关系、文学家的活跃才情和社会学者的批判、质疑眼光。这种自由、活泼、开放的混杂的文体，从某种程度上说，也是王小波作为一名自由知识分子慧心慧眼、不拘一格精神在文体上挥洒自如的体现。

总之,《花剌子模信使问题》一文体现了王小波作为知识分子一员,对中国社会文化转型以及由此引发的知识分子包括学者立场、角色重新确立的清醒意识和严肃思考,从中可见王小波始终保持着知识分子穿透现实的思想风度和相当的精神高度。

理性的光芒与快乐

读《王小波散文三篇》

许丙泉

作者介绍

许丙泉,1970年生,山东泰安人,2006年7月毕业于山东大学文学与新闻传播学院,文学博士。

推荐词

王小波的散文思想丰富深刻,又有骑士风度,有文学艺术的美感,天真、可爱、亲切、痛快。所以读他的散文有时觉得仿佛遇见了天真的苏格拉底,在不经意的、轻松自然的絮语中让人感受单纯、真诚、可爱、有趣,而又逐渐感到深沉感到痛快淋漓,感到思想的强大震撼力:不管什么代价,要有勇气做一个痛苦的思考的人,否则就难以为人!

古希腊的苏格拉底是智慧的象征，为了激发人们思考，不至在生活中沉沦，他经常找人辩论，以自己的"无知"催生人们的思考。苏格拉底说："我要作希腊人的牛虻，用不断的叮咬让人们保持清醒。"王小波的散文也有这样的作用，促人深省，催人奋发，给人以思考的快乐。王小波还被称为"文学骑士"，骑士自然要潇洒风流一些，有情趣更可爱，在追求崇高理想的同时更有一份人间的真情。在中世纪，真正的骑士要擅长骑马、击剑、下棋等技艺。王小波的散文思想丰富深刻，又有骑士风度，有文学艺术的美感，天真、可爱、亲切、痛快。所以读他的散文有时觉得仿佛遇见了天真的苏格拉底，在不经意的、轻松自然的絮语中让人感受单纯、真诚、可爱、有趣，而又逐渐感到深沉感到痛快淋漓，感到思想的强大震撼力：不管什么代价，要有勇气做一个痛苦的思考的人，否则就难以为人！这正是苏格拉底对人的解释，正是真正"骑士精神"的崇高表现。

说王小波散文中有一种天真可爱，是因为他的散文没有世故，没有老生常谈，而纯粹出于真诚，出于"骑士"的那种追求理想、超凡脱俗的精神气质。这也正如那些"无知"的孩子的可爱：单纯得近乎透明，像一滴水珠般清澈晶莹。在《沉默的大多数》中王小波提到了《铁皮鼓》中的小奥斯卡，"发现周围的世界太过荒诞，就暗下决心要永远做小孩子"，王小波也看透了这个世界，但他成了要照亮、改造这个世界的文学家。他的散文多写"文化大革命"时的回忆，那是他的青春岁月，一段充满浪漫梦想的岁月，那也是充满迷狂、躁动、悲伤和苦难的岁月。有许多和他同龄的作者都用笔记下了（或正在记或将要记）那个历史阶段，因为那是深夜的梦魇，让他们无法安眠。王小波也是如此，必须要对自己、对他人说个明白，要释放被压抑扭曲的情怀。但对于王小波来说，他的感情是内敛的、有节制的，而不是忘情宣泄，不是感情左右了理智，而仿佛始终是一个旁观者的目光，一个没有世事沧桑而只有认真观察思量的眼光的孩子，用纯净澄澈的心灵让一切都显露无余。那些司空见惯、习焉不察的，那些在别人只能逆来顺受、麻木不仁的，在王小波这里成了一个个认真思考的问题。而且在读者看来，在这种情况下每一个问题也都显得那么严肃，那么无法苟且，因为这样的事件对于一颗天真的童心来说意味着什么呢？如果世人可以因情势所迫而认假为真，而随波逐流，那么我们还有没有将来？我们还能否为下一代着想？难道也让这颗透明纯洁的心灵变成一潭死水，以至腐败污浊，成为虚假丑恶的根源？那么这个社会将会怎么样呢？明代的李贽提倡"童心"说，认为好的文章就来自纯朴真诚的"童心"。王小波的这些散文也可以说就是"天下至文"。借助这面镜子，借助这难得的心灵，我们才看清了事实真相，才有了那么多的问题，有了那么多的思考，才借以唤醒那蛰伏的良知，掩卷长思，长思那些简单的问题，那些身边的现象，渐次明晰，渐次深远。在混乱喧嚣的生活中，逐渐展开一个属于自己的真实世界，也是一个要努力争取的理想世界。

有人说王小波的散文充满了反讽、戏谑、嘲弄，乃至营造了一种"狂欢节文化"的气氛，在颠覆一切权威、调侃所有正经的过程中获得了思想的解放和感情的自由抒发，那只"特立独行的猪"就是这方面的一种象征。确实，王小波的散文通过揭示社会中众多的不合理、愚昧、荒唐而让读者的思想和情感都活跃起来,甚至有狂欢的感受:世界竟如此可笑!然而狂欢只是真相被揭露、谜底被公开时情感的放纵,王小波作品还有更深层的意义,更让人思索这放纵的根源。所以那只"特立独行的猪"所带来的更多的是新奇的视角、冷静的心态和深刻的思考,只有浅薄者才只看热闹。狂欢是情感的宣泄,与理智的思考相背,王小波的散文则更重在思想的力量,催人思考,探索意义,深化情感,催生强烈坚定的内心意志。这种锐利缜密的理智和深沉真切的情感是王小波散文魅力的重要方面。他不追求戏剧化的效果,更不哗众取宠,故作惊人之语。他的语言是普通平实,故事是平淡无奇,道理是简单易懂,态度是真诚老实,不会让人进入癫狂状态。而且他的行文中有时也似乎要强调"大实话"的本色,常常有"一般看法""我认为""在我看来""大多数人都知道"等插入语,提示读者的真实感、实在性。那么如何理解"狂欢"呢?我想这是因为他的文章中所蕴涵的那种强烈的情感,那种对真实、真理的强烈追求,那种对虚假、丑恶的极端愤恨,使读者感到了狂欢的味道。但我想一定更有读者感受到他的那如烈火一般的内在的强烈情感,那么深沉、痛切,而又表现得那么温婉柔和。仿佛他把滚烫的一颗心包在一个不起眼的布片里送到你的手上,让你感受温暖,感受心灵的震荡,慢慢地引燃你内心的精神火光。久经黑暗又阴冷的漫漫长夜,在这光和热的感召下怎能不欢乐呢?怎能不景仰、不向往作者的思想境界呢?于是复苏的心灵更产生了强大的前进力量。

王小波原是学理科的,深知思想、真理的力量。而他的散文也处处显现着思维的魅力。对于艺术创作来说,理性思维往往是抽象的、枯燥的,所以说理的散文一般不大受读者青睐,读者喜欢的多是抒情散文,特别是那些风花雪月、品味人生、多愁善感、生离死别的作品更易动人心魂、催人泪下。而且我们中国的文学传统就是"吟咏性情",所以散文家也向来都以"言情"为主。情易共鸣,但情也常常难以言明,也往往影响了理性的观察和思索。王小波的散文却主要讲道理,感情首先是在理性的辖制之下,思想性突出是他的散文的一大特色。思想性包括对社会人生哲理的探讨,但在他的散文中,更多的是与他的理科背景的科学性追求相联系而表现出的一种特别的理性精神。哲理可以玄妙迷人,而科学真理如何能引人注意,如何给人以美的感受呢?而王小波却做到了,他的散文散发着理性的光辉,让人感觉明晰可靠、豁然开朗，还让人感到酣畅淋漓的痛快：这个世界是真实的、有规律的，是可以把握的，理性是可贵的，思索带来快乐，洞察一切的人便是世界的主人，便会有最大的快乐。王小波以自己的思考为读者展示出了思考的魅力。

思考首先就需要客观冷静，看清事实真相，不能戴着一副有色的眼镜来描绘现象。王小波散文作品的内容主要讲述年轻时的往事和当下社会现象，没有先入之见，没有强烈的情感色彩，呈现的是实实在在的事实，实实在在的想法。在《沉默的大多数》中他就说："总而言之，我总是从实际的方面去考虑，而且考虑得很周到。"这是最简单最质朴的做法，然而这也是最难得的、最难能可贵的做法。因为不人云亦云，不随波逐流，不故弄玄虚哗众取宠，展现一个独立的人格，一个真实的世界，这样做其实是很难的。当我们处于沉沉黑夜或被浓雾重重笼罩，备受煎熬，心虚恐惧，惶惶不安，这时便会深刻体会到真实的价值：安全、镇静，而又有了希望和信心。王小波的作品便是驱散我们思想上的黑暗和浓雾的光明，它照亮了一个真实的世界：脚踏实地的踏实，豁然开朗的痛快，自我的回归与复苏，以及对幸福生活的渴望与追求。经历过那个时代的人会倍感真实的价值，就是在现在我们不是也常常被假象所蒙蔽吗?

看清问题之后,还要去思考它,去寻找解决的方案,在这个时候王小波"考虑得很周到"。他展示真相,更给我们提供许多科学原理作为依据,这和他的理科背景有关,也正是他作为一名"骑士"所手持的利剑长矛,是揭露一切虚伪愚昧、重整理性秩序的最有力的武器。无论所谓历史悠久的传统文化还是风头正劲的流行时尚,还是自欺欺人的意气情分,都在科学利器的锋芒下土崩瓦解、烟消云散,展现出来的是理性秩序,是真理正义。仅在《沉默的大多数》中我们就知道了有福柯的话语即权力理论、集体性癔症、无目的布朗运动、克里斯蒂式推理等,他自己还提出了"话语的捐税"的观点,另外还有随处可见的基本生活常识和道理。为什么要这么强调事情的根据,强调现象后的规律呢?因为我们的文化传统以及现实的生活常常是不讲理的,而是和"权""情"联系密切,而这"权"和"情"又常是"强权"和"私情"。唯有理性才能建立真正的秩序,才能有可预见的将来。

王小波这种"科学主义"式的执着似乎与文学艺术以情感人的原则相背,不能让人长吁短叹、心有戚戚焉,不能让人奋发扬厉、心潮澎湃。但情感如果没有理性做支撑,没有理性指明了方向和道路,只会是盲目的,受动物性的本能所支配,而我们人类和动物也就没有多大的差别了。要远离动物界,要有光明辉煌的前程,只能靠理性,靠思考,靠明白世界的道理。而这又是我们传统文化和民族性格向来的短处。所以我们可体会王小波这"科学主义"的良苦用心,以及那种执着,那种义无反顾的牺牲精神。

王小波"科学主义"式的散文并不枯燥,并不冷漠僵硬,而是让人快乐,也让人痛快。面对那些扭曲变态的事实,拿出真理来衡量一番,已属不易,已经能让有心的读者感受到那份诚挚与热爱。而王小波更能让读者享受思想的快乐,享受这种人类所特有的理性的欢喜。像一个天真而又认真的孩子,王小波揭开了各种各样的"皇帝的新衣",像一个人生经验丰富,同时又通晓各种科学知识、眼光敏锐的智慧老人,向人们讲述着社会、人生的真理。他"考虑得很周到",实际上太周到了!让人应接不暇,让人觉得那么丰盈透彻。仿佛星星的闪烁变成了旭日的光辉灿烂,满世界一片明媚温暖,仿佛清澈的源泉滋润干涸的心田,生命逐渐复苏,逐渐充满生机,向大地天空尽情舒展!这该是多么痛快欢畅的感受！更何况是我们理性的解放和自由呢！思考和想象没有疆界，而理性的快乐也没有界限。古希腊人认为人是理性的动物，而理性的快乐是真正属于人的快乐，也是推动人性向更完善的境界发展的强大力量。如王小波常常对一个事物做多方面的考察，展示事物的各种形象，从而揭示内在本质；常常对事情的来龙去脉仔细思考，让人深入理解，展开多方联系，把握事物的多重意义。如在《花剌子模信使问题》中，为什么杀掉信使呢？信使怎样才不被杀掉呢？为什么会出现这种现象呢？王小波用了许多的"假设"来进行思考：假设我们生活在花剌子模，假设学者们能知道报告的内容，假设禁止信息传播，假设可以对花剌子模讲道理，假设信使狡猾，等等。这种种假设使读者对事情有了多方面的深入认识。王小波又认为："获得受欢迎的信息有三种方法：其一，从真实中索取、筛选；其二，对现有的信息加以改造；其三，凭空捏造。""第一种最困难，第三种最为便利。"如此深思熟虑，如此严密深刻而又准确清晰、明白易懂，对于我们的理性来说，那真是一种非常熨帖的感觉。

有了这种理性的能力，自然有了洞悉现象的优越感，自然也就有了喜剧性的笑。诙谐、幽默、反讽、戏拟等效果也就自然而生，如水到渠成，欢快跳跃，如春暖花开，缤纷绚丽。如那只"特立独行的猪"，知青喜欢，领导痛恨，老乡们说不正经。这位猪兄敏捷有力，智慧超群，眼睛雪亮，能模仿各种声音，甚至还能模仿汽笛声。当人们兵分两路，手持枪械兜捕它时，它"冷静地躲在手枪和火枪的连线之内，任凭人喊狗咬，不离那条线"，最后"一头撞了出去，跑得潇洒之极"。读后让人称奇，更感痛快。这位猪兄自有它的生存之道，从不受人摆布，活得自由潇洒，令人敬佩。用这位猪兄的眼光来看这人世间，该是怎样的呢？真有意思！自称享有崇高理性的人类应怎样呢？真要好好思考啊。

王小波这位文学骑士，以它特立独行的姿态在文坛上树起了一道独特的风景。朴素平淡而又亮丽炫目，温暖真诚又热力四射，执着深沉又痛快淋漓。在读者的心里展示真理，激发想象，努力去塑造"理性的人"的形象。我们仿佛看到了堂·吉诃德的身影，为崇高理想奋不顾身；仿佛看到苏格拉底的身影，为探索真理甘于自我牺牲。越来越多的人喜欢王小波，恰如喜欢灯火、星光，喜欢阳光普照，喜欢向人性更高、更光明灿烂境界不断前进。

一部特殊的史书

读曹聚仁《我与我的世界》

李书磊

作者介绍

李书磊,1964年1月生,河南省原阳县人。1978年在北京大学图书馆学系学习。1982年为北京大学中文系当代文学专业硕士研究生。1986年为北京大学中文系当代文学专业博士研究生。2008年12月任中央党校副校长。

推荐词

曹聚仁难得的是与学术界、文艺界、报刊界、教育界、军政界都有渊源,而且都非泛泛之交而是有参与之缘,所以他的叙述视野就有一种少见的开阔,一部文化史在他的手中融汇起来了。广泛的阅历也使得他的人物品评论显得很地道,不隔膜。他能以国学家的眼光看章太炎,以作家的眼光看鲁迅,以教授的眼光看蔡元培,以编辑的眼光看黎烈文,说的的确都是行内的话。忽然他又以编辑、记者的眼光看鲁迅,以作家的眼光看章太炎,自然地就别开了一番生面。

  曹聚仁以史家自许，《我与我的世界》也可以当成史书看：却是一部特殊的史书。按文体这本书应属自传，但曹聚仁却很少讲自己的事情，他倒是自觉地以自己为引线去连缀他人的事迹，中国现代文化史上很多重要人物都被他述说到了。

  这些人物出现在曹聚仁的笔下与在文化正史中大为不同：正史记的是他们的名山事业，而曹聚仁所津津乐道的是他们的日常故事。日常故事或许的确没有名山事业重要，但问题是这些名人的私人故事多少年来就没有人正正经经、坦坦白白地用文本的形式告诉我们，我们这方面有限的知识往往来自道听途说，来自师生的口耳相传，来自对正史文本中蛛丝马迹的推测，来自——这也许更糟——旧日的黄色小报与今天的"解密文学"捕风捉影的描绘。曹聚仁以朋友的恳切、史家的庄敬叙述这些人物日常的、私人的生活，使他们生活的这些侧面进入了文化史正当谈论的语境之中,因而获得了公开性、合法性与可信性。刘大白婚变的来龙去脉、章衣萍恋情的前因后果、汪静之读书与教书的荒唐行实,这些小事情因为是新见新闻而成为我们这些阅读者的大收藏。在这里曹聚仁似乎是在有意地实践他写史的理念,他很推崇莫洛亚写史传的见识,不把历史人物看成是建功立业的英雄而看成是在生活中挣扎折腾的个人。这的确打开了我们一种新的眼光。当然,了解了文化人物的个人生活未必会对我们理解其作品有直接的帮助,但至少能增加我们对人复杂性与丰富性的认识。我们原来通过作品构建的文化人物的形象在曹聚仁笔下有点陌生起来,使我们对不可解的人生与人事不禁肃然。

曹聚仁写历史总是着眼于小处细处,他写大人物不离小事情,写大事件不离小环节(如写"五四运动",不写北京大学而偏写浙江一师)。他还着意写了不少名不见经传的小人物和历史大叙事之外的小事件。说实话,往往是这些小人物、小事件的描述揭示了历史的真切面目,使人得以亲近事情的真相,并且会对我们习焉不察的史观史见形成挑战,对我们头脑中已有的历史图景带来修正,这真是恼人而又喜人。比如曹聚仁对其父梦歧先生办厂办学的记述，使我看清了传统士人经由新学向现代知识者转化的轨迹，在这个过程中传统的信仰精神怎样变成一种对新文明坚信笃行的力量，传统的乡绅权威又怎样支持在野的维新志士，在对朝政的改良或革命之外找到了一条社会改造的坚实路径。由此我对传统与现代的关系、传统向现代转化的可能性有了更多样的想象，对历史变迁的必然性与偶然性有了更开放的态度，对历史叙述的线性逻辑生出了新的怀疑。一本书能在这样的层面上有益于读者，也该算是有大功德了吧。

曹聚仁难得的是与学术界、文艺界、报刊界、教育界、军政界都有渊源，而且都非泛泛之交而是有参与之缘，所以他的叙述视野就有一种少见的开阔，一部文化史在他的手中融汇起来了。广泛的阅历也使得他的人物品评论显得很地道，不隔膜。他能以国学家的眼光看章太炎，以作家的眼光看鲁迅，以教授的眼光看蔡元培，以编辑的眼光看黎烈文，说的的确都是行内的话。忽然他又以编辑、记者的眼光看鲁迅，以作家的眼光看章太炎，自然地就别开了一番生面。这个文教各界的公共同仁、国共两党的共同朋友，其广泛的了解、广大的同情，在现代中国大概是难有匹敌了。不过，我真正欣赏的却不是他友于各界的外圆，而是他忠于自己的内方。他办《涛声》时高揭"乌鸦主义"的旗帜当然是有些夸张了，他并没有专门去找人的晦气，但他对任何人都不作曲意的谀词却是有目共睹的。他对人还往往有冷峻而中的的评语。他虽然赞赏吴稚晖早年的热血，但对他与谋国共分裂的冷血却也笔下无情。谁是官僚不配做大学校长，谁是诗人并兼疯子，谁谁虽经后来众口交誉但在当时也无聊得很，谁谁虽有孤傲的盛名但也并非是"不食周粟"……《我与我的世界》的作者在内敛中暗藏锋芒，在宽容中透出凌厉，他并不曾随着俗见写滑了手，而是在行文中自矜自重，时时对人物推敲质疑。因而这本书既亲切随和，又有骨有格。

正是《我与我的世界》这种一丝不苟的庄敬态度，赋予从前那黯淡而痛苦的文人生活以意义，赋予早成陈迹并少有人忆起的文化史以意义，也赋予我们今天寂寞的文字生涯以意义。过去有过这样的史书，使我们今天的活动与工作有了寄托。

故乡：作为一种"现代神话"

关于中国现代文学作品中的"故乡"

曾一果

作者介绍

曾一果,1974年生,苏州大学凤凰传媒学院新闻传播系副主任。2004年毕业于南京大学,获得博士学位。

推荐词

想象的故乡是美好的,现实的故乡是糟糕的,一种近乡情更怯的失落始终伴随着作者,故乡在切近中丧失了神话意义,然而,正因为如此,故乡才作为一个永恒母题被艺术化和象征化地保存在个体记忆中,"离乡—返乡—再离开"成了现代散文和小说关于"故乡"的基本故事叙事结构。

一

"故乡"是中国现代文学中最常见的母题,而这一母题最早的开拓者是中国现代思想的启蒙者鲁迅,作为一个"现代人",鲁迅敏锐地意识到,故乡是一个绕不开的话题,他的小说集《呐喊》《彷徨》以及他的散文集《朝花夕拾》深入挖掘了"故乡"的丰富内涵,确立了这一母题,而以后的作家茅盾、杜衡、沈从文、周作人、萧红或许都是受到鲁迅启发,带着各种各样的心情,不断地返回到"故乡"这一母题上。

何以有如此之多的中国现代知识分子带着各种各样的心情返回"故乡"呢?这是因为故乡是一种"现代神话",在现代社会中,"故乡的神话"产生于大批作家的离开其生命的本源之地,本源之地便被称为"故乡",离开它于是谓之"离乡"。"离乡"的场景不仅见于现代世界,"少小离家老大回,乡音未改鬓毛衰,儿童相见不相识,笑问客从何处来",古代诗歌作品也有大量"离乡"或称"离散"主题。但故乡作为一种"神话"却诞生于现代社会:在古代,许多人"离乡",所接触到的世界并不完全陌生,不过在现代社会里,"离乡"却意味着将要面对一个与故乡迥然不同的世界,一个谓之"现代世界"的世界。在这个现代的、都市的世界面前,故乡意味着"过去"和"乡村"。正是在这个"现代世界"里,大批知识分子染上了"怀乡病",并在"怀乡病"中把故乡塑造为"神话",美丽、朴素、善良和纯真这样的辞藻往往赠与了"故乡"。在此"神话"之中,大批作家们带着对现代城市的厌倦,怀着对故乡美好愿望,踏上了"返乡之旅",但在返回的途中,故乡却从神话的世界中坠落。鲁迅不仅会感叹,"这不是我二十年来所记得的故乡?"在返回之中,许多作家目睹了心中故乡和现实故乡的差距,"故乡的神话"就在这种反差中坠落,叙事主体为这种巨大反差深感不安,他在城市、异域是边缘之客,但在故乡却同样是异客,故乡没有他的立足之地,"现代人"不得不接受一种现实,即故乡必须在遥远的地方加以怀念才有意义,这是故乡遭遇现代文明的结果。从原乡出发再回到故乡,主体日益成长,故乡却成了蜕化为"异地",主体于是始终处在一种漂泊状态,中国现代小说就表达了这样的矛盾情绪:想象的故乡是美好的,现实的故乡是糟糕的,一种近乡情更怯的失落始终伴随着作者,故乡在切近中丧失了神话意义。然而,正因为如此,故乡才作为一个永恒母题被艺术化和象征化地保存在个体记忆中,"离乡—返乡—再离开"成了现代散文和小说关于"故乡"的基本故事叙事结构。

而鲁迅是这一叙事结构的开创者,他的小说集《呐喊》和《彷徨》,以及他的散文集《朝花夕拾》中的故事都发生在乡村,而这个乡村是作者童年时代绍兴生活的写照。鲁迅在小说和散文中,也确立了中国现代文学对于故乡书写的两种基本批判模式:一种是对故乡的批判和对现代文明的呼唤,还有一种是对故乡的礼赞和对现代文明的批判。

二

20世纪20年代的作家对于故乡基本上都是持一种批判态度,因为这批作家(鲁迅、台静农、许钦文等)认为,虽然现代社会已经来临,但"乡村"仍然处于愚昧、落后的状态,这是值得悲哀的事情。鲁迅对乡村的批判最为激烈,这个启蒙思想家总是抱怨中国乡村毫无觉醒意识,沉浸在一个古老、陈旧的往日世界里,小说中的"鲁镇"死气沉沉,毫无现代色彩,以血缘、家族和宗族为基础的传统社会关系在乡村世界中仍然占据着绝对主导的位置,鲁迅怀着愤慨的心情批评故乡毫无变化,以及生活在那里的人们精神麻木。《风波》中七斤每天驾船去城市,所带来的只是皇帝重新登基的消息;《祝福》中鲁镇新年的"新空间"里荡漾着的是旧俗成规,鲁四老爷的书房作为一种很容易接受新思想的场所,填塞的却是"四书五经"之类的传统典籍,鲁四老爷作为乡土和宗族传统的男权代表依然统治着整个家族;《药》中革命者为了革命流血牺牲,但其血却被用来做药引子。在鲁迅的"故乡"里,中国人麻木不仁、食古不化、拒绝变革,这里不能接受任何"新思想"。鲁迅并不关注现代文明对故乡的真正影响,而是通过故乡展开了对整个儒家文化传统的批判。而且鲁迅将批判集中在精神层面,从《故乡》少年闰土与其儿子水生的对比可以看出,少年闰土是紫色圆脸,项上有一个明晃晃的银项圈,生活其实还很好,但过了二十年,水生却不仅黄瘦,而且脖子上没有了银圈,故乡经济和物质环境在恶化,但鲁迅更在意闰土与"我"之间的精神隔膜。当然，在鲁迅看来，造成闰土等人精神麻木的原因，是陈旧的传统道德、文化和社会制度。

或许生活在传统世界中的闰土、杨二嫂并没有强烈地感受到来自现实的，尤其是文化的压迫，除了祥林嫂等少数人，他们或许自身并没有精神痛苦，他们只是生活在世俗世界的人们，而在鲁迅等人看来，他们无一例外是要被批判和启蒙的，因为他们不求变革和进取。鲁迅对于他们的期望超越了世俗，正是在此超越之中，故乡在鲁迅的眼中成为一个"异地"。小说中唯一的"现代人"——叙述者"我"是带着"新思想"回到乡村世界，但无济于事，他根本撼不动鲁镇这个地方的强大传统势力，最终这个奔波不停的"现代人"不得不满怀遗憾地离开封闭、保守的乡村世界。

总之，在鲁迅的故乡中，"故乡"总是令人失望，陈旧、麻木和毫无变化。而且鲁迅把这个小村庄看做是整个"中国"的象征，是詹姆逊所说的"第三世界的寓言"，故乡的愚昧、保守和落后，就是中国的愚昧、保守和落后。但到了20世纪30年代，作家们对于故乡的叙事态度却发生了很大变化。

但在20世纪30年代作家那里，故乡的问题不是因为没有变化，而是变化太大。茅盾的"农村三部曲"描写了20世纪30年代初期的江南乡村，在这些乡村，我们依然看到老通宝这样思想保守的村民，支配整个村庄行动、思想的依然是传统文化道德，但我们看到，新的物质和思想已经对乡村产生了深刻影响，甚至起决定性的作用，是"帝国主义"和"西方文明"造成了乡村的衰败。叶圣陶的《多收了三五斗》、杜衡的《还乡》都不再把乡村社会的衰落归咎于传统社会和文化制度，相反，认为它们是现代西方文明的结果。当然现代文明又给乡村带来了巨大变化。1933年，创造社的"老伙计"郑伯奇在《现代》杂志第2卷第4期上发表了《圣处女的出路》，该小说和鲁迅的小说《故乡》的基本结构一样，叙述"我"从上海大都市回到"故乡"的所见所闻与心理感受："三四年没有回家了，故乡大大地变了样子，宽敞的马路、中西合璧的洋楼、百货商店和电影馆，一切物质上的进步，使人刮目相望。资本主义的狂风，冲破了函谷，吹过了潼关，而来摇撼这千年汉唐旧京，千年的死都，渐渐地摩登化起来了。"

三四年没有回"故乡"，故乡就发生了如此翻天覆地的变化，充满了现代色彩和都市意味，百货商店、电影馆和中西合璧的洋楼不仅是以新的建筑形式改变旧都，而且"新建筑"传达的是现代生活方式,由此可见现代在乡村的渗透何等迅速。20世纪30年代,"现代性"也深入到了沈从文所描写的偏远的"边城"中,都市的物品、时尚和观念都深入到了偏远的湖南乡村,使得这些地方有了物质和文化消费意识,"衣襟上必插两支自来水笔,手腕上带个白金手表,稍有太阳,便赶忙戴上大黑眼镜,表示知道爱重目光,衣冠必十分入时,材料且异常讲究。特别长处是会吹口琴、唱京戏,闭目吸大炮台或三五支香烟,能在呼吸间辨别出牌号优劣,玩扑克时会十多种花样"。都市的物质、趣味和消遣意识在乡村世界里也大增强了,而乡村却无法抗拒这些事物。在茅盾的《春蚕》中,顽固的"老通宝"最后也不得不相信"新机器"的力量,他拒绝使用新式机器,迷恋传统的行径甚至遭到了村人乃至儿子和媳妇的无情嘲弄。

当然,现代物品、趣味和观念在故乡社会的渗透,在20世纪30年代的乡村中,逐渐引发了一种新的情绪。在20世纪20年代初期,启蒙思想家鲁迅批判故乡愚昧保守,呼唤"现代文明",但这种"现代性"渴望,到了20世纪30年代却渐渐地转向了一种犹豫,许多作家都开始对现代文明表达了怀疑。整个20世纪30年代伴随着"现代化"的进展,一种集体性的都市批判情绪在增长着，鲁迅一直哀叹全世界都在变化，唯独中国的农村社会毫无"变"的希望。而杜衡、沈从文则开始批判城市文明，怀念起"永恒不变"的乡村社会来，他们批判城市文明对于乡村的入侵，破坏了乡村传统。沈从文批评说，现代给乡村带来的只是表面的"极大进步"，而在骨子里，乡村却腐朽、退化和堕落了，"'现代'二字已到了湘西，可是具体的东西，不过是点缀都市文明的奢侈品大量输入，上等纸烟和各样罐头在各阶层间作广泛的消费"。

于是，在20世纪30年代就出现了类似20世纪80年代中期之后的"寻根思潮"的文化现象。对于都市物质文明的防御，在杜衡的小说《还乡病》、穆时英的《咱们的世界》和茅盾的《子夜》中均演变为"暴力运动"。杜衡的《还乡病》发表在1932年《现代》杂志第1卷第2号上，小说描述了"我"从大上海回到"故乡"，目睹了长发一家的生活变化后的感慨。长发是太湖边的船艄公，靠摆渡过日子，养活全家人，但由于现代公路的延伸和汽车工具的使用，靠摆渡这种传统职业生存的长发和许多船艄公失业了。激烈的冲突产生了，为了维护传统的生活方式，长发和其他摆渡公闹事,砸毁了公共汽车,但他们的斗争注定失败了,长发等人被抓进了监狱,船民们没有办法,不得不接受新的"现代世界",被迫将子女送到城里学水泥专业,以应对现代生活。

这和鲁迅对乡村世界的批判性叙述正好相反,鲁迅哀叹虽然爆发了"革命",但乡村世界却毫无变化,所以他将希望寄托在"侄儿"一辈人的身上,希望他们将来摆脱落后,走"新道路";而杜衡《还乡》中的"长发",恰恰是鲁迅寄予希望的"侄儿"一辈人,但杜衡却开始反思"现代性"本身了。他对乡村文明的怀念也上升到了精神层面,"乡村气息似乎没有像记忆中那么浓烈,而且,这是更不幸的,也没有那么纯粹。我寻找;用——现在是只能这样说吧,滞钝的嗅觉"。这个叙述者批判被汽车破坏的乡村文明。

三

无论是鲁迅对于故乡的批判,还是沈从文等人对于现代文明的批判,其实都深刻反映了中国现代知识分子的困惑,即如何面对传统文明和现代文明。在鲁迅小说中,实际上我们已经看到知识分子的困惑。在《故乡》《孔乙己》之中,鲁迅竭力地批判和嘲讽传统文化,把知识分子"我"看成是唯一的清醒者,这个清醒者希望打破"故乡"的铁屋子,让所有的人都清醒过来:"说到'为什么'做小说罢,我仍抱着十多年前的'启蒙主义',以为必须是'为人生',而且要改良这人生。……所以我的取材,多采自病态社会的不幸的人们中,意思是在揭出病苦,引起疗效的注意。"鲁迅直接把传统社会看做是一个"病态社会",知识分子"我"回到这个病态社会,是要承担启蒙和拯救者的角色。

但鲁迅实际上已经对"知识分子"的角色产生了怀疑,在《祝福》之中,"我"回到了故乡,目睹了故乡的各种奇闻怪谈,包括祥林嫂的故事,听到这些事让叙述者感到了乡村的愚昧,"我"也想解决祥林嫂的问题,但当祥林嫂询问"灵魂"是否真的存在时,"我"无法回答,这时"我"才发现自己不仅无力而且无知。叙述者才意识到作为启蒙者的"我"并不比祥林嫂高明,鲁迅的小说因此也从对众人的批判,转向了自我反思,当然这种反思还没有上升到对整个现代文明的批评。《在酒楼上》中,吕纬甫说:"我少年时,看见苍蝇停在一个地方,给什么来一吓,即可飞去了,但是飞了一个小圈子,便又回来停在原地点,便以为这实在很可笑,也可怜。可不料现在我自己也飞回来了,不过绕了一点小圈子。不料你也回来了。你不能飞得更远些么？""我"虽然从故乡出走，具有了现代思想，但似乎也没有什么进步，甚至"我"的思想还不如祥林嫂，祥林嫂对什么问题都怀有一种怀疑精神，这种怀疑精神甚至超过了"我"，她最终不仅怀疑整个"传统秩序"，而且也怀疑起"我"这个"现代人"。

　　沈从文则不仅批判城市文明侵入农村，带来的只是虚伪的道德礼仪、腐朽的奢侈品和堕落的生活方式，而且他还希望现代"城市人"应该向乡村社会学习。1932 年沈从文发表了《凤子》，这篇小说描写一个"城里人"到湘西去旅游，这个城里人被人称作"老师"，被人称为"老师"，自然是先进文明和知识的代表了，但是这个"老师"到了乡村却一无所知，山间的流水、鸟鸣和民间的傩戏、舞蹈，无不让他感到新鲜，自然的新奇和壮丽反使他成了"学徒"。沈从文用这篇小说告诉读者，所谓的知识和文明都是相对的说法，"现代人"并不比所谓的"野蛮人"知识丰富，转换一个视角，文明就是野蛮，野蛮就是文明。